DER ISEMARKT-ANSCHLAG

Thriller
Von Klaas Kroon

Impressum
©2018 – Klaas Kroon
autor@klaaskroon.de
Alle Rechte vorbehalten
Lektorat: Cornelia Brammen
Cover Design: Maxim Zaharov
Herstellung und Verlag:
BoD – Books on Demand, Norderstedt
ISBN: 9 783752 858440

Der Autor im Internet:
www.klaaskroon.de

»All the truth in the world adds up to one big lie.«

Bob Dylan, *Things Have Changed*

1. Kapitel

Yasser saß im Führerhaus, die Ellenbogen auf das Lenkrad gestützt, und sah aus dem Fenster. Es war ein trüber Vormittag. Nicht besonders kalt, kein Regen, aber auch keine Sonne. Überall im Hafen, an den Kränen und in den Büros, waren die Lichter eingeschaltet. Auf dem Armaturenbrett seines Lasters stand eine Miniatur der Abu Bakr-Moschee in Mekka. Er hatte sie dort gekauft, als er vor zehn Jahren als Student auf der Hadsch war, der Pilgerreise. Das war damals ein anderes, ein besseres Leben. Wenig später hatte er sich nach Europa aufgemacht.

In der Ferne sah Yasser das wellenförmige Dach der Elbphilharmonie zwischen den Hafengebäuden hervorragen. Er sah den Michel und die vielen anderen Kirchen, die in die Wolken stachen, wie zu Hause die Minarette.

Yasser stand mit seinem Lastwagen in einem abgelegenen Winkel im Kohlenschiffhafen. Seit einer halben Stunde werkelten die Männer nun schon unter dem Transporter herum. Er durfte nicht zusehen. Und keine Fragen stellen. Aber er wusste ja, was sie dort taten.

Einer der Männer kam an sein Fenster und Yasser ließ die Scheibe hinuntergleiten. Es war der Dünne. Der, der immer redete. Der Dicke sagte nie ein Wort. Vor dem hatte Yasser mehr Angst.

»Hey, Junge, wir sind soweit. Kannst losfahren.«

Sie sprachen Deutsch miteinander, was weder Yasser, noch der Dünne gut konnten. Aber der Dünne sprach sonst nur Persisch und sehr schlecht Arabisch. Yasser nur Arabisch und etwas Englisch.

»Ja, gut.«

»Die Route hast du?«

»Ja, in mein Handy gespeichert. Zur Sicherheit.«

»Ah. Gib mal dein Handy.«

Yasser reichte ihm das fast neue Samsung Galaxy, das er gebraucht bei einem Freund im Handyladen gekauft hatte.

Der Iraner sah sich das Smartphone kurz an, holte mit dem rechten Arm weit aus und warf es im hohen Bogen weg. Yasser sah, wie einhundertzwanzig Euro auf die Oberfläche der Elbe klatschten und versanken.

»Bist du irre? Was soll das?«

»Zur Sicherheit. Brauchst das alte Ding nicht mehr.«

Yasser fühlte Beklemmung in der Brust. Angst. Aber er hatte diese Aufgabe übernommen und durfte nun nicht kneifen. Das war er seiner Familie schuldig.

»Wenn was schief geht ...«, stammelte er und starrte dabei auf die Stelle, an der sein Handy versunken war.

»Was soll schief gehen? Mach´s halt richtig. Dann passiert dir nichts.«

»Wenn was schief geht, schick das Geld ...«

»Ja. An deine liebe Mama in Damaskus. Ist versprochen. Aber es geht nichts schief.« Der Iraner klopfte heftig gegen das Blech der Fahrertür. »Los geht´s. Möge Allah dich beschützen.«

Yasser startete den 220 PS-Diesel und setzte den schweren LKW in Bewegung. Der Laderaum war fast voll. Er hatte gebrauchte Büromöbel aus einer Firmenauflösung geladen, die er noch nach Kopenhagen liefern musste. Wenn nichts schief ging.

Vor seiner Tour musste er auf jeden Fall noch Tanken und in die Moschee. Schließlich war Freitag. Um zwölf Uhr dreißig begann die Khutba, das Freitagsgebet.

2. Kapitel

Klaus beendete das Gespräch und ließ das Handy in die Innentasche seines anthrazitfarbenen Jacketts gleiten. Er schlürfte genüsslich den Espresso, den die Tresenfrau ihm gereicht hatte. In seiner Pranke wirkte die kleine Tasse zerbrechlich. Klaus dreht sich auf dem Barhocker zu Fiete um.

»Die Ladies rollen gleich in Hamburg ein. Kannst sie dann abholen.«

»Und was sind das für welche? Wo haste die her?«, wollte Fiete wissen, der sich noch nicht daran gewöhnt hatte, dass er diesen Kerl nun Klaus nennen sollte. Klaus? Das klang wie Schrebergarten, zwei Kinder, Beamtenpension. Casanova war sein richtiger Name. Und das nicht, weil er zu Frauen besonders nett war.

»Die kommen aus Mexiko. Erstklassiges Latino-Material. Vier Stück. Du wirst begeistert sein.«, dröhnte Klaus.

»Mexiko? Wieso Mexiko?«

»Die Chicas wollen jetzt alle nach Europa, seit der Trump sie nicht mehr in sein scheiß Amerika lässt. Wollen hier gutes Geld verdienen. Und dabei wollen wir ihnen gerne helfen, wenn sie gut aussehen.« Klaus lachte und Fiete lachte mit.

»Ey, ich hab unserem Kunden was von Asiatinnen erzählt. Philippininnen oder so. Weiß gar nicht, ob dem Mexiko recht ist.«

»Ach klar. Da mach dir mal keine Sorgen. Wenn der die Ware sieht, kriegt der gleich `nen Ständer. Das sind ganz exklusive Chicas für feine Leute, keine Trucker-Huren. Du machst das schon, Fiete.«

Klar, Fiete machte das immer irgendwie. Damals, als sie alle noch Rocker waren, hatte er es für Casanova gemacht. Und nun, wo sie die Kutten lange abgelegt und die Harleys verkauft hatten, für Klaus.

Die Kneipe *Bei Jörn* war an diesem Freitagvormittag fast leer. Dunkle, holzvertäfelte Wände. Schummriges Licht aus hässlichen alten Hängelampen. Überall Plakate von längst vergangenen Boxkämpfen und Fußballspielen. Das Regal hinter dem Tresen war vollgestopft mit dem üblichen Kneipenkitsch. Je teurer die Flaschen hinter dem Tresen, umso verstaubter waren sie. Die Astra-Leuchtreklame flackerte etwas. Das hatte sie schon getan, als Fiete vor Monaten das erste Mal hier gewesen war.

In einer Ecke saß ein klappriger Rentner, der unablässig Kleingeld im Spielautomaten versenkte. An einem Tisch hockten zwei besoffene Huren, die sich flüsternd stritten. Die junge Tresenfrau, giftgrüne Haare, Piercings in Augenbrauen und Lippe, wischte gelangweilt auf ihrem Handy herum. Fast alle rauchten. Trotz Rauchverbot.

Fiete hatte die heruntergekommene Bar abseits der Reeperbahn zu Klaus´ Hauptquartier erkoren, weil sie fast immer geöffnet hatte und sie keiner kannte. Jedenfalls keiner von denen, die Klaus nicht treffen wollte. Es waren ein paar Rechnungen offen in Hamburg, die Klaus nicht begleichen konnte.

Klaus hatte sich verändert. Die Haare lang, und vom Haargel silbern glänzend, wo früher mal eine

Glatze gewesen war. Von seinem imposanten Karl-Marx-Bart waren nur ein paar auf genau zwei Millimeter gestutzte graue Stoppeln übrig. Statt der auffälligen Rocker-Kutte trug Klaus eben diesen Joop-Anzug und fühlte sich sichtlich wohl darin. Mit fünfzig darf man sich mal verändern, hatte er Fiete erklärt, der ihn gar nicht erkannte, als sie sich im Juli zum ersten Mal nach all den Jahren getroffen hatten.

Fiete war aufgeregt. Er hatte es zu den guten Zeiten des Clubs nie über die Position eines Prospects, eines Rocker-Azubis, hinausgebracht. Er hatte nie ganz verstanden, warum er nicht als Member in den engeren Kreis aufgenommen worden war. Hatte er nicht Mut bewiesen, wenn es darauf ankam? War er nicht der gewesen, der sich die Finger schmutzig machte, wenn die anderen längst kniffen? Ein halbes Jahr hatte er in U-Haft gesessen, weil er die Schnauze gehalten hatte. Und war es ihm je gedankt worden?

Nur Casanova hatte in Fiete immer den ganzen Kerl gesehen, der er war. Er hatte immer ein gutes Wort für ihn eingelegt. Aber dann war der Club am Ende und Casanova verschwunden. Fast fünf Jahre lang hatte sich Fiete als Türsteher, Dealer und Nuttenaufpasser durchgeschlagen. Er war Mitte Vierzig und hatte die besten Jahre hinter sich. Sein Spiegelbild sprach eine deutliche Sprache: Mager war er, grau die Haut. Die lichter werdenden Haare versteckte er meistens unter einem dunkelgrünen Basecap. Statt einer respekteinflößenden Rocker-Kutte trug er inzwischen Jeans und eine billige Lederjacke. Eine Besserung seiner Lebensumstände war lange nicht in Sicht gewesen. Alle wussten, dass er immer zu Casanova gestanden hatte und das war irgendwann eher problematisch geworden. Von Fiete hielten sich die größeren Brocken auf dem Kiez lieber fern. Fiete trank zu viel, schlief zu wenig. Er war immer irgendwie auf der Flucht gewesen, ohne genau zu wissen, vor wem.

Dann, vor drei Monaten, hatte sich Casanova plötzlich gemeldet. Fiete hatte ihn längst tot geglaubt. Er war immer davon ausgegangen, dass ein paar von den Jungs, die nicht im Knast saßen, Casanova ein ewiges Grab in der Elbe verschafft hatten. Aber Casanova lebte und hieß jetzt Klaus.

Er hatte inzwischen in Amsterdam Fuß gefasst und wollte sein Geschäft in die alte Heimat Hamburg ausweiten. Dafür hatte er Fiete angesprochen und der war direkt dabei.

»Wir reden nicht über Kleingeld, Fiete«, hatte Casanova, also Klaus, damals gesagt und das glaubte Fiete gerne. Und so standen sie nun im *Jörn* und planten den Abschluss der ersten Transaktion.

»Ok, Casanova, wo kommen die Nutten denn an?«

»Klaus, merk dir das endlich, du Lappen. Ist doch nicht so schwer. Und, Fiete: das sind keine Nutten. Das sind feine Damen. Und wir sind auch keine Zuhälter, Junge. Wir sind Geschäftsleute. In der Unterhaltungsbranche.«

Auch daran gewöhnte sich Fiete nur langsam: Casanova hatte ein neues Geschäftsmodell, wie er es nannte. Angeblich weniger Risiko, mehr Profit. Casanova, der vor Jahren mit dem Club noch ohne Bedenken minderjährige russische Junkies an irgendwelche Perversen vermittelt hatte, war im niederländischen Exil ein besserer Mensch geworden.

Nicht wirklich ein guter Mensch. Auf jeden Fall war er vorsichtiger als früher.

Sein Geschäftsmodell: Vermittlung illegal eingewanderte Frauen an halblegale Escort-Services. Der größte Unterschied zum bisherigen Geschäft: Die Frauen wussten, wohin die Reise gehen sollte. Sie wurden nicht unter Zwang oder falschen Versprechungen in miese Puffs gesteckt.

»Die reichen Arschlöcher wollen schöne, junge Gesellschaft«, hatte Casanova Fiete erklärt. »Die Tragen so eine schöne Lady wie ihre Schweizer Uhr mit sich herum. Da geht es längst nicht immer nur ums Ficken. Und wenn, dann kostet das extra - und zwar richtig.«

»Ja, Klaus, verstanden. Also wo soll ich die Escort-Damen abholen?«

»Am ZOB. Da kommen Sie um eins an.«

»Hä?«

»Ja. Am Busbahnhof. Die Damen kommen ganz bequem mit dem Flixbus von Amsterdam!« Klaus lachte, als sei das ein guter Witz.

»Echt? Und wenn die an der Grenze kontrolliert werden?«

»Sind ja längst in Deutschland. Wurden nicht kontrolliert. Die Busse rauschen da so drüber. Die Mädels fallen auch gar nicht auf. In Holland leben ja sowieso kaum noch Weiße.«

»Sind die allein?«

»Nein, was denkst du? Paco ist bei denen, einer meiner Leute aus Amsterdam. Der spricht auch spanisch.«

»Also da gibt´s ein Problem, wenn die mit dem Bus ankommen.«

»Welches?«

»Unser Kunde will die Damen im Hafen übernehmen. Da bin ich mit ihm verabredet. Dann will er mit denen aufs Land. Zur Ausbildung, wie er gesagt hat. Wir haben früher Zureiten dazu gesagt ...«

»Fiete, noch mal, das sind keine Nutten. Die werden nicht zugeritten. Die werden tatsächlich ausgebildet. Sie bekommen etwas Deutschunterricht, Englisch können sie meistens schon. Dann lernen sie, wie sie sich den Kerlen gegenüber verhalten, wie man Konversation macht und so. Die lernen auch, wie man das Glas hält, Tischmanieren, den ganzen Scheiß. Könnte dir auch nicht schaden.« Klaus lachte wieder.

»Du verarschst mich doch.« Fiete konnte Casanovas Sinneswandel noch immer nicht fassen.

»Nein, Alter. Das ist das bessere Geschäft. Wirklich. Bei den Nutten sind die Albaner und die Zigeuner dick drin. Die Mädchen werden immer jünger und kaputter, die Gewinnspannen immer kleiner und das Risiko immer größer. Wer sitzt denn gerade fünfzehn Jahre wegen Menschenhandel und Zwangsprostitution ab? Ich nicht.«

»Ja, toll, Klaus. Aber warum will unser Kunde sie dann in einem geschlossenen Transporter abholen? Warum bin ich mit ihm im Hafen verabredet, wo sie keiner sieht?«

»Weil er ein Schisser ist. Klar, die Chicas sind illegal im Land, sie werden illegal arbeiten, ihr Geld nicht versteuern und unser Kunde und wir machen uns der Förderung der Prostitution schuldig. Das ist alles kein

14

Ladendiebstahl. Das haben die aber auch nicht auf der Stirn stehen. Könnten genauso gut Touristinnen sein. Aber wenn der Kunde es so will, dann soll er sie von mir aus im Transporter aus der Stadt bringen.«

Klaus gab der Tresenfrau ein Zeichen und bekam noch einen Espresso.

»Und wie bringe ich die Damen nun vom ZOB in den Hafen? Da kann ich sie nicht verstecken.«

»Musst du auch nicht. Sag ich doch. Du nimmst die U-Bahn oder zwei Taxis und fährst sie in den Hafen. Mal ehrlich: Je besser du die versteckst, desto auffälliger ist das doch.«

»Also Klaus, ich weiß nicht ...«, Fiete hielt den Plan für nicht ausreichend durchdacht. Aber ihm war klar, dass er gegen Casanova keine Chance hatte.

»Komm, Fiete, mach mal. Du warst doch früher nicht so eine Heulsuse.«

Klaus knallte einen Zehn-Euro-Schein auf die Theke, nickte der Tresenfrau zu und sprang vom Hocker.

Auch das war Fiete aufgefallen: Klaus war viel beweglicher als Casanova. Er habe in den letzten Jahren fünfzehn Kilo abgenommen, hatte er Fiete stolz erklärt. Das sei gut für die Tarnung und fürs Wohlbefinden.

»Ok, Fiete, du weißt, was zu tun ist. Ich muss auch mal los. Treffe in Eppendorf einen Interessenten aus Stockholm.«

»Eppendorf? Ist unser Kiez hier nicht mehr gut genug für geschäftliche Besprechungen?«

»Keine Ahnung. Wir treffen uns aufm Markt. War seine Idee. Wäre unauffällig.«

3. Kapitel

Freitags war es immer besser als dienstags auf dem Isemarkt. Freitags kamen die Touristen. Für Andrej war das ein Segen. Die Gemüse- und Fischleute und alle anderen, die frische Sachen verkauften, hatten nicht so viel davon. Touristen kaufen kein Gemüse und höchstens mal ein Fischbrötchen. Die kochen nicht in ihren Hotelzimmern und AirBnB-Wohnungen. Die kommen auf den Isemarkt, weil er in jedem Reiseführer steht. Mit neunhundertsiebzig Metern Europas längster Freiluftmarkt, war da zu lesen, das musste man ja mal gesehen haben.

Andrej mochte die Touristen, denn die mochten Currywurst. Besonders die Asiaten. Die waren völlig versessen auf die Dinger. Sie machten gerne Fotos: von den Würsten, von Andrej mit seiner feuerroten Schürze und von der kleinen Bude. Andrej sagte gerne, wenn er nach dem Markt den Standnachbarn noch ein Bier ausgab: »Ich bin öfter fotografiert worden als Lady Diana. Wenn irgendwo in Tokio einer seine Urlaubsbilder zeigt, bin ich bestimmt dabei.«

Die Currywurstbude mit dem wunderbaren Namen »ElbeCurry« war sein ganzes Glück. Sie hatte ihn nach dunklen Jahren wieder ans Licht gebracht. Und natürlich Katharina, ohne die es ElbeCurry nicht gäbe und Adam und Maria erst recht nicht.

Andrej hätte die Bude lieber IseCurry genannt, weil er diesen Markt ganz besonders liebte. Aber

16

Katharina, die um einiges schlauer war als er, hatte davon abgeraten. »Wir wollen noch auf mehr Märkte in Hamburg«, hatte sie gesagt. Ihr Deutsch war sehr gut geworden, in den fünf Jahren, die sie nun hier war. Aber ihre polnische Herkunft war nicht zu überhören. Andrej liebte Katharinas Akzent. Er erinnerte ihn an seine Mutter.

»Dienstag und Freitag ist Ise. Und an die anderen Tagen, machen wir da Schlafen, oder was? Nein, gehen wir andere Märkte und am Wochenende Open Air-Festivals.«

Und weil Katharina so schlau war und sie beide so fleißig, hatten sie es in den fünf Jahren zu einem netten Sparbuch gebracht. Der top-gepflegte Imbiss-Anhänger ElbeCurry hatte ein schickes, kleines Vorzelt und wurde von Andrejs Mercedes GLK 320 Baujahr 2008 gezogen. Sein ganzer Stolz nach ElbeCurry und der Familie. Sie wohnten in einer schönen Vierzimmerwohnung in Altona. Die Kleine besuchte einen katholischen Kindergarten, Adam eine katholische Grundschule. Es gab Zeiten, da hätte Andrej von einem solchen Leben nicht zu träumen gewagt.

»Hey, Andrej, gib mal ne Wurst, ich fall um vor Hunger.« Es war Max, der junge Kerl vom Gemüsestand gegenüber.

»Musst du ne Zucchini kauen, Max, ist gesünder. Kein Fett und so.«

»Erzähl mir nichts von Fett, guck dich erst mal selber an.«

Andrej reichte Max lachend die Currywurst über den Tresen, nicht ohne vorher ordentlich extra Curry darüber zu streuen. Natürlich bezahlte Max nicht. Am

Ende des Markttages würde er Andrej eine Tüte
Gemüse hinstellen. Mehr, als die Familie an einem
Wochenende aufessen konnte. So lief das hier.

Freitag war für Andrej immer ein besonderer Tag.
Da kam die ganze Familie zum Mittagessen zum
ElbeCurry.

Katharina achtete darauf, dass die Kinder nicht auf
dem Markt aufwuchsen. Sie wollte Struktur in ihrem
Leben und deshalb verließ sie mittags ElbeCurry.
Dann kam Anton oder einer der andern Jungs, die
Andrej stundenweise als Aushilfen beschäftigte.
Katharina holte die Kinder ab und aß mit ihnen zu
Hause »was Gesundes«. Zu Hause konnte Adam in
Ruhe Hausaufgaben machen und Maria Mittagsschlaf
halten.

Aber Freitag war Currywurst-Tag und die Kinder
freuten sich immer sehr darauf. Da gab es Menü a la
Papa. Das bestand aus einer Currywurst, einer
Portion Pommes und einer Fanta. Hinterher gab´s
noch ein Eis. Denn auch das hatte Andrej in seiner
Bude. Maria schaffte das Menü meistens nicht, aber
es wäre unmöglich gewesen, ihr weniger zu geben.

Nach dem Essen streunten die Kinder etwas über
den Markt. Die Standnachbarn kannten sie, scherzten
mit ihnen und verwöhnten sie mit Obst und
Süßigkeiten. Adam hatte es der Käsestand angetan. Er
liebte Käse, auch die für Kinder eher untypischen
strengen Sorten und wurde allmählich zu einem
echten Experten.

Der Isemarkt ist unter einer stählernen U-Bahn-
Trasse aufgebaut, die sich durchs feine Eppendorf
zieht. Zwischen den breiten Stahlpfeilern der Trasse
stehen die Stände. Die Menschen bummeln

wettergeschützt unter der Trasse an den Ständen vorbei. Andrej hatte seinen Kindern eingeschärft, sich ohne Begleitung nur bis zur nächsten Kreuzung zu bewegen, damit sie im Gewusel des Marktes nicht verloren gingen.

Auch an diesem Freitag kam Katharina mit den Kindern pünktlich um ein Uhr zu ElbeCurry und Adam und Maria nahmen ihr Menü in Empfang. Katharina aß keine Currywurst. Sie aß auch keine Pommes frites. Sie ernährte sich im Moment streng vegetarisch und verzichtete auf Alkohol, wo sie doch sonst einem Glas Wodka nicht abgeneigt war. »Alles nicht gut für Baby«, sagte sie immer, wenn es außer Andrej niemand hörte. Denn es war vorläufig ihr Geheimnis, dass sie bald zu fünft sein würden.

Mittagszeit. Es kamen nun auch Menschen aus den umliegenden Geschäften und Büros um sich eine Currywurst oder einen der anderen Snacks auf Andrejs Speisekarte zu gönnen. Andrej fiel ein großer Kerl in einem feinen dunkelgrauen Anzug auf. Groß, stattlich, graue Haare, am Hals Tätowierungen. Sonnenbrille. Er scherzte mit einem Typen in einer Rockerjacke, auf der Stockholm stand. Beide passten nicht zusammen und irgendwie auch nicht hier auf den Isemarkt. Aber das war Andrej egal. Ihm war jeder recht, der dreifünfzig für eine Currywurst hatte und keinen Ärger machte.

4. Kapitel

Joe sprach manchmal laut mit sich selbst. Also nicht sehr laut. Nur so laut, dass er sich selbst verstehen konnte. »Meine Straße entlang, um die Kurve und dann nach rot abbiegen. Am Ende der Straße nach grün.«

Joe konnte sich die Farben besser merken als Links und Rechts. Das verwechselte er immer. Deshalb hatte Charly ihm an die eine Hand ein grünes Bändchen gemacht und an die andere ein rotes. Das wäre bei Schiffen auch so, hatte Charly gesagt und laut *ahoi* gerufen. Dann hatten sie gelacht. Mit Charly gab es viel zu lachen.

Joe war auf dem Weg von der Dillstraße zum Isemarkt. Kein weiter Weg und Joe war ihn auch schon oft gegangen, aber er musste sich konzentrieren. Wenn ungewöhnliche Sachen passierten, kam er schnell durcheinander. Ungewöhnliche Sachen waren: Feuerwehrautos, Hubschrauber, laute Motorräder, streitende oder laute Menschen. Joe wollte dann immer ganz genau hinsehen, was da los war. Wenn ein schönes Mädchen an ihm vorbeiging, folgte er ihm manchmal. Nur um sie anzuschauen und hinterher vielleicht zu malen. Und so kam er ab und zu vom Weg ab und verlief sich.

Das war nicht so schlimm. Joe hatte ein Handy und wenn er auf das Foto von Charly drückte, dann war der sofort dran. Charly kam Joe dann abholen oder sagte ihm durchs Telefon, wie es weiterging. Charly wusste alles und war immer für Joe da.

Aber Joe passte auch auf. Wenn er etwas sah, das nicht in Ordnung war, dann ging er zur Polizei. Die war nicht weit weg von seiner Wohnung. Und dann sagte er, was er gesehen hatte und die Polizisten schrieben das auf und sagten: Danke, Joe. Einmal hatte er gesehen, wie ein Junge bei Edeka eine Flasche Wein einfach so in die Jacke gesteckt hatte. Das ist Klauen. Das hat er der Polizei erzählt. Er hat ein Bild von dem Jungen gemalt, damit die Polizisten ihn suchen. Das fanden sie toll. Joe kann gut malen. Das sagen alle.

Ein anderes Mal ist er von einem bösen Wolf verfolgt worden. Ganz lange, im Dunkeln. Das hat er den Polizisten auch erzählt. Einer sagte, es gäbe in Hamburg keine Wölfe, aber der andere, der Nette, hat das aufgeschrieben und Joes Bild von dem Wolf in eine Schublade gelegt. Dann haben sie den Wolf bestimmt gefangen und in Hagenbeck´s Tierpark gebracht.

»Das ist jetzt die große Straße mit Hall am Anfang. Da muss ich an der Ampel rüber«, sagte Joe zu sich selbst.

Joe konnte ganz gut lesen, aber bei langen Wörtern merkte er sich lieber nur den Anfang, sonst kam er durcheinander.

Nun musste er die lange Straße mit den großen Bäumen entlang. Eine ganze Weile. Joe ging langsam. Das hatte er Charly versprochen. Er wäre lieber gerannt, weil es langweilig war, so langsam zu gehen. Aber dann konnte er hinfallen und sich wehtun und bluten. Das war auch schon passiert.

So würde er nun zwanzig Minuten brauchen. Auf seinem Smartphone konnte er das genau sehen. Er war um dreizehn Uhr losgegangen und um dreizehn Uhr zwanzig wäre er am Isemarkt.

Hey Joe, sagten die Marktleute immer, wenn sie ihn sahen. Sie erkannten ihn schon von weitem an seiner knallroten Basecap mit dem roten A vorne drauf. Das war das Zeichen der Los Angeles Angels, einer Baseball-Mannschaft. Das hatte Charly ihm erklärt, der ihm diese tolle Kappe aus Amerika mitgebracht hatte.

Wie geht es dir? Willst du eine Banane, fragten die Marktleute immer. Joe ging gerne auf den Isemarkt.

Er würde auch heute wieder zu den Händlern gehen, die er kannte. Zu Max, von dem großen Gemüsestand, zu der netten Blumenfrau und zu den Leuten mit der Currywurst. Und er würde nach Arbeit fragen. Und dann würde er arbeiten. Kisten einpacken. Stände auseinandernehmen. Blumen in den Lastwagen laden. Es gab so viel zu tun, wenn der Markt zu Ende war. Joe war stark und das wussten die Marktleute. Und er war fleißig. Wenn er mit der Arbeit fertig war, gaben sie ihm Geld. Oder Obst. Oder eine Currywurst. Er liebte Currywurst. Mit Pommes.

Das Geld schenkte er meistens Isa. Die wohnte mit ihm und Charly und zwei anderen in einer Wohnung in der Dillstraße. Isa ging es schlecht und sie brauchte immer Geld. Sie kaufte davon irgendwas, damit es ihr besser ging. Charly hatte Joe verboten, Isa Geld zu geben, aber was ging Charly das an? Das war sein Geld. Und Isa gab Joe immer einen Kuss, wenn er ihr Geld schenkte. Das war schön.

Nun musste er noch an diesem Park vorbei und am Ende nach rot abbiegen auf die Straße mit Inno am Anfang.

Er kam gut voran. Keine Feuerwehr störte. Keine schönen Mädchen. Jedenfalls sah er keine, denn er blickte immer auf den Weg vor sich, um keine schönen Mädchen zu sehen. Das war das Beste.

Als die Straße mit Inno einen kleinen Knick machte, konnte er den Markt schon sehen und die breite Brücke über dem Isemarkt, auf der die U-Bahn fährt. Wenn eine Bahn dort lang fuhr und man darunter auf dem Markt stand, war es laut und alles vibrierte. Das war ein bisschen gruselig, aber auch toll. Joe sah schon die Menschen, wie sie auf dem Markt entlang spazierten.

Doch irgendwas war komisch. Sie spazierten nicht. Sie liefen. Sie rannten. Joe blieb stehen.

Er kniff die Augen zusammen, damit er weniger sah und das Wichtige dafür besser. Das war ein Trick von ihm. Jetzt hörte er Schreie. Er schob die Los Angeles-Kappe etwas nach hinten. Er sah, wie die Menschen auf dem Markt rannten und er hörte, wie sie schrien. Warum? Das taten sie sonst nie.

Jetzt sah Joe einen Lastwagen aus dem Markt herausfahren. Der kam da raus, wo eigentlich gar keine Autos fahren können, weil da ja die Leute gehen. Der fuhr schnell und Sachen fielen um. Leute rannten weg, fielen hin. Dann fuhr der Lastwagen in die Straße rein, in der Joe stand.

Joe sah, dass der Lastwagen vorne ganz kaputt war. Die große Scheibe war zerbrochen und hatte ein riesiges Loch. Auch das weiße Blech vorne war dreckig und verbeult. Die Lampen waren kaputt. Und an den Seiten des großen Lasters sah Joe Kratzer. Ganz viele.

Der Lastwagen kam näher. Joe drückte sich in einen Hauseingang. Der Wagen fuhr nicht geradeaus, sondern schrammte an den parkenden Autos vorbei. Jetzt sah Joe, dass ein Reifen vorne platt war. Der Lastwagen blieb stehen. Nicht weit von Joe entfernt. Es waren keine Menschen in der Nähe. Die waren weggerannt. Joe war ganz alleine. Es war unheimlich still.

Und nun erkannte Joe, wer da hinter dem Steuer saß und erstarrte vor Schreck. Es war ein Teufel. Ein richtiger Teufel. Er hatte ein rotschwarzes Gesicht, große Hörner und ein böses Grinsen mit scharfen, schwarzen Zähnen.

Der Teufel stieg aus. Er war groß. Noch größer als Joe. Nun rannte er ganz dicht an Joe vorbei. Dabei sah er ihn kurz mit seinen dunklen, funkelnden Teufelsaugen an. Und Joe entdeckte, dass der Teufel im Nacken noch eine Teufelsfratze hatte. Dunkel und böse.

Joe fühlte, wie es zwischen seinen Beinen feucht wurde. Er sah an sich herunter. Die Jeans war nass. Bis zu den Knien. Er hatte sich eingepinkelt. Schon wieder. Charly würde schimpfen. Du bist ein erwachsener Mann, Joe. Mit fünfunddreißig Jahren pinkelt man sich nicht in die Hose, würde er sagen.

Als Joe wieder aufsah, war der Teufel verschwunden. Er war bestimmt in Rauch aufgegangen.

Joe hörte Feuerwehr und Hubschrauber und jetzt kamen auch Leute angerannt. Diesmal wollte Joe nicht genau hinsehen, was da los war. Diesmal wollte er nur weg. Er lief, er rannte, so schnell er konnte. Charly würde sowieso schimpfen.

5. Kapitel

Hauke hatte sich auf das Mittagessen mit seiner Ex-Frau gefreut. Den Status Ex-Frau hatte er drei Jahre nach der Scheidung von Claudia akzeptiert. Was ihm noch Kummer bereitete, war, dass sie wieder das Essen bezahlen würde. Er wurde von allen möglichen Leuten eingeladen und er nahm gerne an. Alle wussten von seiner Situation, er machte kein Geheimnis daraus. Aber bei Claudia war das etwas anderes. Die letzten Jahre ihrer Ehe hatten sie genug gekostet. Geld, aber auch Lebensfreude, Energie. Er fühlte sich schuldig.

In den letzten sechs Wochen hatten sie nur am Telefon miteinander gesprochen. Claudia war sparsam mit persönlichem Kontakt. Hatte sie Angst, dass er rumjammern würde? Oder befürchtete sie, dass er sie anschnorrte?

Beim Vietnamesen in der Hoheluftchaussee ging es dann doch wieder ums Geld. Eigentlich um die Ausbildung der gemeinsamen Tochter. Aber das lief aufs Gleiche hinaus.

»Wenn die junge Dame unbedingt noch promovieren möchte«, hatte er Claudia mit aller Entschiedenheit gesagt, »dann soll sie sich einen Job suchen und das nebenbei machen. Ich zahle seit wie vielen Jahren, sechs, für ein Studium, das ich nicht mal verstehe.«

»Wir zahlen, Hauke. Ich auch. Und was ist an Psychologie nicht zu verstehen?«

»Claudia, ich bin Pensionär, Frühpensionär und befinde mich in Privatinsolvenz.«

»Danke, Hauke. Das brauchst du mir wirklich nicht zu erklären. Wenn das jemand nie vergessen wird, dann ich.«

»Ja. Ich weiß. Aber ich kann mir solche Extravaganzen nicht leisten.«

Die vegetarische Glasnudelsuppe, auf die er sich so gefreut hatte, erkaltete vor seinen Augen. Der frische Koriander drohte zu verwelken. Claudia sah Hauke mit diesem überheblichen, genervten Blick an, den er so hasste. Aber sie sah toll aus. Neue Brille, neue Frisur, dezent geschminkt. Sie wirkte wie Mitte Vierzig, dabei war sie schon fünfundfünfzig. Wollte sie ihn ärgern? Wollte sie ihm zeigen, dass sie noch Chancen hatte in der Partnerlotterie - nach fünfundzwanzig Jahren mit ihm?

»Freu dich doch. Wenn wir weiterhin unterhaltspflichtig für Annika sind, bleibt auch deine Pfändungsgrenze hoch. Ich habe mich erkundigt: Die ziehen dir fünfhundert Euro ab, wenn Annika einen Job hat. Dann bleibt dir wie viel?«

»Knapp tausend. Aber mehr habe ich ja jetzt auch nicht, weil die fünfhundert Euro von meinem Insolvenzverwalter, dem Verräter, ja gleich an dich überwiesen werden.«

Sie lächelte ihn milde an. Sie wusste, dass er nicht wirklich sauer war und dass er für Annikas Zukunft jedes Opfer bringen würde.

»Und freu Dich doch, dass du mit einundsechzig aus dem Wahnsinnsjob raus bist. Gerade in deiner Situation. Du müsstest sonst fürs gleiche Geld hart arbeiten, um deine Schulden zu bezahlen. Und die viele Freizeit tut dir gut. Siehst klasse aus. Auch dieser Studentenlook steht dir.«

Als Kommissar hatte Hauke meistens Anzüge getragen. Oft sogar mit Krawatte. Gute Schuhe waren ihm ebenfalls wichtig. Nun, als mittelloser Pensionär, war er auf Jeans, Hoodie und Sneakers umgestiegen. Bequemer, pflegeleichter und billiger. Irgendwie auch angemessener. Das immer noch volle, graue Haar trug er nun länger und weniger frisiert.

»Hast auch noch mal abgenommen. Musst du hungern?« Claudias ironischer Unterton verriet, dass sie nicht wirklich in Sorge war.

»Nein, muss ich nicht. Aber ich will so schnell wie möglich aus der Insolvenz raus. Ich habe noch vier Jahre Pensionspfändung, wenn ich aber brav noch etwas mehr abzahle, erlassen sie mir vielleicht ein bis zwei Jahre und dann fängt das Leben an.«

»Da bin ich ja mal gespannt.«

»Du weißt doch, Claudia, When you got nothing, you got nothing to lose.«

»Bob Dylan, nehme ich an?«

Hauke lächelte und sang leise: »How does it feel, to be on your own, with no direction home, like a complete unknown, like a rolling stone.«

»Dein Bob, der rollende Stein, hat den Nobelpreis. Bei dir rollt es eher nicht so rund. Oder? Wo wohnst du eigentlich im Moment?«

»Bei einem ehemaligen Kollegen am Schlump. Der war vier Wochen auf einem Lehrgang in Chicago. Aber der kommt heute Abend wieder. Bin schon dabei, mir was Neues zu organisieren.«

»Willst du dir nicht doch mal eine Wohnung suchen? Wenigstens ein billiges Zimmer. Zur Untermiete?«

»Nicht nötig, danke. Ich habe mich noch nie so frei gefühlt. Keine Rechnungen, keine Verpflichtungen. Frei wie ein Vogel. Der hat auch kein Geld.«

»Aber der hat wenigstens ein Nest.«

»Nur, bis die Küken flügge sind. Dann braucht er das Nest nicht mehr und fliegt davon. Es sei denn, die Küken müssen unbedingt promovieren.«

»Du hattest mal ein komfortables Nest, Hauke. Hast es aber mit einem lausigen Paar Achten verspielt.«

Sie konnte es nicht lassen. Er wusste, wie er in die Scheiße geraten war. Und er litt darunter. Weniger seinetwegen, sondern ihretwegen. Sie hätte etwas anderes verdient. Nur gut, dass sie bei der Hochzeit Gütertrennung vereinbart hatten. So war Claudias finanzieller Schaden in Grenzen geblieben. Mit der Überschreibung der Hälfte des bereits abbezahlten Teils der gemeinsamen Wohnung konnte er fast alle seine Schulden bei ihr begleichen. Auf den Rest - zwanzigtausend, vielleicht etwas mehr – hatte sie verzichtet. Es waren nur noch Banken zu befriedigen und dieser eine Kerl, der sich schon lange nicht mehr gemeldet hatte.

Jetzt erst fiel Hauke auf, dass unablässig Einsatzfahrzeuge am Restaurant vorbei rasten. Polizei, Rettungswagen, Feuerwehrfahrzeuge. Alle mit Alarm und in hohem Tempo. In einer Stadt wie Hamburg nimmt man einen Löschzug oder eine Staffel von Peterwagen mit Martinshorn gar nicht mehr richtig wahr. Das ist der Sound der Großstadt.

Aber das hier war mehr. Da war alles unterwegs, was in der Hansestadt Räder und ein Blaulicht auf dem Dach hatte.

Haukes Handy, das er in alter Gewohnheit und ohne jeden Anlass auf dem Tisch neben seiner Suppenschale platziert hatte, brummte. Er sah auf das Display. Eine Breaking News von Spiegel Online. Er las die zwei Zeilen und zuckte zusammen.

»Was ist los?«, fragte Claudia.

»Anschlag in Hamburg. Tote und Verletzte auf dem Isemarkt«, las Hauke vor. Dann öffnete er die Eilmeldung und las laut weiter: »Auf einem Hamburger Wochenmarkt ist am Mittag ein LKW knapp einhundert Meter durch die Menschenmenge gerast. Es gibt Tote und Verletzte. Einzelheiten in Kürze hier.«

Claudia starrte ihn an. Entsetzt. Betroffen.

»Ich muss los. Das ist ja gleich hier vorne.«

Er gab der Kellnerin ein Zeichen.

»Hauke, du musst gar nichts. Das ist nicht mehr deine Sache. Da kannst du nichts tun. Lass los. Du bist nun Kriminalhauptkommissar a.D. Die Betonung liegt auf a.D. Außer Dienst. Die Kollegen brauchen dich nicht.«

Auch diesen Blick kannte er. Sorgenvoll. Aber auch verständnislos. Sie hatte sich in den Jahrzehnten ihrer Ehe nie ganz mit seinem Job abgefunden. Sie bedrückte nicht nur die Lebensgefahr, die damit verbunden war, sondern auch die Tatsache, dass er Tag für Tag Elend und Leid sah. Er war mehr mit dem Bösen verbunden als mit dem Guten. Sie hatte als Krankenschwester, inzwischen Stationsschwester, im Universitätskrankenhaus Eppendorf auch viel Leid um sich. Aber ohne das Böse. Sie konnte helfen. Einigermaßen. Hauke konnte nur jagen. So hatte sie es mal ausgedrückt.

Und der Job hatte ihn, das war ihre Theorie, zum Spieler gemacht. Alles auf eine Karte, Russisches Roulette, dem Schicksal ein Angebot machen, das sind Anzeichen von Todessehnsucht, die in dem Spieler und irgendwie auch in dem Kripo-Beamten Hauke steckten. Er wurde mit der Zeit immer launischer, unkonzentrierter, aggressiver. Er nahm zu. Dann hatte er eine Affäre. Das gab ihrer Ehe den Rest. Claudia ließ sich scheiden. Sein ganzes Schuldengebäude brach zusammen. Privatinsolvenz. Vor einem Jahr war er dann im Job zusammengeklappt und mit schwerem Burnout, Depressionen und kurz vor dem Herzinfarkt in eine Klinik gekommen. Vom genialen Polizisten über den Pokertisch, vorbei an ein paar Flaschen Jack Daniels und hinein in die verkrachte Existenz. Der schnelle Abstieg des Hauke Siebold.

Die Kollegen, waren froh gewesen, ihn endlich loszuwerden. Und jeder wusste, dass er nicht mehr zurückkommen würde. Hauke hatte viele Gesprächsrunden mit Dr. Bobinger gebraucht, um zu erkennen, wie unerträglich er für andere gewesen sein musste.

Die Kellnerin kam und Hauke wollte einen Zwanzigeuroschein auf den Zahlteller legen, doch Claudia kam ihm zuvor. Sie lächelte. Er sagte fast tonlos: »Danke.« So ging ihr Spiel, das ihm einen Rest von Selbstachtung der Frau gegenüber wahren sollte, mit der er eigentlich sein ganzes Leben hatte teilen wollen.

Er gab Claudia einen flüchtigen Kuss auf die Wange, was ihn selbst mindestens so sehr überraschte, wie sie. Dann zog er seine Jacke an. Er hielt kurz inne, er hatte etwas vergessen.

»Ach, Claudia, kannst du mir morgen oder übermorgen noch mal dein Auto leihen? Ich muss meine Klamotten in meine nächste Bleibe bringen.«

»Und wo ist die?«

»Weiß noch nicht. Ich warte noch auf das Okay von einem Typen, der sich auf meine Haussitter-Anzeige gemeldet hat. Klärt sich heute oder morgen.«

Claudia schüttelte verständnislos den Kopf.

»Ruf vorher kurz an. Aber für die Zukunft habe ich einen Tipp.«

»Und?«

»Car Sharing.«

»Ist das nicht Car Sharing, wenn du mir dein Auto gibst?«

Jetzt lächelte sie das Lächeln, in das er sich mal verliebt hatte.

»Hauke, pass auf dich auf. Halt dich da bei dem Einsatz raus. Das ist nicht mehr dein Job.«

Hauke Siebold verließ das Restaurant und ging schnell die Hoheluftchaussee entlang Richtung Innenstadt. Die Kolonne der Einsatzfahrzeuge wollte kein Ende nehmen. Nun hörte er auch Hubschrauber über sich.

Zum Isemarkt waren es höchstens achthundert Meter. Aber soweit kam er nicht. Schon auf Höhe des Lehmweges, vor der Brücke über den Isebekkanal, war Schluss. Die Hoheluftchaussee war über die volle Breite ihrer sechs Spuren gesperrt. Der Verkehr wurde über die Bismarckstraße abgeleitet, was zu erheblichen Behinderungen führte. Absperrgitter, Polizeiwagen, jede Menge Beamte des SEK in voller Kampfausrüstung.

Die meisten Fenster der umliegenden Wohnhäuser waren geöffnet, Menschen reckten die Hälse, um irgendein Detail zu erspähen.

Die Absperrgitter wurden immer mal wieder geöffnet, um Rettungswagen aus der Sperrzone fahren zu lassen. Über die breite Busspur jagten sie weiter Richtung Krankenhaus. Gerade landete ein Rettungshubschrauber mitten auf der Kreuzung.

Zwischen allen Einsatzkräften tauchten an den Absperrungen immer wieder Schaulustige auf, Kameras und Handys am ausgestreckten Arm über die Köpfe haltend. Sie wurden schnell von Beamten verscheucht. Am Ufer des Isebekkanals standen Menschen, die offenbar ihr Mittagessen in dem großen Steak-House für die Sensation unterbrochen hatten. Durch die Häuserzeilen konnten die Geier nicht direkt auf den Markt sehen. Gottseidank, dachte Hauke. Aber war er nicht selbst jetzt so ein Geier? Was tat er hier? Für ihn gab es hier nichts zu ermitteln.

Ein Zivil-PKW wurde aus der Sperrzone auf die Kreuzung entlassen. Hauke kannte das Fahrzeug und die Frau hinter dem Steuer kannte er auch. Johanna.

Als sie ihn sah, ließ sie die Scheibe heruntergleiten.

»Hauke, was machst du hier?«

»Das weiß ich eigentlich auch nicht so genau. Was ist passiert?«

»Hast du nichts gehört? Im Radio oder so?«

»Doch, klar. Aber was genau?«

»Du bist außer Dienst, mein Lieber.«

»Danke für den Hinweis.«

Der Beamte, der das Öffnen und Schließen der Absperrung regelte, klopfte ungeduldig aufs Autodach.

»Komm, steig ein. Ich muss sowieso zur Wache 17. Ich nehm dich mit. Wohnst doch noch bei Jonas, oder? Hier kannst du nichts tun.«

Er stieg in den Passat und Kriminalkommissarin Johanna Meermann fuhr los.

Das war ja fast wie früher. Johanna war bei gemeinsamen Einsätzen immer gefahren. Hauke hatte sie darum gebeten. Er war besonders in den letzten Jahren zu unkonzentriert gewesen. Oft auch übernächtigt und verkatert.

Schweigend beobachtete er Johanna. Die schöne Jo, wie die Kollegen sie nannten, wenn sie es nicht hörte. Inzwischen Ende Dreißig, blond, hübsches Gesicht, nicht besonders groß, sportlich. Eine Polizistin aus Leidenschaft. Eine Frau, die verstand, was Hauke an diesem merkwürdigen Leben fesselte. Deshalb hatte es auch zwischen ihnen gefunkt. Aber Hauke hatte es verbockt. Und seine Ehe gleich mit. Johanna hatte mit Claudia eines gemeinsam: Sie würden ihm beide keine einzige Nacht ein Schlafquartier gewähren. Und er würde sie nie fragen.

Johanna war blass, sie sah müde aus. Hauke konnte nur erahnen, was die gleichzeitig so toughe und sensible Jo in der letzten Stunde an Grauen gesehen hatte.

»Und?«, fragte er vorsichtig.

»Ein LKW, Zwölftonner. Ist vom Grindelberg aus Richtung Innenstadt kommend rechts in die Isestraße eingebogen. Dann ist er über den Radweg auf die Marktgasse gefahren und in vollem Tempo zwischen den Ständen durch. Da waren jede Menge Menschen. An der Innocentiastraße wieder raus. Da ist er dann in parkende Autos geknallt.

»Der Fahrer?«

»Flüchtig.«

»Opfer?«

»Wissen wir noch nicht so genau. Mindestens sieben Tote. Verletzte kannste gar nicht zählen. – Mensch, Hauke, da lagen zwei kleine Kinder. Regelrecht zerquetscht.« Sie verzog das Gesicht, weinte fast. »Was für eine kranke Welt ist das?«

Hauke legte ihr die Hand auf den Oberschenkel, nahm sie dann aber gleich wieder weg. Diese Vertraulichkeit könnte jetzt falsch gedeutet werden.

»Zeugen?«

»Hunderte. Das wird das Problem sein. Da hat sicher jeder was anderes gesehen.«

»Und was macht ihr jetzt?«

»Wenn du mit ihr mich und die anderen Kollegen vom LKA 41 meinst, dann befolgen wir die Anweisungen der BKA-Leute. Die sind da gerade mit großem Getöse aufgelaufen und haben übernommen. Kennst das ja. Da sind wir dann nur noch Statisten. Der Generalbundesanwalt wird auch gerade eingeflogen. Wird uns eine große Hilfe sein.«

Johanna bog in die Straße Beim Schlump ein.

»So, da wären wir.«

»Du, Johanna, kann ich nicht mit auf die Wache kommen? Einfach so? Zu Hause werde ich jetzt verrückt. Vielleicht kann ich ja doch helfen.«

Johanna schüttelte verständnislos den Kopf.

»Mensch, Hauke. Sei doch froh, dass du mit diesem Dreck nichts mehr zu tun hast. So viel Irrsinn. – Aber gut. Nur, wenn einer meckert, weil da ein Pensionär abhängt, musst du gehen.«

6. Kapitel

Freitag 20. Oktober 2017, 14:00 Uhr / Hauke

Die meist so beschauliche Wache 17 in der Sedanstraße war nicht wiederzuerkennen. Auf dem Parkplatz quetschten sich Fahrzeuge mit unterschiedlichen Kennzeichen. Am Straßenrand waren Übertragungswagen von NDR, ZDF und CNN geparkt. Menschen liefen durcheinander. Es war unmöglich, zu unterscheiden, wer hier etwas zu suchen hatte und wer nur seiner Neugier folgte.

Auf der Treppe vor dem Haupteingang stauten sich die Menschen. Zwei Beamte waren als Türsteher eingesetzt. Sie hörten sich jedes Anliegen an. Der Betrieb musste aufrecht erhalten werden, gleichzeitig musste man Nervensägen aussortieren. Journalisten wurden an die Presseabteilung verwiesen, die irgendwo in der Nähe des Tatorts in einem Bus Stellung bezogen hatte. Bürger mit unwichtigeren Anliegen baten die Beamten, in ein paar Tagen wieder zu kommen. Kollegen wurden überprüft und eingelassen. So auch Johanna, die Hauke nur deshalb durch die Kontrolle brachte, weil einer der Kollegen ihn vom Sehen kannte und wohl vergessen hatte, dass er nicht mehr dazu gehörte.

Im Vorraum der Wache war ebenfalls Hochbetrieb. Hauke und Johanna quetschten sich durch und begaben sich in den zweiten Stock, wo die Abteilung LKA 41 einen Raum hatte. Die Zentrale der Abteilung für Tötungsdelikte des Landeskriminalamtes Hamburg war eigentlich im

Präsidium am Bruno-Georges-Platz, einem monumentalen, sternförmigen Gebäude im Norden Hamburgs, beheimatet. In zahlreichen Polizeidienststellen gab es aber ständige oder temporäre Arbeitsplätze für die Spezialermittler.

Im Raum, den Hauke und Johanna jetzt betraten, standen acht Schreibtische mit PCs. Alle waren besetzt. Manche mit zwei Leuten. Laptops standen herum, an einer Magnetwand hingen die ersten Fotos und Tatortskizzen. Alle Menschen im Raum sahen auf Bildschirme, telefonierten oder taten beides gleichzeitig.

Das war hier, so viel wusste Hauke, nicht die Zentrale der gerade angelaufenen Ermittlungen. Die richtete das BKA gerade in Tatortnähe in einem Hotel ein. In Kürze würden die hier tätigen Polizisten dorthin umziehen.

Hauke betrachtete die Bilder auf den Pinwänden. Der Weg, den der Lastwagen genommen hatte, war Bild für Bild dokumentiert. Zerstörte Marktstände, zerquetschtes Gemüse, die Vordächer der Stände abgerissen, verbogen, ineinander verkeilt. Auf dem ersten Bild war ein kleiner Imbisswagen zu sehen. ElbeCurry stand daran. Stehtische lagen verbogen auf dem Pflaster, mehrere Körper waren mit weißen Tüchern abgedeckt. Rettungssanitäter beugten sich über weitere Körper. Auf anderen Bildern waren blutende Menschen zu sehen, die apathisch am Rand saßen. Dann folgte die Stelle, an der der Wagen den Markt wieder verlassen hatte. Eine Spur aus Gemüsematsch und vermutlich Blut zog sich bis in die Innocentiastraße. Bilder vom Lastwagen. Ein mittelgroßer MAN mit Kofferaufbau. Hamburger

Kennzeichen. Der Zwölftonner hatte offenbar gerade so durch die Pfeiler der U-Bahntrasse gepasst. Ein kleinerer LKW wäre vermutlich an den Marktstandanbauten hängen geblieben. Maßgeschneidert, wenn man so will. Keine Firmenbeschriftung auf dem Ladekoffer.

Es gab auch Fotos vom Innenraum des Fahrzeugs. Auf dem Armaturenbrett klebte eine kleine Moschee. An der Rückwand des Führerhauses sah Hauke eine schwarzgoldene Stickerei mit arabischen Schriftenzeichen. Sicher ein Koranvers. Der Aschenbecher war sauber. Auch sonst lag nichts herum. Keine leeren Getränkedosen, keine zerknüllten Lieferscheine. Die Windschutzscheibe war völlig zerstört. Auch das Fenster auf der Fahrerseite war eingedrückt. Gut möglich, dass der Fahrer auch etwas abbekommen hatte.

Ein Mann, wenig jünger als Hauke, stand auf und ergriff das Wort. Hauke kannte ihn nicht, die Haltung und die Lautstärke der Stimme ließen aber auf BKA schließen. Höhere Position.

»Kolleginnen und Kollegen, ich bitte um Ihre Aufmerksamkeit für ein kurzes Briefing. Wir haben den Halter des LKW ermittelt. Es handelt sich um den syrischen Staatsbürger Yasser Schuaa.« Er heftete das Foto eines jungen, arabisch aussehenden Mannes mit Vollbart an die Pinnwand. »Klein-Spediteur mit Aufenthalts- und Arbeitsberechtigung. Wir wissen nicht, ob er alleine gehandelt hat. Die Kollegen haben seine Wohnung durchsucht. Er wurde nicht angetroffen. Verschiedene Schriften und ein Laptop wurden sichergestellt. Zur Zeit wird die Nachbarschaft am Wohnort des Verdächtigen im

Stadtteil Mümmelmannsberg befragt. Wir haben ein Foto an die Medien gegeben. Dies wurde bereits über Internet und soziale Medien verbreitet.

Und jetzt zu Ihnen: Die Kollegen vom LKA 41 ermitteln bitte zum Hintergrund des Täters. Machen Sie sofort Meldung, wenn sie auf Personen oder Orte stoßen, die für die Ermittlung bedeutend sein können. Bitte führen sie keine Aktionen ohne unsere ausdrückliche Anweisung durch. Berichten Sie an mich. Ich stehe im ständigen Kontakt mit der Einsatzleitung und dem Generalbundesanwalt. Fragen?«

»Was hatte der LKW geladen?«, wollte einer der umstehenden Beamten wissen.

»Gebrauchte Büromöbel. Damit war er fast voll. Entsprechend schwer. Das Fahrzeug ist sichergestellt und wird gerade einer eingehenden Untersuchung unterzogen?«

»Wie viele Opfer gibt es?«, wollte Johanna wissen.

»Bisher acht tote Personen, davon drei Männer, drei Frauen und zwei Kinder, ein Junge und ein Mädchen. Identität noch unbekannt. Es wurden vierundfünfzig Personen in drei Krankenhäuser gebracht. Über den Zustand der Verletzten ist mir derzeit nichts bekannt.«

Jetzt meldete sich Hauke zu Wort. Die Kollegen, die ihn kannten, sahen ihn verwundert an, sagten aber nichts. »Kann man mit Sicherheit sagen, dass dieser Yasser Schuaa den LKW gefahren hat?«

»Noch nicht. Vieles deutet aber darauf hin. Und bevor diese Frage auch noch kommt: Natürlich gehen wir von einem terroristischen Hintergrund der Tat aus, sonst wären wir gar nicht hier. – Vielen Dank

Kollegen. Machen wir weiter. Und seien Sie vorsichtig. Es ist noch nicht vorbei.«

Die Datenbank der Hamburger Polizei schwieg über Yasser Schuaa. Der Mann war ein unbeschriebenes Blatt. Seine Akte bei der Ausländerbehörde wusste nur, dass er 2011 als Flüchtling aus Syrien gekommen war. Nach zwei Jahren wurde er anerkannt. Erst hatte er versucht, sein in der Heimat begonnenes Maschinenbaustudium fortzusetzen. Es fehlten aber die formalen Voraussetzungen zur Zulassung. So ließ er sich den syrischen LKW-Führerschein nach einer Prüfung umschreiben. Zunächst arbeitete er für eine Spedition. Vor zwei Jahren kaufte er sich einen gebrauchten Zwölftonner und machte sich selbstständig. Auf Internetbörsen und in Zeitungsanzeigen warb er um Kunden. Er hatte auch eine kleine Website.

»Ein gesetzestreuer und fleißiger Bürger«, sagte Johanna nachdenklich, während sie durch die Dateien auf ihrem Bildschirm klickte. »Sein größtes Vergehen war Falschparken. Ein Musterbeispiel an gelungener Integration.«

»Aber so sind die doch meistens, diese Jungs«, sagte Hauke. »Jahrelang machen sie einen auf brav und dann schlagen sie zu. War doch bei den Brüdern vom elften September genau so. Dann fragt man sich immer, wann und wo die sich radikalisiert haben. Ich glaube, viele von denen sind von Anfang an radikal. Die warten nur auf ihre große Stunde.«

»Ja. Möglich. – Hier. Da steht auch, dass der Mann noch mal in Syrien war. Zweitausendfünfzehn. Ist von Frankfurt nach Beirut geflogen und dann mit dem Bus nach Damaskus gefahren. Er war zwei Wochen dort.«

»Dürfen die das so einfach? Ich meine, der ist doch von da geflohen«, fragte Hauke.

»Ja. Das ist erlaubt. Wird aber vom Bundesamt für Migration erfasst. Von denen ist auch dieser Eintrag hier. Wenn ein Angehöriger schwer krank ist oder so, wird das genehmigt für eine kurze Zeit. Ist nicht ganz ungefährlich. Wenn sie den nicht wieder rauslassen, hat er Pech gehabt.«

»Vielleicht hat er in den zwei Wochen aber auch eine, ähem, Ausbildung gemacht.«

»Nicht auszuschließen.«

Plötzlich stand der Einsatzleiter wieder auf. Er hatte noch das Telefon am Ohr, rief aber schon in den Raum: »Hey, Leute, mal zuhören. Hatte einer von euch schon mal in der ...« Er las etwas von seinem Handy ab, »al-Azhar-Moschee zu tun? Kennt sich da einer aus?«

»Ich!« rief Hauke spontan und Johanna stieß ihm mit dem Ellbogen in die Seite. »Spinnst du?«

»Wie heißen Sie?«, der BKA-Mann stand nun vor Hauke.

»Siebold.«

»Gut, Herr Siebold, kommen Sie mit. Und einer hier versucht bitte, den Grundriss dieser Moschee zu bekommen und was es sonst noch Brauchbares gibt.«

Der BKA-Mann, der sich als Thomas Kleinholz vorstellte, rannte mit Hauke und zwei weiteren Beamten in Zivil die Treppe hinunter. Sie bahnten sich den Weg durch die Menge im Vorraum, drängelten sich die Außentreppe hinunter. Hauke fiel ein junger Mann mit einem roten Basecap auf, der mit einem Polizisten sprach. Er hielt ein Blatt in der Hand, eine Zeichnung, die er dem Polizisten dicht vor die Nase hielt. Hauke konnte nicht erkennen, was darauf war. Der Mann wirkte merkwürdig, er starrte, wie irre.

Hauke sprang mit den BKA-Leuten in einen Zivil-BMW, der direkt vor der Tür stand. Der Fahrer setzte ein Blaulicht aufs Dach und fuhr mit quietschenden Reifen los. Ein paar Schaulustige sprangen zur Seite.

»Was hatten sie in dieser Moschee zu tun?«, fragte Kleinholz, der neben Hauke auf der Rückbank saß.

»Mordverdacht gegen einen Gläubigen dort. Habe den Imam zweimal vernommen. Ist drei Jahre her.«

»Und was ist das für ein Laden?«

»Klein. Sieht gar nicht aus wie eine Moschee. Liegt im Parterre eines Wohnhauses. Kleiner Gebetsraum, ein paar Nebenräume. Eher unauffällig. Vor drei Jahren ist da öfter mal so ein Hassprediger aufgetreten. Aber heute ist, soweit ich weiß, Ruhe. Was soll denn da sein?«

»Unser Todesfahrer. Vielleicht. Auf jeden Fall ist es seine Gemeinde und irgendjemand, vermutlich ein aufmerksamer Glaubensbruder, hat unseren Fahndungsaufruf mitbekommen und uns gleich gesteckt, dass er dort ist. Inschallah.«

»Wow. Kein besonders cleveres Versteck.«
»Ja. Und er soll bewaffnet sein. Wir halten uns also im Hintergrund. Spezialkräfte sind vor Ort.«

Die al-Azhar-Moschee lag in der Nähe des Heiligengeisfeldes in einer engen Straße auf St. Pauli. Beim flüchtigen Hinsehen hätte man gar nicht erkannt, dass sich in dem unscheinbaren Gebäude ein Gotteshaus befindet.

Vor dem Gebäude war die Polizei bereits mit mehreren Fahrzeugen präsent. Über dem Haus lärmte ein Hubschrauber. Hamburger Peterwagen hatten die Straße abgesperrt. An Absperrgittern standen Gruppen bärtiger Männer, viele in orientalischer Kleidung und mit Kopfbedeckungen. Sicher hatte man sie gerade aus der Moschee gescheucht. Polizisten bewegten sich durch die Menge und befragten einzelne Personen.

Hauke und Kleinholz stiegen aus dem Wagen und gingen auf den Eingang zu. Ein Beamter in voller Schutzausrüstung stellte sich ihnen in den Weg.

»Hallo Wolfgang«, sagte Kleinholz. »Ich habe hier einen ortskundigen Kollegen mitgebracht.«

»Gut« erwiderte der Angesprochene. »Dann erzählen Sie mal. Schnell. Der ist noch da drin. Und der Chef von dem Laden vermutlich auch. Sagen zumindest die Leute hier.«

»Wenn die da nicht umgebaut haben, ist direkt hinter dem Eingang eine Garderobe mit Becken zum Füßewaschen.« Hauke war nervös. Er musste sich konzentrieren. Von seinen Angaben konnte das Leben der Kollegen abhängen.

»Dahinter kommt dann gleich der Gebetsraum. Vielleicht dreißig Quadratmeter groß. An der hinteren Seite zwei oder drei Türen in Nebenräume. Wenn er also nicht im Gebetsraum ist, wo man ihn sofort sehen würde, wird er in einem dieser Räume stecken.«

»Hinterausgänge?«

»Mit Sicherheit. Das Haus hat einen Hinterhof. Ich weiß aber nicht, wie der zu erreichen ist.«

»Gut, das können uns die Kollegen da oben sagen.« Er deutet auf den Hubschrauber, sprach in sein

Funkgerät und lief zu einer Gruppe von vielleicht acht Männern in Kampfmontur. Er versammelte sie um sich, sprach leise zu ihnen. Dann lief er auf das Gebäude zu, die Maschinenpistole im Anschlag. Die anderen Männer folgten ihm. Sie drückten die Tür auf. Dann stürmten sie ins Haus.

Als der Letzte in der Tür verschwand, hörte Hauke Gebrüll. Plötzlich Schüsse. Vier Schüsse. Dann Stille.

7. Kapitel

Claudia hatte nicht erwartet, dass der Fall, der Hauke beim gemeinsamen Mittagessen aufgescheucht hatte, auch sie erreichen würde. Aber ein Anruf ihres Chefarztes sollte ihren freien Tag in einen der härtesten ihres Arbeitslebens verwandeln.

»Du, Claudia, du musst sofort zum Dienst kommen. Wir brauchen hier jede Hand«, sagte Dr. Michael Katzer ohne lange Vorrede. »Kommst du?«

»Ja, klar! Bin in der Nähe. Gleich da.« Sie brauchte nicht zu fragen, worum es ging, sie hatte im Radio die ersten schrecklichen Details des Anschlags gehört. Sie setzte wieder aus der Parklücke, in die sie gerade hineingefahren war und fuhr Richtung Krankenhaus.

Michael Katzer war seit zehn Jahren Chef auf der Inneren und genau so lange hatte sie dort auch das Kommando über die Pflege. Sie mochte ihn und er mochte sie. Das war alles. Es gab Kollegen, die das nicht glaubten, auch Hauke hatte mehr vermutet, als ihn das noch etwas anging, aber das war Claudia egal. Michael war ein paar Jahre jünger als sie. Zum vertraulichen Du war es vor Jahren bei einer Weihnachtsfeier gekommen.

Claudia lenkte ihren Mini auf das Gelände des Krankenhauses. Polizeiwagen versperrten den Zugang. Als sie sagte, dass sie zum Krankenhauspersonal gehöre und zum Dienst müsse, wurde sie sofort durchgelassen. Sie sah, wie auf dem höchsten Gebäude des Klinikums gerade ein

Hubschrauber landete. Ein weiterer wartete in einigem Abstand in der Luft.

Claudia lief zur Notaufnahme, wo die Rettungswagen Schlange standen. Unablässig schoben die Sanitäter Verletzte auf Tragen in den Vorraum. Manche waren bewusstlos, andere weinten oder schrien vor Schmerz. Angehörige liefen aufgeregt neben den Tragen her. Es roch nach Blut, Urin und Desinfektionsmitteln. Es war wie im Krieg. Claudia hatte Ähnliches noch nicht erlebt.

In der Notaufnahme standen Michael Katzer und zwei weitere Ärzte und untersuchten jeden Verletzten kurz. Ist er ansprechbar, blutet er stark, sind Gliedmaßen amputiert, wie ist der Blutdruck? Sie entschieden ohne Zögern, wer zuerst behandelt wurde und wer warten musste.

»Claudia!«, rief Katzer, als er sie sah. »Gut, dass du da bist.« Eine Kollegin, die sie nur vom Sehen kannte, reichte ihr einen Kittel und ein paar OP-Handschuhe. »Kümmere du dich mit Nada um die Wartenden. Das kann hier jetzt lange dauern. Tut ihr das Nötigste. Infusion, Schmerzmittel, Blutungen stillen. Weißt schon.«

»Ist klar. Wie viele haben wir hier?«

»Bisher zwölf. Aber es kommen noch mehr. Wir sind am nächsten dran und haben die größten Kapazitäten. Sie werden uns mindestens fünfundzwanzig schicken. Es gibt wohl gut sechzig Verletzte.«

»Und Tote?«, Claudia versuchte, ihr Entsetzen zu unterdrücken. Jetzt war Professionalität gefragt.

»Keine Ahnung. Ist nicht unser Thema jetzt.«

Claudia lief in den Gang. Dort lagen in einer langen Reihe die Verletzten. Jeder, der neu dazu kam, musste von der Trage des Rettungswagens auf eine der Liegen gehoben werden, die Pfleger aus dem ganzen Gebäude herbeibrachten.

Claudia half beim Umbetten, sprach mit den Verletzten, hielt Hände, legte Infusionen mit Kochsalzlösung, setzte Spritzen mit Schmerzmitteln. Die Notaufnahme, die Versorgung von Schwerverletzten, war gar nicht ihr Gebiet. Sie arbeitete auf der inneren Station. Wenn die Patienten dort zum Beispiel nach einem Herzinfarkt auf ihr Zimmer kamen, waren sie meistens schon aus dem Gröbsten raus. Es war ihr auch ganz recht, in einem Bereich des Krankenhauses zu arbeiten, in dem es nicht ständig um Leben und Tod und um Sekunden ging. Aber hier, in der Notaufnahme, nach einem schrecklichen Anschlag, ging es nicht um ihre Befindlichkeiten, sondern um ihre Erfahrung.

Kollegen erzählten, dass man so viele Schwestern, Pfleger und Ärzte wie möglich aus der Freizeit holte. Die, die man erreichen konnte, kamen sofort. Innerhalb kürzester Zeit wimmelte es nur so von Menschen, die fachkundig Opfer versorgten.

Claudia stand bei einem Mann, der auf der Trage lag und kaum hörbar weinte. Ein kräftiger Kerl, vielleicht Mitte Dreißig. Er war nicht zugedeckt. Er trug eine feuerrote Schürze, auf der in gelben Buchstaben ElbeCurry aufgestickt war. Er roch nach Bratfett. Sie hielt seine schwielige Hand.

Der Mann hatte keine großen, sichtbaren Verletzungen. Ein paar Schrammen an den Unterarmen, Hämatome am Kopf. Er versuchte, etwas zu Claudia zu sagen. Sie musste sich zu ihm runterbeugen.

»Wo sind sie?«, fragte er.

»Sie sind im Krankenhaus. Ihnen wird gleich geholfen. Haben Sie keine Angst.«

»Wo sind sie?«, fragte der Mann wieder kaum hörbar. Dann bemerkte Claudia, wie seine Augenlider flatterten. Er verdrehte die Augen, dann kippte der Kopf zur Seite. Sie fühlte keinen Puls mehr.

»Hey, Leute, ich habe hier einen Notfall.« Sie forderte eine Kollegin auf, ihr zu helfen. Beide schoben das Bett mit dem ElbeCurry-Mann durch den Gang zu den Behandlungsräumen. Dort wurde gerade einer frei. Michael Katzer nahm den Patienten entgegen und machte sich an die Arbeit. Claudia blieb bei ihm, um zu assistieren.

8. Kapitel

Kurz nach den Schüssen in der Moschee ließ sich der Einsatzleiter, den BKA-Mann Thomas Kleinholz mit Wolfgang angesprochen hatte, in der Tür blicken und winkte Kleinholz und Hauke heran. Sie gingen zügig auf die Moschee zu.

»Ihr könnt reinkommen. Ist aber kein schöner Anblick.«

Hauke und Kleinholz betraten mit ein paar anderen Beamten den Vorraum der Moschee. Hier standen noch ein paar Schuhe in den Regalen. Hatten einige Gläubige die Moschee nach dem Gebet auf Socken verlassen? Die Polizeibeamten, die im Gebetsraum standen, hatten die Schuhe jedenfalls nicht ausgezogen. Mit ihren dicken Einsatzstiefeln latschten sie über die abgewetzten Teppiche. Hauke verstand nicht viel von den Regeln des Islam, aber soviel wusste er, dass es komplett unmöglich war, eine Moschee mit Schuhen zu betreten.

Der Imam regte sich nicht darüber auf. Er hatte andere Sorgen. Zwei Beamte führten ihn gerade aus dem Gebetsraum zum Ausgang. Er war verhaftet. Im Vorbeigehen sah Hauke ihm ins Gesicht. Er war blass, sah verängstigt aus. Hauke nickte ihm kaum merkbar zu und glaubte im Blick des Geistlichen ein Zeichen des Wiedererkennens zu entdecken. Dann war er auch schon vorbei.

Sie gingen durch den Gebetsraum zu einem der Hinterzimmer und schauten durch die offene Tür.

50

Eintreten durften sie nicht. Der Raum war ein einfach eingerichtetes Büro. Schreibtisch, ein Regal mit Büchern und Aktenordnern, ein kleiner Tisch mit Telefon, PC und Drucker, zwei Stühle für Gäste. In einer Ecke stand auf einem niedrigen Tisch ein dampfender Samowar. Daneben lag ein Körper. Ein bärtiger Mann. Er trug ein weißes, knielanges Gewand, eine helle Jeans, die Füße waren nackt. Der Kopf lag in einer Blutlache.

Dort, wo Augen und Nase sein sollten, klaffte ein schwarzrotes Loch. Verletzungen dieser Art entstehen, wenn aus nächster Nähe mit großem Kaliber geschossen wird. Das sah nach zwei Schüssen aus.

»Das ist der gesuchte Yasser Schuaa. Er hatte sich hier versteckt. Die Kollegen hörten, wie er eine Waffe durchlud. Als sie in den Raum stürmten richtete er etwas auf sie. Da mussten sie schießen.«

»Was hatte er in der Hand?«, fragte Kleinholz und betrachtete den Toten.

»Vermutlich nichts. Er hat wohl die Hände hoch gehoben. Wir hatten aber den Hinweis auf eine Waffe.«

»Und das Durchladegeräusch?«, wollte Hauke wissen.

»Wohl dieser Teekocher da.«, der BKA-Mann deutete auf den Samowar. Es schien ihn überhaupt nicht zu berühren, dass hier gerade in Folge von Fehleinschätzungen ein Mensch gestorben war. Aber Hauke wäre der Letzte, der in einer solchen Situation den Finger heben würde. Er wusste genau, wie hochexplosiv solche Lagen sein konnten. Er hatte oft genug selbst im Bruchteil einer Sekunde entscheiden müssen, zu schießen, oder nicht zu schießen. Vier Menschen hatte er in fünfunddreißig Dienstjahren erschossen. Bei einigen von ihnen fragte er sich immer noch, ob es nicht zu vermeiden gewesen wäre. Aber er hatte auch Kollegen sterben sehen, weil sie zu lange gezögert hatten.

Der Mann, der hier am Boden lag, hatte mit großer Wahrscheinlichkeit acht Menschen auf dem Gewissen. Menschen, die friedlich über einen Markt gegangen waren. Arglose Menschen, die die Katastrophe nicht hatten kommen sehen, ohne jede Chance, sich davor zu schützen. Das durfte man nicht vergessen, wenn man über die Polizisten, die hier geschossen hatten, ein Urteil fällen wollte.

Mehr wusste der BKA-Beamte nicht zu berichten. Der Imam war verdächtig, den Terroristen versteckt zu haben und sollte in Ruhe vernommen werden.

Hauke gab Kleinholz ein Zeichen und machte sich auf den Heimweg. Er wollte es nicht zu weit treiben. Kleinholz würde irgendwann mitbekommen, dass Hauke ein Pensionär war und an Tatorten nichts zu suchen hatte.

9. Kapitel

Fiete hatte es schon für eine bekloppte Idee gehalten, die Ladys mit dem Bus von Amsterdam nach Hamburg zu karren. Illegal in Europa, auf dem Weg in irgendwelche Edel-Puffs oder Sex-Clubs. Aber sie nun mit öffentlichen Verkehrsmitteln weiter zu transportieren, war der Gipfel des Irrsinns. Was sollte er machen, wenn die keinen Bock darauf hatten, bei ihm zu bleiben? Jetzt waren sie in Deutschland, die konnten auch einfach abhauen. Jede von den Ischen war sechstausend Euro wert. Wenn die ausbüchsten - Casanova würde ihm den Arsch aufreißen. Aber Fiete machte hier ja nur seinen Job.

Als er am Hauptbahnhof die U-Bahn verließ und wieder ans Tageslicht gelangte, hatte sich die Stadt verändert. Er spürte eine andere Stimmung, eine merkwürdige Nervosität. Er brauchte einige Zeit, um die Merkmale dafür auszumachen. Massives Polizeiaufgebot am Bahnhof, Personenkontrollen, das fast unablässige Geräusch von Polizeisirenen. Über dem Bahnhof ein Hubschrauber. Menschen sahen auf ihre Handys, sprachen in kleinen Gruppen, in ihren Gesichtern glaubte Fiete Angst, Entsetzen zu erkennen.

Ein Blick auf sein eigenes Smartphone löste das Rätsel. Ein Terroranschlag auf irgendeinem Markt. Die Stadt im Ausnahmezustand.

Fiete hatte keine Zeit, sich intensiver zu informieren. Er sah auch keinen Sinn darin. Er ging über die Straße zum Busbahnhof, wo er schon einen giftgrünen Flixbus stehen sah. Sein Telefon vibrierte. Rufnummer unterdrückt.

»Ja?«

»Fiete?«

»Ja?«

»Ich bin der Empfänger deiner Lieferung.«

»Ja, gut. Wird gleich geliefert. Läuft alles nach Plan. Wohin genau?«

»Also, ich will die Lieferung im Moment nicht. Später vielleicht. Heute nicht mehr.«

Fiete wurde schwindelig vor Schreck.

»Wieso das? Ist doch alles abgemacht. Sind in einer halben Stunde bei dir. Kein Ding.«

»Hast du mich nicht verstanden, du Vollpfosten? Behalte die Ware. Die Stadt ist im Moment nicht sicher. Ich will die Frauen nicht. Ich melde mich wieder.«

Fiete wollte den Kerl anbrüllen, wollte ihm sagen, dass sie hier nicht bei Karstadt seien, wo man Ware einfach zurückgeben könne, doch der hatte längst aufgelegt.

Was war das denn jetzt? War der Typ komplett verrückt geworden?

Am Bus angekommen, musste Fiete die Gruppe nicht lange suchen. Vier Frauen. Hübsch, aber völlig ungestylt in Jogginghosen und dicken Jacken, standen um einen dunkelhäutigen Muskelmann und redeten auf ihn ein. Der lächelte und sagte nichts.

Fiete ging auf die Gruppe zu und gab dem Muskelmann ein Zeichen. Der löste sich von den Frauen und kam auf ihn zu.

»Du bist Fiete?«, fragte er auf Deutsch mit dem typischen Akzent des Holländers.

»Ja. Und du bist dann wohl Paco. - Du, warte mal einen Moment, ich muss mal kurz telefonieren.«

Fiete wählte Casanovas Nummer, aber so sollte er ihn ja nicht nennen. Klaus also. Wie sollte er sich je daran gewöhnen?

Kein Freizeichen, es sprang direkt die Mailbox an. Hatte Klaus sein Handy ausgeschaltet? Mitten in einer Aktion? Wie konnte er das tun?

Fiete war also auf sich allein gestellt. Niemand sonst konnte ihm helfen. Klaus hatte noch keine Organisation in Hamburg. Das ging gerade erst los. War dieser Paco ein vertrauensvoller Mann? Vermutlich schon, sonst hätte Klaus ihn nicht mit Ware im Wert von vierundzwanzigtausend Euro durch die Gegend fahren lassen.

»Du, Paco, wir haben da ein kleines Problem.«

Er beugte sich verschwörerisch zu dem Typen, der nach seiner kakaobraunen Haut und den glänzenden, kurzen Dreadlocks zu schließen, aus der Karibik stammte. Er flüsterte, während die Frauen immer wieder misstrauisch zu ihnen hinüber sahen.

»Musst nicht flüstern«, sagte Paco. »Die verstehen kein Wort. Also, wo ist das Problem?«

»Ja, also, unser Kunde will die Chicas nicht. Hat gerade angerufen.«

»Wie, der will die nicht. Wieso nicht?«

»Hat wohl Schiss. Zu viele Bullen in der Stadt. Zu viel Risiko.«

»Ja, schon klar. Ist schwer was los hier. Terror in Hamburg, was? Schöner Mist. Diese scheiß Islamisten. – Und was sagt Klaus?«

»Den erreiche ich nicht. Hat wohl sein Handy ausgeschaltet.«

»Ach Quatsch. Macht der nicht.«

Paco nahm sein Handy und versuchte es selbst bei Klaus. Entnervt steckte er das Telefon wieder ein.

»Wo ist der Kerl?«

»Kundentermin in Eppendorf. Wird sich sicher gleich melden.«

Eine der Frauen kam auf Paco und Fiete zu. Sie hatte lockige dunkle Haare, eine hellbraune Haut und einen schönen vollen Mund. Auch ihre Brüste waren nicht ohne, dachte Fiete. Wie alt sie war, konnte er nicht schätzen. Aber sicher nicht über siebenundzwanzig. Klaus stand nicht auf MILFs. Mit denen war kein Geschäft zu machen.

Die Frau kaute mit offenem Mund auf einem Kaugummi herum. Sie dachte vermutlich, das sähe lässig aus. Fiete fand es nur ordinär. Sie sagte etwas auf Spanisch zu Paco. Fiete verstand es nicht, der Tonfall ließ aber auf eine ganz normale Frage schließen. Verärgert schien sie nicht. Es gab also noch Chancen, die Frauen bei Laune zu halten, bis Klaus sich meldete.

»Sie will wissen, wie es jetzt weitergeht. Außerdem haben sie Hunger«, dolmetschte Paco.

»Sag ihr, wir gehen jetzt was essen und dann fahren wir später zu einem Kerl, der sich weiter um sie kümmert.«

»Glaubst du doch selber nicht.«

»Wir müssen Zeit gewinnen und ich wäre froh, wenn du mir dabei hilfst.«

»Ja, Amigo, keine Sorge, nur eine Frage: Hast du Geld? Ich habe noch fünfzig Euro.«

Fiete sah in seine Geldbörse. »Hundertzwanzig. Das muss erst mal reichen.«

Sie gingen ins nächstgelegene Restaurant. Es hieß *Nagel* und war so deutsch, wie ein Lokal nur deutsch sein konnte. Dunkle Holztische, dunkles Holz auch an den Wänden, alte Bilder von Hamburg, ein wilder Mischmasch an Deko-Artikeln und lustigen Schildern. Fiete war noch nie dort gewesen, aber ein Blick auf die Speisekarte am Eingang beruhigte ihn. Hier würden sie mit ihren begrenzten Mitteln die Frauen satt bekommen. Die Mexikanerinnen durften über Hamburger Pannfisch und Jägerschnitzel erste Bekanntschaft mit ihrer neuen Heimat machen.

Es war nicht besonders voll und sie fanden einen Tisch in der Mitte des Lokals. Paco übersetzte die Speisekarte und die Damen bestellten: Schnitzel, Salate, Bier, halbe Liter. Sie hatten großen Durst und konnten was vertragen. Die Situation entwickelte sich zu einem lebhaften deutsch-holländisch-mexikanischen Nachmittag. Fiete hätte sicher Spaß daran gefunden, wenn er nicht mit seiner illegalen Fracht auf heißen Kohlen gesessen hätte. Ständig behielt er sein Handy im Auge und wartete auf den erlösenden Anruf von Klaus. Vor der Tür nahmen die Polizeiaktionen am Bahnhof kein Ende. Da durften sie auf keinen Fall reingeraten.

10. Kapitel

»Das ist ja ne tolle Begrüßung«, sagte Jonas. »Da kehrt man euch mal ein paar Wochen den Rücken und dann bricht hier gleich der Dschihad los.«

Jonas saß in seinem Wohnzimmer auf dem Sofa, trank Bier und klickte sich auf dem Laptop durch die Meldungen des Tages. Hauke saß neben ihm, einen Teebecher in der Hand.

Jonas war einer der wenigen Kollegen bei der Hamburger Kriminalpolizei, der keinen großen Bogen um Hauke machte. Die meisten anderen waren mindestens genervt, beleidigt oder sogar total angepisst. In den letzten Jahren seiner Dienstzeit hatte Hauke nur verbrannte Erde hinterlassen. Es würde einige Zeit dauern, bis es sich herumgesprochen hatte, dass er inzwischen wieder ein ganz netter Kerl war.

Jonas war ein bisschen wie Hauke früher. Etwas unangepasst, gerne etwas abseits der Regeln. Falsche Freundlichkeit war ihm fremd. Und er war ein verdammt guter Polizist. Einer, der immer noch um eine Ecke mehr dachte und auf Lösungswege kam, die andere Kollegen nicht fanden. Jonas war fast zwanzig Jahre jünger als Hauke und hatte lange dafür gekämpft, dieses Austauschprogramm beim Chicago Police Department zu machen. Eine Art Praktikum, bei dem deutsche Polizisten die Arbeitsweise der amerikanischen Kollegen kennenlernen.

Jonas hatte direkt nach seiner Rückkehr lange mit Kollegen telefoniert und war auf dem neuesten Stand, was den Hamburger Anschlag anging.

»Er war ein fleißiger Kirchgänger, wie man hört«, sagte Jonas. »Jeden Freitag in der Moschee und oft auch an anderen Tagen. Auf seinem Laptop fand man im Webseitenverlauf einige nicht ganz unverdächtige Adressen.«

»Zum Beispiel?«

»Die Seiten von Pierre Vogel.«

»Ich erinnere mich dunkel, wer war das noch?«

»Ein Deutscher. Konvertit, Ex-Katholik, Ex-Boxer und nicht wenige nennen ihn einen üblen Hassprediger. Ein Islamist. Übt auf junge Muslime in Deutschland einen magischen Reiz aus.«

»Also meinst du, unser Yasser hat sich von solchen Leuten zum Anschlag anstiften lassen?«

»Was weiß ich. Man kann ja nicht reingucken in diese Typen.«

Hauke nippte an seinem Tee.

»Und was kommt bei den Zeugenvernehmungen raus?«

»Das übliche Durcheinander, sagen die Kollegen. Alle haben was gesehen, aber jeder was anderes. Ziemlich viel Einigkeit besteht bei der Aussage, dass nur einer im LKW saß. Ein Großer, ein Kleiner, ein Schwarzer, ein Weißer, mit Strumpfmaske, mit Sturmhaube, mit Bart oder ohne. Einer will einen Horrorclown gesehen haben. Sogar einen Teufel haben wir im Angebot. Kannst du nichts mit anfangen.« Jonas verzog das Gesicht.

»Aber es muss doch jemand gesehen haben, wie der Kerl in der Innocentiastraße aus dem Wagen gesprungen und abgehauen ist. Da sind doch um diese Zeit jede Menge Leute.«

»Ja, Hauke, dachte ich auch. Aber da war wohl niemand. Sind wohl alle in Panik abgehauen. Der Kerl hat sich in Luft aufgelöst.«

»Warum haut der Typ ab?«, fragte Hauke. Er hatte den Fernseher eingeschaltet. Ohne Ton. In der Endlosberichterstattung auf allen Kanälen sah man die gleichen Bilder. Den LKW, zerstörte Marktstände, Porträts des verdächtigen Yasser Schuaa, die Moschee, in der er erschossen wurde. Zumindest die Medien hatten keinen Zweifel daran, dass der junge Syrer der Täter war.

»Keine Ahnung«, Jonas schüttelte den Kopf.

»Diese Typen wollen doch eigentlich Helden sein, Märtyrer. Die verpissen sich nicht einfach. Dafür gibt´s im Paradies nicht eine einzige Jungfrau.«

»Vielleicht hatte er noch weitere Aufträge. Das denken jedenfalls die Kollegen beim BKA und das macht sie ziemlich nervös. Und auch wenn Schuaa diese Aufträge nun nicht mehr ausführen kann, so ist nicht auszuschließen, dass ein Kollege einspringt. Ich glaube nicht, dass wir in den nächsten Wochen hier zur Ruhe kommen.«

»Apropos Ruhe. Du, Jonas, morgen bin ich weg, versprochen. Muss nur noch ein paar Telefonate führen, dann bist du mich los.«

»Ja, ist schon ok. Kannst heute Nacht noch mal auf dem Sofa schlafen. Ich muss aber dann auch mal wieder für mich sein. Hab gerade vier Wochen in einer WG mit US-Cops gelebt. Das schlaucht. Außerdem ist da noch Johanna ...«

»Johanna?«

»Hat sie es dir nichts erzählt? Ich dachte, ihr hättet euch getroffen.«

»Sie hat mir nichts erzählt.«

»Oh. Ja, Hauke, also ...«

»Schon ok, Jonas. Habe verstanden und weitere Erklärungen bist du mir nicht schuldig. Ihr seid freie Menschen. Alles Gute.«

Hauke wünschte sich sehr, dass es ihm egal wäre, was da zwischen Jonas und Johanna, Jo und Jo, läuft. Aber es war ihm nicht egal. Er war eifersüchtig. Fast fünf Jahre nach den drei Monaten mit Johanna hatte er immer noch das Gefühl, dass sie zu ihm gehörte. Aber dieses Gefühl hatte er bei Claudia auch und die war noch viel weiter weg von seinem Leben.

Später lag Hauke schlaflos auf Jonas' Sofa und scrollte durch die Meldungen und Kommentare auf Facebook und Twitter. Erstaunlich, wie viele Fotos und Videos im Umlauf waren. Vermutlich war nur ein Bruchteil dieser Dokumente bei der Polizei gelandet. Lieber machten sich die Leute auf Facebook damit wichtig oder vertickten die Filmchen gleich an die Medien. Für die Ermittlungen war das Gift. So wurden Täter gewarnt. Mit den veröffentlichten Filmen konnte die Polizei oft nicht viel anfangen, weil wichtige Informationen fehlten. Von wo aufgenommen? Wann? Von wem? Hat der Urheber noch mehr Material? Es würde die Arbeit sehr erleichtern, dachte Hauke, wenn die Leute ihre Werke gleich vollständig bei der Polizei abgeben würden und nicht ins Netz stellten.

Die meisten Aufnahmen waren kurz nach dem Anschlag entstanden. Zu sehen waren kaputte Marktstände und Opfer. Verletzte. Tote. Männer, Frauen, Kinder in Panik und Verzweiflung. Was waren das für Menschen, die in eine solche Situation gerieten und dann als erste Handlung ihr Handy zücken und filmen? War das Skrupellosigkeit? Abgestumpftheit? Oder Geistesgegenwart?

Mindestens so schockierend wie die Bilder und Videos waren die Kommentare darunter. Grenzenloser Hass brach sich Bahn.

»Wir schaffen das. Danke, Merkel.«

»Lasst die ganzen Asylantenfreunde den Markt aufräumen und das Blut wegwischen.«

»War bestimmt nur schlecht integriert, der arme Junge.«

So klangen die Harmloseren. Von der Sorte *»alle vergasen«* waren auch reichlich dabei. Hauke konnte es kaum ertragen. In einem Kommentar war ein Foto der al-Azhar-Moschee zu sehen, darunter der Satz: *»Das Ziel ist klar.«*

Eine Serie von vier Fotos auf Twitter unter dem Hashtag #isemarkt zeigte den Lastwagen, wie er die Marktgasse verlies und in die Innocentiastraße fuhr. Die Bilder waren offenbar von einem Balkon oder aus einem Fenster im zweiten oder dritten Stock aufgenommen. Der Fotograf musste sich unmittelbar gegenüber der Stelle befunden haben, an der der LKW schließlich zum Stehen gekommen war. Man sah, wie der Wagen heranrollte, wie er in parkende Autos fuhr. Keines der Fotos ließ den Fahrer erkennen. Sie waren mit einer einfachen Handykamera gemacht, sicher mit extremem digitalem Zoom und entsprechend grobkörnig und unscharf. Auf dem letzten Foto stand die Fahrertür des LKW offen. Auch hier war kein Fahrer zu sehen. Kein Hinweis darauf, wann dieses Foto gemacht wurde. Während der Flucht des Fahrers oder eine halbe Stunde später? Ohne Zeitangabe waren die Bilder wertlos.

Hauke glaubte, hinter dem LKW eine Person zu erkennen. Er speicherte das Foto auf seinem iPhone und öffnete es mit der Foto-App. Nun konnte er auf den Bereich zoomen. Tatsächlich. In einem Hauseingang stand eine Gestalt, wie an die Wand gedrückt. Unscharf und blass hob sie sich kaum vom hellen Hintergrund der Hauswand ab. War es der Fahrer? Aber der würde doch weglaufen. Oder war es ein Zeuge? Einer, der zufällig dort war und sich zu schützen versuchte. Seit wann stand er dort? Hatte er den Fahrer gesehen? Es war kaum mehr als ein Schemen. Unmöglich zu ahnen, ob es Mann, Frau oder Kind war. Eine rote Kopfbedeckung war das einzig erkennbare Detail. Aber auch hier unklar, ob Hut, Mütze oder Helm.

Hauke leitete das Foto per E-Mail an Johanna weiter und schrieb dazu: »Habt ihr das schon? Da steht einer hinter dem LKW im Hauseingang. Wäre sicher interessant, mehr über das Bild zu erfahren. Wurde heute um 19:14 Uhr auf Twitter gepostet von @eppendorfmann. Viel Glück. Hauke.«

Er wollte das Handy gerade weglegen, da kam eine E-Mail. Sie war von Senator Wenger. Den älteren Herrn hatte Hauke vor ein paar Tagen getroffen. Er suchte einen Aufpasser für seine elegante Villa an der Alster.

Hauke hatte ein paar Mal diese kleine Anzeige im Hamburger Abendblatt und in der kostenlosen Wochenzeitung geschaltet und das lief ziemlich gut.

»Pensionierter Kripo-Beamter passt auf Ihr Haus in Hamburg auf. Auch über mehrere Wochen. Tel...«

Einige Wochen hatte er sich so schon verschiedene Unterkünfte verschaffen können.

Senator Wenger gehörte einer alten Reeder-Dynastie an und war in den neunziger Jahren mal eine Zeitlang Innensenator gewesen. Er ließ sich noch gerne mit dem eleganten Titel ansprechen. Als Innensenator war er damals Haukes oberster Vorgesetzter, aber sie hatten nie miteinander gesprochen. Möglich, dass Wenger mal auf einer Weihnachtsfeier des LKA eine Rede gehalten hatte, oder auf einer Pressekonferenz aufgetaucht war. Aber er erinnerte sich ganz sicher nicht an Hauke.

Mit seiner Frau hatte Wenger eine mehrwöchige Kreuzfahrt gebucht. Nun, kurz bevor es losging, machte er sich plötzlich Sorgen um den stattlichen Besitz. »Unsere Haushälterin möchte nun doch nicht auf das große Haus aufpassen. Das ist ihr unheimlich«, hatte der nette Senator Hauke erzählt. »Ich brauche hier einen Profi, um unterwegs ruhig schlafen zu können.«

Hauke kamen solche Spontanjobs gelegen. Das lief alles unter der Hand. Er konnte umsonst und komfortabel wohnen und bekam ein hübsches Taschengeld, das er nirgendwo angeben musste.

In der Mail bat sein Auftraggeber ihn, am nächsten Tag die Schlüssel zu übernehmen und mit ihm kurz die Nachbarn abzuklappern, damit die sich nicht über den fremden Bewohner wunderten.

Perfekt. Die nächsten Wochen waren gesichert. Hauke Siebold, offiziell ohne festen Wohnsitz, schlief erleichtert auf Jonas´ Sofa ein.

Im Traum erschien ihm ein Kerl mit einer roten Mütze, der ihm irgendetwas sagen wollte. Aber Hauke verstand ihn nicht.

11. Kapitel

Claudia war nur kurz zum Schlafen und Duschen nach Hause gefahren. Nun, am Samstagmorgen, stand sie schon wieder in der Klinik. Eigentlich hatte sie frei, aber im Moment wurde jeder gebraucht. Die meisten Verletzten des Isemarkt-Anschlages waren inzwischen operiert und auf Stationen verlegt worden. Nur wenige kritische Fälle lagen noch auf den Intensivstationen. Hier war Claudia im Einsatz.

Sie überprüfte Messgeräte, legte Venenzugänge, leerte Katheterbeutel und tat, was immer die Ärzte hier sonst noch mit kurzen, leisen Kommandos verlangten.

Der Hektik des Vortages war einer fast unheimlichen Stille gewichen. Die Messgeräte blinkten. Geräusche machten sie nur, wenn etwas schief lief.

Einige Patienten hatten Besuch von Angehörigen. Kittel, Hauben und Schuhüberzieher waren Pflicht und äußerste Ruhe war geboten. Die meisten der Intensivpatienten waren sowieso nicht ansprechbar. Und so saßen Ehefrauen und Ehemänner, Mütter und Kinder neben ihren Angehörigen, streichelten sie, flüsterten Aufmunterndes oder sangen den Schlafenden vertraute Lieder.

So friedlich, so zärtlich, dachte Claudia, als sie durch die Räume ging. Wenn die Umstände nicht so grauenhaft wären, man könnte an dieser Innigkeit fast Gefallen finden. Und sie dachte an Familie. Daran, wie wichtig sie besonders in solchen Situationen war. Wer säße an ihrem Bett, wenn sie hier läge? Hauke? Ja, sicher, aber nicht lange. Dann würde er aufspringen und das Monster jagen, das ihr das angetan hatte. Ihre Tochter Annika? Ja, die säße auch einen Moment hier. Aber dann würde sie es nicht mehr aushalten. Sie bekam ja schon Panik, wenn ihre Mutter mal eine Grippe hatte. Da war Annika noch ganz Kind. Mama muss stark sein, Mama muss funktionieren.

Der Mann mit der Currywurst-Schürze lag alleine in einem Zimmer an Schläuchen und Kabeln. Sein Zimmergenosse war auf Station verlegt worden. Nachdem er Claudia am Vortag kurz angesprochen hatte, war er ins Koma gefallen und seitdem nicht mehr aufgewacht. Die Ärzte hatten bei dem äußerlich fast unverletzten kräftigen Kerl ein schweres Schädel-Hirn-Trauma festgestellt. Das Gehirn war stark angeschwollen. Eine Operation in diesem Zustand unmöglich. Er wurde künstlich beatmet, künstlich ernährt und mit zahlreichen Sensoren überwacht. Patienten in diesem Zustand konnten plötzlich aufwachen oder ebenso plötzlich sterben. Der Curry-Mann war auf der Grenze zwischen Leben und Tod.

Claudia setzte sich einen Moment neben ihn, legte ihm die Hand auf den kräftigen, behaarten Arm. Er hatte eine Tätowierung in kitschiger Schreibschrift auf der Unterseite des rechten Unterarmes: *Katharina.*

Die Identität des Mannes war inzwischen geklärt. Er hieß Andrej Gajewski, geboren in Lodz, Polen. Fünfunddreißig Jahre alt. So war es der Patientenkarte an seinem Bett zu entnehmen. Was dort nicht stand, hatte Claudia von der Anästhesistin Fiona Wirkner erfahren, die häufig auf dem Isemarkt einkaufte. Gajewski war Inhaber einer Currywurstbude und eine Art Original auf dem Markt. Katharina war seine Frau, die ebenfalls häufig in der Bude stand. Sie und die beiden Kinder waren von dem Lastwagen getötet worden. So munkelte man jedenfalls. Offiziell war das noch nicht.

»Schlaf weiter, Curry-Mann«, flüsterte Claudia dem Koma-Patienten zu. »Schlaf so lange, bis du stark genug bist, die schreckliche Wahrheit zu verkraften.«

12. Kapitel

Samstag 21. Oktober 2017, 15:00 Uhr / Johanna

»Johanna Meermann, Kriminalpolizei Hamburg, haben Sie einen Moment für ein paar Fragen?«

Es war nun das zwölfte Mal an diesem Tag, dass Johanna diese Frage stellte. Und es war eigentlich eine alberne Frage, denn ein Nein als Antwort war nicht vorgesehen. Um dies zu unterstreichen, hielt sie dem Angesprochenen ihre Marke unter die Nase.

Sie war mit ein paar Kollegen dazu auserkoren, lückenlos alle Bewohner in der Isestraße und der Innocentiastraße zu ihren Beobachtungen rund um den Anschlag zu befragen.

Nun war sie in einem der beiden Häuser unterwegs, von denen das Twitter-Foto gemacht sein konnte, das Hauke ihr in der Nacht geschickt hatte.

Gerade hatte ihr ein vielleicht dreißigjähriger Mann geöffnet. Er trug eine graue Jogginghose und ein Unterhemd. Die mittellangen, braunen Haare waren ungekämmt. Vermutlich hatte sie ihn geweckt.

»Darf ich reinkommen?«

»Wenn´s sein muss. Ist aber nicht aufgeräumt.«

Der Mann ging voraus durch einen engen Flur. An der Garderobe hingen nur zwei Herrenjacken. Er lebte wohl allein. Er führte Johanna in eine große Wohnküche und setzte sich an den Tisch. In der Spüle stapelte sich Abwasch. Der Mann zündete sich eine Zigarette an.

»Und?«, fragte er und sah Johanna herausfordernd an.

»Sie sind Thomas Fabian?«

»Ja. Steht ja an der Tür.«

»Ist Ihr Twittername Eppendorfmann?«

»Ja. Das steht aber nicht an der Tür. Wie haben Sie das herausbekommen?«

»Das ist nicht schwer. Dafür brauchen die Kollegen keine fünf Minuten. Wenn Sie Ihre Twitter-Existenz geheim halten wollen, müssen sie das schon cleverer anstellen.«

»Will ich ja gar nicht.« Er blies Johanna den Rauch ins Gesicht. Sie stand auf und ging zur Balkontür.

»Waren Sie gestern Mittag zu Hause?«

»Ja.«

Johanna öffnete die Balkontür und sah hinunter auf die Straße.

»Und dann haben Sie von hier aus Fotos gemacht?«

»Ja. Aber das wissen Sie doch bereits. Sie kennen ja meinen Twitternamen.«

»Erzählen Sie mal, wie war das genau?«

Johanna stellte ein Aufnahmegerät auf den Küchentisch und schaltete es ein.

»Also ich hab hier gesessen und Kaffee getrunken, da hörte ich Gekreische und so. Ich bin raus auf den Balkon und seh´ da diesen Lastwagen kommen. Ich wollte ein Video machen ...«

»Hatten Sie das Handy in der Hand oder mussten Sie das noch holen?«

»Das hatte ich in der Hand, war gerade am Twittern und so.«

»Weiter?«

»Also ich wollte ein Video machen, aber die Kamera stand auf Foto und da habe ich schnell ein paar Fotos gemacht, um keine Zeit zu verlieren.«

»Haben Sie nur die vier Fotos gemacht, oder mehr?«

»Nur die vier, die auf Twitter sind.«

»Warum haben Sie aufgehört?«

»Dann krachte der Laster da drüben in die Autos und die Tür ging auf. Da habe ich Schiss gekriegt, dass da jetzt Typen rauskommen und rumballern. Da bin ich lieber rein. War ja klar, dass da was Wahnsinniges abging, so wie die Leute auf dem Markt kreischten.«

»Ist die Beifahrertür auch aufgegangen?«

»Nein. Nur die Fahrertür.«

»Und können Sie den, der da ausstieg, beschreiben?«

»Hab ja niemanden gesehen. Nur, wie die Tür aufging.«

»War da jemand auf der Straße in der Nähe des LKW?«

»Weiß nicht. Glaube nicht.«

»Auf einem ihrer Fotos sieht es so aus, als stünde da jemand im Hauseingang. Ist Ihnen da wirklich niemand aufgefallen?«

»Nee, echt nicht. Ich war auch ziemlich durch den Wind. Das war alles total irre.«

»Aber cool genug, die Bilder dann zu twittern, waren Sie schon?«

»Nicht direkt. Erst am Abend. Da war der Fahrer schon tot.«

»Ach, hatten Sie Angst, als Zeuge ins Visier des Täters zu geraten?«

»Irgendwie schon.«

»Und warum haben Sie die Bilder nicht der Polizei übergeben? Kam es Ihnen nicht in den Sinn, dass die für uns wichtig sein könnten?«

»Ja, erst schon. Aber dann habe ich mir die genauer angesehen und gedacht, da ist nichts drauf, was Sie nicht sowieso schon gesehen haben. Viele Likes habe ich dafür auch nicht bekommen.«

»Das tut mir wirklich leid.«

Johanna griff ein iPhone, das auf dem Küchentisch lag.

»Haben Sie die Bilder hiermit gemacht?«

»Ja.«

»Dann sagen Sie mir mal den Code.«

»Einszweieinszweiachtsieben.«

»Ihr Geburtsdatum. Wie originell.«

Johanna zog einen Quittungsblog aus der Tasche und trug Seriennummer des Handys, die Daten des Besitzers, Datum und Uhrzeit ein. Fabian gab sie einen Durschlag. Dann steckte sie das Handy ein.

»Aber ...«, versuchte Fabian zu protestieren.

»Tut mir leid, aber das ist ein Beweismittel. Sie können sich das Gerät in ein paar Tagen abholen. Rufen Sie vorher diese Nummer an.

»Womit denn?«

Sie schob eine Visitenkarte über den Tisch.

»Und wenn Ihnen doch noch etwas Wichtiges einfällt, rufen Sie mich an. Vielen Dank für Ihre Hilfe. Einen schönen Tag noch.«

Zehn Befragungen später traf Johanna in der Einsatzzentrale des BKA im Dorint Hotel direkt neben der Universitätsklinik ein. Hier vibrierte, vierundzwanzig Stunden nach dem Horror, die Luft. Im größten Tagungssaal des Hotels waren Tische mit Computern aufgebaut, Telefone, große Bildschirme, Drucker. Alles stand eher zufällig angeordnet herum. Auf dem Boden ein Gewirr von Kabeln.

Johanna schätzte, dass sich hier gerade gut sechzig Kolleginnen und Kollegen aufhielten. Was sie genau taten, erschloss sich ihr nicht. Ihr eigener Aufgabenbereich in der *Soko Isemarkt* war überschaubar. Den ganzen Vormittag hatte sie Anwohner befragt.

Nun hatte sie gut zwanzig Aussagen auf dem Aufnahmegerät, die erfasst werden mussten, damit das BKA damit weiterarbeiten konnte. Das war aufwändig. Und die Bundeskollegen würden sich sowieso nur die Aussagen ansehen, die Johanna mit einem Ausrufezeichen als vielleicht interessant markierte. Das würden nicht viele sein.

Die Befragung von Thomas Fabian gehörte noch zu den ergiebigeren. Alle anderen Aussagen waren nicht besser, als am Vortag, wo sie und Kollegen bereits die wenigen Marktbesucher befragt hatten, die nicht in heller Panik geflüchtet waren.

Die Menschen auf dem Markt, aber auch die in den anliegenden Wohnungen, waren so schockiert, so sehr von ihren Gefühlen überwältig, dass sie kaum sachliche Angaben machen konnten. Die Schilderungen wichen oft deutlich von den unbestreitbaren Fakten ab. Daneben musste sich Johanna die unterschiedlichsten Ausbrüche von Wut und Verzweiflung anhören. Der Staat sei schuld, die Polizei tue nichts gegen diese Typen, man traue sich nicht mehr auf die Straße. Sie traf auch auf Menschen, die selbst zum Tatzeitpunkt auf dem Markt gewesen waren und nur schwer mit dem Erlebten klarkamen. Einige hatten Angehörige unter den Opfern. Diesen Menschen gab sie Kärtchen mit der Telefonnummer des Kriseninterventionsteams.

Johanna setzte sich an einen freien Platz im Veranstaltungssaal, nickte dem Kollegen am Nachbarplatz freundlich zu und setzte den Computer in Gang. Es war eine Recherche-Datenbank eingerichtet, in die sie die Daten eintragen musste. Namen und Adressen der Befragten, Aussage in Stichpunkten, die Tondatei hängte sie an. Johanna war lange genug Polizistin, um zu wissen, dass auch in solchen Extremsituationen bürokratische Vorgänge dieser Art notwendig waren. Gleichzeitig wurde ihr aber übel bei dem Gedanken, dass irgendwo in der Stadt Hintermänner und Komplizen des Todesfahrers vielleicht schon die nächste Apokalypse vorbereiteten.

»Leute, alle mal herhören,« rief Einsatzleiter Thomas Kleinholz, der auf eine kleine Bühne des Saales gesprungen war. »Wir haben ein Bekennervideo.« Schlagartig wurde es still im Saal. Irgendwo summte noch ein Drucker, doch auch der verstummte bald. Nun vernahm man nur noch das leise Brummen der auf Vibrationsalarm gestellten Handys.

»Ist uns gerade von den Kollegen vom internationalen Terrorismus übermittelt worden. – Bitte, Herr Pfeifer, lassen Sie es laufen.«

Der Angesprochene schaltete einen Beamer ein und startete eine Videodatei.

Johanna richtete sich in ihrem Stuhl auf und schaute mit Anspannung auf die riesige Projektionswand.

Der Film begann mit arabischen Schriftzeichen. Schwarze Zeichen in einer weißen Fläche auf schwarzem Grund. Die Flagge des IS. Dann erschien der Oberkörper eines Menschen. Er trug ein weißes Oberteil, vermutlich ein orientalisches Gewand. Sein Kopf war vollständig von dickem, weißen Tuch umhüllt. Nur die Augenpartie war zu sehen. Dunkle Augen, schwarze Brauen, dunkle Haut.

Dann sprach die Person. Ein Mann. Er sprach Arabisch. Am unteren Rand des Bildes erschienen Untertitel, ebenfalls in Arabisch. Das Video war in einem Raum aufgenommen, vor einer weißen Wand. So viel konnte man sehen. Es war gut ausgeleuchtet, auch der Ton war von guter Qualität.

Nach ungefähr einer Minute endete der Film wieder mit dem IS-Logo.

»Alles klar«, murmelte der Kollege neben Johanna, »soll ich´s dir kurz übersetzen?« Er grinste. Johanna reagierte nicht.

»Kurz zusammengefasst«, ergriff Kleinholz wieder das Wort, »das Video kommt angeblich von Amaq. Das ist sowas wie die Presseabteilung des IS. Das wird gerade noch geprüft. Unsere Experten halten es aber für echt. Der Mann nennt sich Yasser Schuaa und er bekennt sich zu dem Anschlag auf dem Isemarkt. Er sagt, dass er den Anschlag in vierundzwanzig Stunden verüben wird und dass er bereit sei, zu sterben.«

Der Saal, randvoll mit Top-Polizisten, schwieg. Die Männer und Frauen atmeten tief durch, schauten auf ihre Fingernägel, kritzelten auf Papier herum. Was man so tut, wenn man nicht weiß, was man als Nächstes tun soll.

»Fragen?«, durchbrach Kleinholz die Stille.

»Kann man mit Sicherheit sagen, dass es sich um Schuaa handelt?«, fragte eine Frau.

»Noch nicht. Die Augenpartie wird gerade mit der von Schuaa verglichen. Die Tatsache, dass er vollständig verhüllt ist, lässt natürlich auch eine Fälschung vermuten. Es wäre ja nicht das erste Mal, dass der IS sich mit fremden Federn schmückt.«

»Wie ist denn das Arabisch des Mannes im Video?«, wollte einer wissen.

»Gute Frage. Es ist ein Arabisch, wie es in Syrien von gebildeteren Menschen gesprochen wird. Schuaa hat studiert. Könnte also so gesprochen haben. – So, Leute, der Film ist aus und ob er uns weiterbringt, müssen wir noch sehen. Wir geben das Auftauchen eines Bekennervideos nun mit Vorbehalt an die Presse. Dazu ein Foto von unserem Hauptdarsteller hier. Vielleicht erkennt ja jemand Schuaa darin. Oder irgendeinen anderen. Das ganze Video geben wir natürlich nicht raus. Wer von Ihnen es sich noch mal anschauen möchte, in der Hoffnung irgendein nützliches Detail zu entdecken, kann das hier vorne bei dem Kollegen am Bildschirm tun. Es wird nicht für alle zugänglich abgelegt.«

Die vertrauen sich selbst nicht, dachte Johanna.

Sie ging ins Hotelfoyer und rief Hauke an. Sie fühlte sich verpflichtet, ihm die Neuigkeit mitzuteilen, bevor er sie auf *Spiegel online* oder wo auch immer las.

Warum, wusste sie nicht so genau. Vielleicht aus alter Gewohnheit. Sie hatten immer dann am besten ermittelte, wenn sie alle Informationen, Eindrücke und Spekulationen miteinander teilten. Mit dem Unterschied, dass Hauke heute nicht mehr ermittelte.

»Johanna hier. Wo störe ich dich?«

»Habe gerade eine Villa an der Alster bezogen.«

»Ja, klar. Mal ehrlich.«

»Ehrlich. Mache hier den Housesitter für ein paar wohlhabende Rentner, die auf Kreuzfahrt gehen. Kannst mich ja nächste Woche mal besuchen kommen, dann trinken wir in einem meiner Salons einen Tee.«

»Nee, lass mal lieber. Es gibt Neuigkeiten.«

»Aha?«

»Es gibt ein Bekennervideo. Vermutlich vom IS und vielleicht mit Yasser Schuaa als Hauptdarsteller.«

»Wieso vielleicht?«

»Das Gesicht ist verhüllt. Er ist nicht zu erkennen.«

»Na, dann ist der Fall doch so gut wie gelöst. Rollen die BKA-Freunde schon ihre Kabel ein?«

»Ganz sicher nicht. Die suchen jetzt Hintermänner.«

»Hast du mein Foto bekommen?«

»Ja. Interessant. Ich habe auch den Fotografen gesprochen. Der hat aber nicht mehr zu erzählen, als auf den Bildern zu sehen ist. Ein ziemlicher Hohlkopf. Vielleicht können die BKA-Leute noch mehr aus den Bildern rausholen. Ich bezweifle es aber.«

»Johanna?«

»Ja?«

»Da draußen läuft ein Zeuge herum, oder vielleicht auch ein Komplize, der direkt neben dem LKW gestanden hat. Den solltet ihr finden. Schnell.«

»Ja. Sollten wir.«

13. Kapitel
Sonntag 22. Oktober 2017, 10:00 Uhr / Fiete

Fast achtundvierzig Stunden hatte Fiete nun schon die Mexikanerinnen an der Hacke und wusste immer noch nicht, wohin mit ihnen. Casanova war nicht zu erreichen, wie verschluckt. Der Kunde, der die Chicas schon längst gegen Zahlung von vierundzwanzigtausend Euro in bar hätte übernehmen müssen, meldete sich auch nicht mehr. Und in der Stadt tobte die Terroristenjagd. Da konnte man schlecht mit vier Ausländerinnen ohne Visum spazieren gehen.

Fiete hatte die Mexikanerinnen am Freitagabend in einer Absteige in der Nähe des Hauptbahnhofs untergebracht. Ein Zimmer für die Mädels und eins für Paco und ihn. Er konnte unmöglich zu Hause übernachten, er musste auf die Ladies aufpassen.

Paco hatte den zunehmend ungeduldigen Frauen erklärt, dass es in der Stadt im Moment zu gefährlich sei für illegal Eingereiste. Das leuchtete ihnen ein und so hingen sie nun schon den zweiten Tag in ihrem schäbigen Zimmer herum, futterten Chips, tranken Cola und schauten deutsches Fernsehen.

Fiete war am Samstag mehrere Stunden mit Bussen und Bahnen durch die Stadt gefahren, um ein paar Bekannte anzupumpen. Irgendwie musste er den ganzen Spaß ja bezahlen. Das würde Casanova ihm doppelt und dreifach zurückzahlen müssen.

Die Mexikanerinnen hatten viel Zeit, sich über ihre Zukunft Gedanken zu machen. Sie wollten von Paco und Fiete Details. Wie geht es weiter? Wann treffen sie die Organisation, die sie als Escort-Damen vermitteln soll?

Paco erwies sich als sehr kreativ beim Beantworten der Fragen. Zuerst kommt ihr in ein Haus auf dem Land. Dort lernt ihr etwas Deutsch und die wichtigsten Regeln für eure Jobs. Das dauert vielleicht vier Wochen. Ihr bekommt Kleidung und Essen, aber noch kein Geld. Dann gibt es Jobs für euch. Wo genau, klärt sich noch.

Und so waren sie dankbar, ruhig und träumten von besseren Zeiten im gelobten Deutschland. Sicher trug es auch zur guten Stimmung bei, dass Fiete einen größeren Vorrat Gras besorgt hatte, den die Frauen genüsslich wegdampften. Er hätte ja selbst gerne mitgemacht, aber ein klarer Kopf war jetzt oberstes Gebot.

Fiete lag auf dem Bett in seinem traurigen Zimmer, der Fernseher lief ohne Ton. Er hätte gerne noch ein Stündchen geschlafen. Paco war weggegangen. Etwas besorgen, wie er gesagt hatte. Hoffentlich haut der nicht ab, dachte Fiete. Ohne ihn wäre er aufgeschmissen.

Es klopfte. Fiete stand auf und öffnete die Tür. Es war der Chef des Hotels. Ein schmieriger, alter Fettsack in Jogginganzug. Verschwitzt, unrasiert. Er stank nach Alkohol und Tabak.

»Ihr müsst raus. Ihr könnt hier nicht bleiben.«

»Wieso das? Ich habe bis morgen bezahlt. Und dann bezahle ich weiter.«

»Nee. Geht nicht. Zu viel Polizei unterwegs. Die wollen die Ausweise aller Gäste sehen. Und deine Damen sind doch nicht sauber, das rieche ich doch.

Hier waren die Bullen noch nicht, kann aber nicht mehr lange dauern. Die Stadt ist etwas zu nervös im Moment.«

»Ey, Mann, das kannste nicht machen. Wo soll ich denn hin mit denen?«

»Nicht mein Problem.«

»Pass auf, ich zahl dir das Doppelte und du kannst die ja einfach verschweigen. Die Bullen werden doch nicht durch alle Zimmer gehen. Die schauen doch nur in dein Gästebuch, oder was du da hast.«

»Nee, so läuft das nicht. Ich muss alles im Computer erfassen. Ist Gesetz. Also raus mit euch.«

»Super. Danke auch. Die Kohle für die nächste Nacht gibst du mir aber wieder.«

»Nee. Geht nicht. Bearbeitungsgebühr. Außerdem haben die Weiber auf dem Zimmer gekifft. Das ist ein Nichtraucherzimmer. Muss ich jetzt drei Tage lüften, bevor ich es wieder vermieten kann.«

»Nichtraucherzimmer? In der Stinkebude hier? Du hast sie ja nicht mehr alle.«

Fiete war machtlos. Zu gerne hätte er dem Mistkerl eine reingehauen, aber der hatte ihn in der Hand. Ein Anruf bei der Polizei und sie gingen alle in den Knast. Und die Kohle wäre dann auch weg. Fiete beschloss, sich um den Arsch zu kümmern, wenn die Sache mit den Frauen abgeschlossen war.

»Okay. Gib mir eine Stunde. Ich muss auch noch auf meinen Kumpel warten. Ich kann ja gar nicht mit denen reden.«

»Eine Stunde. Dann seid ihr weg.«

Fiete wählte Pacos Nummer, doch er erreichte nur die Mailbox.

Dann rief er seine Mutter an.

»Mama?«

»Fiete, mein Junge, wie schön.«

Fietes Mutter, Erika Schilling, war eine herzensgute und völlig ahnungslose Frau. Zwei Jahrzehnte machte Fiete nun schon im Milieu krumme Geschäfte, aber Erika glaubte immer noch, er sei im Showgeschäft.

Sie lebte von einer kleinen Rente in einem recht großen, etwas heruntergekommenen Haus in Lokstedt. Sie hatte es von ihrem zweiten Mann, Fietes Stiefvater, geerbt. Das einzig Gute, was sie je von dem Arsch bekommen hatte. Ansonsten nur Schläge und Sorgen. Fiete war siebzehn, als dieser Knut Schilling in sein Leben getreten war. Der versoffene Versicherungsvertreter brauchte keine drei Monate, um Fiete aus dem Haus zu ekeln. Seine Mutter hatte dann noch zehn schlimme Jahre mit ihm, bevor er sich endlich im Suff mit dem Auto an einer Leitplanke ein Ende setzte.

Das Haus hatte fünf Zimmer und war viel zu groß für die alte Frau, aber sie wollte es nicht verkaufen. Dann vermiete wenigstens Zimmer über AirBnB, hatte Fiete ihr geraten, doch sie wollte keine Fremden im Haus.

»Mama, ich brauche mal deine Hilfe.«

»Was ist los?«

»Ich habe vier junge Frauen, Tänzerinnen aus Mexiko, die bei einer Show auftreten, die wir für einen Kunden veranstalten. Die müssen ein paar Tage irgendwo unterkommen.«

»Ja und warum gehen die nicht ins Hotel?«

»Alles ausgebucht. Wegen irgendeiner Messe. Es sind nur noch superteure Suiten frei. Das ist bei dem Job nicht drin.«

»Verstehe. Na, dann komm mal her mit den Damen. Ich hoffe, das sind anständige Mädchen.«

»Klar, Mama, keine Sorge. Die haben auch einen Bodyguard und Dolmetscher dabei.«

»Dann muss ich schnell noch ein bisschen aufräumen.«

»Nein, Mama lass. Das können die Mädchen doch machen.«

Fiete beendete das Gespräch und klopfte bei den Frauen. Eine, es war Anna, öffnete. Anna war achtundzwanzig und die Schönste der vier. Sie lächelte Fiete an. Total bekifft, dachte er.

»We go!«, sagte er. »You must pack.«

Fiete wusste, dass er kein Englisch konnte, aber für diesen Zweck musste es reichen.

»You go to my mother. German learning.«

»To your mother?« Anna lachte und rief etwas Spanisches in den Raum. Die anderen drei lachten auch.

Fiete sah in das Zimmer. Es war ein heilloses Durcheinander. Rucksäcke, Kleidung, Schminkzeug, Zeitungen, leere Chipstüten und McDonalds-Verpackungen, volle Aschenbecher – das reine Chaos. Es würde eine Zeit dauern, bis sie das alles aufgeräumt und gepackt hatten. Aber die Frauen waren bester Laune, weil es jetzt endlich weiterging auf ihrer Odyssee.

»Where is your mother?«, fragte Conchita, die mit den grellblond gefärbten Haaren.

»Big house my mother. In Hamburg«, sagte Fiete und sie schienen zu verstehen.

Wenn nur Paco sich endlich mal melden würde.

14. Kapitel

Hauke hatte eine geruhsame erste Nacht in seiner Alstervilla verbracht. Am Samstag hatte Senator Wenger ihn in die Geheimnisse des Hauses eingewiesen. Sonntagmorgen waren die Wengers dann abgereist und Hauke konnte einziehen.

Vier Wochen Karibik-Kreuzfahrt hatten sie gebucht. Aber Wenger hielt es für möglich, dass er sich von seiner Frau zu einer Verlängerung der Reise überreden lassen könnte. »Dann geht´s von da aus weiter in die Südsee«, hatte er Hauke angekündigt. »Meine Frau würde am liebsten ganz auf so einem Kahn leben. Und wenn ich mir ansehe, was hier so um uns herum geschieht, ist es vielleicht wirklich das Beste.«

Hauke hatte am ersten Abend das ganze Haus inspiziert. Es war eine Traumimmobilie. Baujahr 1920. Drei Geschosse, ein schönes Zeltdach mit Erkern. Platz ohne Ende. Im Erdgeschoss ein großer Eingangsbereich, eher eine Halle. Dahinter schloss sich ein großer Wohnbereich an mit Zugang zum großen Garten. Ein großes Esszimmer und eine Küche, die einem Sterne-Restaurant gereicht hätte. Ein Arbeitszimmer, eher eine Bibliothek und ein paar kleinere Nebenräume fanden sich ebenfalls im Erdgeschoss.

Die Wengers hatten drei Kinder, die längst ausgezogen waren, aber ihre Zimmer waren noch fast unberührt. Es gab auch keinen Grund, die Zimmer anders einzurichten. Schließlich gab es ja noch zwei Gästezimmer. Eines davon bewohnte Hauke. Unter dem Dach war noch mal ein Wohnzimmer. Herrenzimmer hätte man früher dazu gesagt. Ein Humidor und ein Weinschrank, eine große Sammlung Vinylplatten, dazu der passende Highend-Plattenspieler, ein Aquarium – das war offensichtlich des Senators Hobbyraum. Hauke sah durch das pedantisch nach Genre und Alphabet sortierte Plattenregal. Viel Jazz, etwas Klassik, keine einzige Platte von Bob Dylan. Wie konnte ein gebildeter Mann wie der Senator ein Leben ohne Bob Dylan führen?

Zum Abendessen hatte sich Hauke in der Küche auf dem Sechsflammen-Gasherd eine Dosensuppe warmgemacht und kam sich dabei ziemlich blöd vor.

Er würde sich an die vielen leeren Räume gewöhnen müssen. Es war still, man hörte auch keinen Verkehr von der Straße. Das Haus selbst machte Geräusche. Dielen knarrten, Rohre knackten, der Wind schlug irgendwas auf irgendwas. Es dauerte eine Zeit, bis Hauke die Quelle eines Klickens ausmachte. Ein stattlicher Flaggenmast stand auf der Terrasse – ohne Flagge.

Jetzt, am Montagmorgen, fühlte sich Hauke schon etwas mehr als Schlossherr. Er trank Kaffee in der Küche, aß einen Toast mit Marmelade. Wenger hatte ihm gestattet, sich an allen Vorräten zu bedienen. Ein paar exklusive Weine hatte er weggeschlossen. Hauke hatte sich verkniffen, den Hausherrn darauf hinzuweisen, dass er keinen Alkohol trank. Das hätte den alten Herrn vielleicht misstrauisch gemacht. Wer überhaupt nicht trinkt, ist entweder strenggläubiger

Moslem oder trockener Alkoholiker. Beides keine besonderen Empfehlungen in der Welt des Senators.

Hauke schaltete das Radio ein und stolperte förmlich in die Berichterstattung über die nächste Katastrophe. Die al-Azhar-Moschee war in der Nacht angezündet worden und vollständig ausgebrannt. Täter und Motive unbekannt, hieß es. Menschen waren nicht zu Schaden gekommen.

Für Hauke war klar, aus welcher Ecke der Anschlag kam. Bereits am Sonntag hatte es eine unangemeldete Kundgebung so genannter besorgter Bürger vor dem Rathaus gegeben. Vielleicht fünfzig Leute waren da zusammengekommen. Auf ihren Transparenten standen Sprüche wie *»Gefährder jetzt abschieben«*, *»Schluss mit dem Import von Kriminellen«* und natürlich *»Danke, Merkel«*.

Als sich ein Trupp fahnenschwenkender Glatzköpfe in Springerstiefeln dazu gesellte, war die Polizei eingeschritten und hatte die Demo ohne weitere Vorkommnisse aufgelöst. Doch für den Dienstag hatten die AfD und weitere Organisationen einen Protestzug gegen die Asylpolitik der Regierung angemeldet. Sie wollten sich am Isemarkt, am Ort des Anschlages, versammeln. Das konnten die Behörden mit Hinweis auf die dort gleichzeitig stattfindende Trauerfeier noch verhindern. Das offizielle Berlin hatte sich für dieses Event angekündigt. Einen Marsch der Rechten vom Hauptbahnhof durch die Innenstadt musste das Gericht allerdings genehmigen.

Natürlich hatte der Schwarze Block eine Reaktion darauf angekündigt und so durfte man annehmen, dass eine Menge rechtes und linkes Krawallpotenzial auf dem Weg nach Hamburg war.

War Hauke sauer, dass er von dem Anschlag auf die Moschee aus dem Radio erfahren musste? Hatte er erwartet, dass Johanna oder Jonas ihn in der Nacht anrufen würden? Er war sich nicht sicher. Vermutlich wollten sie ihn raushalten.

Aber Hauke musste dabei sein. Er rief ein Taxi – ein Luxus, den ihm das Taschengeld des Senators erlaubte - und ließ sich in die Nähe der Moschee bringen.

Schon von weitem roch er den fauligen Gestank eines frisch gelöschten Brandes.

Die Straße war abgesperrt. Feuerwehr- und Polizeifahrzeuge standen vor dem Gebäude. Im Erdgeschoss klafften schwarze Löcher, wo mal Fenster gewesen waren. Auch die Wohnung darüber war ausgebrannt. An den Absperrungen standen überwiegend südländisch aussehende Menschen. Die meisten in westlicher Kleidung, viele aber auch im Kameez, dem langen, traditionellen arabischen Hemd. Die Männer sprachen aufgeregt miteinander, redeten auf die Polizisten ein.

Hauke erkannte mittendrin den Imam der Moschee. Von Johanna wusste er, dass der Leiter der Moschee nach Yasser Schuaas Tod nur eine Nacht in Haft gewesen war. Eine Verbindung zum Anschlag konnte ihm nicht vorgeworfen werden. Hauke trat auf den Mann zu und reichte ihm die Hand: »Herr Tahar, erinnern Sie sich an mich? Hauke Siebold.«

»Ja, ich erinnere mich. Haben Sie hier mit den Ermittlungen zu tun?«

»Nicht direkt.«

Mustafa Tahar war so alt wie Hauke, sein grauer Bart und die vielen Falten um die klaren, braunen

Augen ließen ihn aber älter erscheinen. Er stammte aus Ägypten, erinnerte sich Hauke, lebte aber schon sehr lange in Hamburg und sprach gut Deutsch.

»Wieso schickt Allah uns diese ganzen Prüfungen? Was haben wir hier falsch gemacht?«

»Ich weiß es nicht, Herr Tahar, sagen Sie es mir.«

»Ich habe ihren Kollegen schon gesagt, dass ich nicht weiß, wann Yasser in die Moschee gekommen ist. Ich habe nicht auf ihn geachtet. Es waren viele Menschen da. Ich habe auch nicht gesehen, dass er in mein Büro gegangen ist.«

»Kann es sein, dass er von draußen, über den Hinterhof in ihr Büro gekommen ist?«

»Ja. Schon. Aber er hatte keine Schuhe an. Das hatten Ihre Kollegen auch bemerkt. Seine Schuhe standen im Vorraum, wo sie hingehören.«

»Wie lange dauert das Freitagsgebet?«

»Ungefähr eine Stunde.«

»Da kann er doch mal zwanzig Minuten weg gewesen sein. Mehr Zeit hätte er nicht gebraucht.«

»Ja, das haben ihre Kollegen auch ausgerechnet. Aber ich kann das nicht glauben.«

»Kannten sie Yasser gut?«

»Nicht sehr. Er kam seit vielleicht zwei Jahren in unsere Gemeinde. Er war fast jeden Freitag beim Gebet, soweit ich mich erinnere. Aber wie gesagt, ich verfolge nicht so genau, wer da kommt und geht.«

Um Hauke und den Imam hatte sich eine kleine Traube von Zuhörern gebildet. Ein Polizist beobachtete die Szene misstrauisch. Einige der umstehenden Männer mischten sich ein.

»Der war ganz still. Der hat nie mit anderen gesprochen, der Yasser!«, sagte einer.

Ein anderer: »Der war noch ein richtiger Muslim. Der wusste noch, was Recht ist und was die Schrift von uns verlangt.«

»Was verlangt die Schrift denn?«, fragte Hauke den Mann.

»Die Ungläubigen zum Glauben zu bekehren«, sagte der Mann und Hauke bekam eine Gänsehaut.

»Kommen Sie mit. Lassen Sie uns irgendwo in Ruhe sprechen«, sagte Tahar und nahm Hauke am Arm. Sie gingen ein Stück die Straße hinunter zu einer türkischen Teestube. Das Lokal war voll. Als Hauke mit dem Imam eintrat, standen zwei Männer, die alleine an einem der Tische saßen, auf. Sie wiesen dem Imam und Hauke wortlos ihren Tisch und zwei freie Stühle zu. Sie selbst drängten sich mit ihren Stühlen an einen der vollbesetzten Tische. Der Imam lächelte milde. Diese Form der Ehrerbietung gegenüber dem Geistlichen war offensichtlich selbstverständlich.

Unter der Decke hing ein Fernseher, in dem tonlos ein türkischer Nachrichtensender lief. Es war unschwer zu erkennen, dass es unablässig um den Anschlag in Hamburg ging.

Der Wirt der Teestube gab dem Imam die Hand, sein junger Gehilfe brachte zwei Gläser Tee an den Tisch.

»Entschuldigen Sie«, sagte der Imam zu Hauke. »Meine Brüder sind etwas nervös. Das müssen Sie verstehen. Immer, wenn so etwas passiert, geht es gegen alle Muslime. Darauf reagiert jeder anders. Manche mit Zynismus oder Hass, andere mit einer

Haltung der Entschuldigung. Kein Muslim hat sich für dieses Verbrechen zu entschuldigen. Nur der, der es getan hat.«

»Hat Schuaa es getan?«

»Glauben Sie mir, wenn ich das wüsste, hätte ich es auch ihren Kollegen gesagt. Ich verabscheue diese Tat genauso wie Sie.«

»Haben Sie öfter mal mit ihm gesprochen? Was war er für einer?«

»Vor ein paar Wochen hatte er mich mal um ein Gespräch gebeten. Er fühlte sich nicht mehr wohl in Deutschland. Seine Geschäfte gingen schlecht. Er fand keine Frau. Er überlegte sogar, nach Syrien zurückzugehen. Seine Mutter war sehr krank und er hatte ein schlechtes Gewissen, dass er nicht bei ihr war.«

»Hatten Sie das Gefühl, dass er radikale Ansichten vertrat?«

»Was ist radikal? Er hatte seine Meinung über das Leben hier. Zu viel Alkohol, Drogen, Gewalt. Das machte ihm Angst. Das geht vielen meiner Glaubensbrüder so.«

»Und was macht einen Menschen wie Schuaa dann zum Terroristen?«

»Ich weiß nicht, ob er ein Terrorist war, Herr Siebold. Aber meine Brüder sehen nicht nur die Toten und den Terror hier. Sie sehen auch den Terror in ihrer Heimat. Während wir hier die Toten vom Isemarkt betrauern, sterben in Afghanistan, Syrien und anderswo ebenso unschuldige Menschen. Jeden Tag. Die amerikanischen Drohnen sollen Terroristen ausschalten. Doch sie treffen auch Schulen, Krankenhäuser und Hochzeitsgesellschaften.«

»Und das rechtfertigt das Töten völlig unschuldiger Menschen in Deutschland?«

»Nein. Natürlich nicht. Aber es hilft, zu verstehen, wieso junge Männer hier radikal werden.«

»Haben Sie das so auch meinen Kollegen erzählt?«

»Nein. Sonst hätten die mich vermutlich da behalten.« Der Imam lächelte.

»Schuaa hat sich wohl auch mit den Websites von Islamisten beschäftigt. Pierre Vogel zum Beispiel.«

»Das wundert mich schon. So hätte ich ihn gar nicht eingeschätzt.«

»Er soll bewaffnet gewesen sein.«

Der Imam zuckte mit den Schultern. Hauke stand auf.

»Danke, Herr Tahar, ich wünsche Ihnen alles Gute und dass Sie Ihre Moschee bald wieder öffnen können.«

Der Imam schüttelte sorgenvoll den Kopf.

»Das wird dauern, bis wir hier weiter kommen. Ich werde erst mal dem Geld hinterher rennen müssen. Die Versicherung wird das nicht bezahlen wollen, weil es Vandalismus ist. Die Täter wird man nicht fassen und wenn doch, dann haben sie kein Geld. Und die Stadt? Na, ich bin gespannt. Da wird bald ein Angebot vom DiTiB kommen, mir zu helfen?«

»Sie meinen diesen türkischen Islam-Verband?«

»Ja. Die haben Geld. Dann ist hier schnell alles wieder in Ordnung.«

»Aber sie möchten das nicht.«

»Natürlich nicht. Der DiTiB ist direkt dem türkischen Staat unterstellt. Die wollen dann hier alles bestimmen. Ich bin Ägypter. Ich spreche nicht mal

Türkisch. Die werden mir einen türkischen Imam vor die Nase setzen. Aber was habe ich für eine Wahl?«

Hauke gab dem Imam die Hand.

»Herr Siebold, eine Bitte: Yasser ist jetzt schon fast drei Tage tot. Er muss schnell beerdigt werden. So verlangt es der Koran. Aber die Polizei gibt seine Leiche nicht frei. Können Sie sich da vielleicht mal einschalten.«

»Ich will sehen, was ich tun kann«, sagte Hauke und wusste doch genau, was er tun konnte: nichts.

15. Kapitel
Montag 23. Oktober 2017, 12:00 Uhr / Joe

»Joe, sag mir doch, was los ist. Sprich doch mit mir«, sagte Charly bestimmt schon zum hundertsten Mal an diesem Tag. Und am Tag davor hatte er es auch hundert Mal gerufen. Und am Tag davor auch. Aber Joe sagte nur, dass er nachdenken müsse. Und wenn er damit fertig wäre, würde er mit Charly sprechen. Nicht vorher.

Nach der Sache mit dem Lastwagen war Joe schnell nach Hause gelaufen. Er war nicht hingefallen. Zu Hause hatte er sich eine trockene Hose angezogen, ohne dass Charly davon etwas mitbekommen hatte. Dann hatte er sich in sein Zimmer gesetzt und ein Bild von dem Teufel gemalt, der aus dem Laster gekommen war. Mit diesem Bild war er sofort zur Polizeiwache gelaufen. »Wo willst du denn noch hin?«, hatte Charly gerufen. Doch Joe hatte nur geantwortet. »Bin gleich wieder da.«

Bei der Polizei waren ganz viele Menschen und Autos gewesen und Joe kam gar nicht ins Haus rein. Er hatte einem Polizisten vor der Tür im Gedränge sein Bild gezeigt, aber der wollte das gar nicht sehen. Der sagte nur, Joe solle morgen wiederkommen. Das Bild war auch nicht gut. Joe hatte sich nicht genug Mühe gegeben. Man konnte den Teufel gar nicht richtig erkennen.

Und so war er wieder nach Hause gegangen, hatte sich aufs Bett gesetzt und nachgedacht. Er hätte gerne die Tür abgeschlossen, aber Charly erlaubte keine Schlüssel. Und so war erst Isa reingekommen, wie immer, ohne zu klopfen. Sie wollte das Geld, das er auf dem Markt verdient hatte. Joe hatte sie rausgeschickt. Dann war Jakob gekommen, den Isa immer Mongo nannte, und wollte mit ihm malen. Auch den hatte Joe rausgeschickt. Schließlich war Charly gekommen. Immer wieder.

Charly war es nicht gewöhnt, dass Joe stumm blieb. Joe sprach sonst immer mit Charly. Über alles. Aber jetzt nicht.

Am Tag nach der Sache mit dem Laster hatte Joe immer noch in seinem Zimmer gesessen. Er war nur zum Pinkeln rausgegangen und nur einmal zum Essen. Aber auch da hatte er nichts gesagt.

Dann hatte er wieder angefangen zu malen. Und diesmal hatte er sich mehr Mühe gegeben. Er malte erst mit Bleistift. Er malte den Teufel, wie er ihn angesehen hatte. Von vorne. Denn so hatte er ihn im Kopf. Das Teufelgesicht malte er mit den funkelnden Augen und den spitzen Zähnen. Den Hals, die schwarze Haut auf den Schultern und dem Bauch.

Und dann malte er noch das Teufelsgesicht, das er gesehen hatte, als der Teufel weglief. Das Gesicht auf der anderen Seite des Kopfes. Es sah noch unheimlicher aus, als das vordere Gesicht. Fast hätte sich Joe beim Malen wieder eingepinkelt, so unheimlich wurde ihm.

Nachdem er alles mit Bleistift gut vorgezeichnet hatte, nahm er die Buntstifte und malte alles bunt. Das Rot des Teufelsgesichts, das Grau der Jacke und die dunkelblaue und rote Teufelsfratze am Nacken. Es war ein gutes Bild und Joe war verdammt stolz. Nun musste er weiter nachdenken. Was sollte er mit dem Bild machen? Wieder zur Polizei, damit sie ihn wegschickten? Sollte er es Charly zeigen? Würde der ihm glauben, dass er den Teufel wirklich gesehen hatte? Joe wusste, dass Charly manchmal nur so tat, also würde er glauben, was Joe sagte. Damit Joe nicht traurig ist.

»Joe, kommst du zum Essen?«, rief Charly von draußen. »Es gibt Spaghetti Bolognese.«

Joe hatte Hunger und Spaghetti Bolognese war sein Lieblingsessen. Er schob das Bild von dem Teufel unter einen Haufen Papier auf seinem Schreibtisch und ging in die Küche. Er wusste jetzt auch, was er zu tun hatte.

Am Küchentisch saßen Isa, Jakob und Charly. Murat war nicht da. Der wurde manchmal von seinen Eltern abgeholt. Sie sollten sich wieder an ein Zusammenleben mit Murat gewöhnen. Was das bedeutete, verstand Joe nicht. Er selbst hatte keine Eltern mehr. Er war ja auch schon groß. Er brauchte sowas nicht mehr.

»Danke«, sagte Joe, als Charly ihm den Teller mit Spaghetti und Sauce gefüllt hatte. Und dann sagte er: »Gib mir bitte mal den Parmesankäse rüber, Charly.« Charly gab ihm den Käse zusammen mit der Käsereibe und strahlte.

»Hat unser Schweigemönch seine Sprache wiedergefunden?,« sagte er. »Das ist ja schön.«

»Wo war deine Sprache denn?«, fragte Jakob.

»Schnauze, Mongo!«, zischte Isa.

»Isa, bitte!« Charly sah Isa böse an. Er mochte es gar nicht, wenn Isa dieses Wort sagte.

Joe sah, dass Isas Arme ganz zerkratzt waren. Sie zog die Ärmel runter, damit Joe das nicht sehen konnte.

»Was ist mit deinen Armen, Isa?«, fragte er.

»Nichts. Vergiss es.«

»Und was hast du so erlebt?«, fragte Charly Joe.

»Ich habe den Teufel in dem Laster gesehen. Am Isemarkt«, sagte Joe, der beschlossen hatte, Charly in sein Geheimnis einzuweihen.

»Was?«

»Ja. Ich war da, wo er aus dem Laster ausgestiegen ist.«

Charly starrte Joe an, so dass der fast Angst bekam.

»Ist das wirklich wahr, Joe? Oder ist das wieder nur eine von deinen Geschichten? Denk genau nach. Das ist jetzt wichtig.«

»Ich habe den Teufel sogar gemalt. Soll ich ihn dir zeigen?«

»Ja, klar.«

Joe lief in sein Zimmer und holte das Bild. Charly sah es kurz an und legte es dann auf den Küchentisch neben seinen Teller. Er hatte wieder nicht aufgegessen, der Charly.

Er sah Joe merkwürdig an. Traurig? Enttäuscht? Joe konnte das schlecht unterscheiden.

»Du hast einen Teufel gemalt, Joe. Okay. Aber was hast du gesehen? Wirklich einen Teufel? Der Mann, der den Lastwagen gefahren hat, wurde von der Polizei gefunden.« Charly zeigte Joe eine Zeitung. Vorne drauf war ein großes Foto von einem Mann mit dunklem Bart und dunklen Augen. Darüber stand: *Yasser Schuaa, der Attentäter vom Isemarkt?* Joe verstand nicht ganz, was das bedeuten sollte. Aber der Mann auf dem Foto war nicht der Teufel, den er gesehen hatte.

»Und hat die Polizei ihn gefragt, ob er ein Teufel ist?«

»Er ist tot, Joe. Es ist vorbei. Erzähl mir in Ruhe, was du da auf dem Isemarkt erlebt hast.«

»Teufel können nicht sterben. Der Teufel lebt noch.«

»Du musst keine Angst haben, Joe. Es gibt in Wirklichkeit keine Teufel. Nur in Geschichten.«

Joe war sauer. Warum glaubte Charly ihm nicht: »Natürlich gibt es Teufel, Charly und ich habe einen gesehen und der ist mit dem Laster gefahren und dann weggelaufen.«

Joe sprang auf, nahm seine Zeichnung und rannte aus der Küche.

Charly lief hinter Joe her. »Wo willst du denn hin?«

»Ich gehe zur Polizei. Die glauben mir bestimmt.« Joe nahm seine Jacke von der Garderobe, die Los Angeles-Kappe vergaß er.

»Warte, Joe. Ich komme mit!«, rief Charly und griff ebenfalls seine Jacke. »Isa, pass du auf Jakob auf. Ich bin gleich wieder da.«

»Ach, Scheiße. Echt jetzt?«, rief Isa aus der Küche.

16. Kapitel

Hauke hatte sich mit Johanna an der Wache 17 verabredet. Er wollte ihr von seinem Gespräch mit dem Imam berichten. Es hatte zwar keine besonderen Erkenntnisse gebracht, aber so hatte er einen Grund, auch sie nach Neuigkeiten auszuhorchen. Als er mit dem Taxi eintraf, sprang die schöne Jo gerade leichtfüßig die Außentreppe zum Haupteingang hoch. Ja, sie löste immer noch Gefühle in ihm aus, da gab es keinen Zweifel. *And this visions of Johanna are now all that remains*, sang Bob Dylan in Haukes Kopf.

»Hey, Johanna«, rief er. Sie dreht sich um und blieb oben auf dem Treppenabsatz stehen. Er schloss zu ihr auf. Nicht annähernd so leichtfüßig.

Sie lächelte ihn an. Unverbindlich. Keinesfalls zu privat. »Na, was weißt du vom Imam zu berichten?«

»Er hält Schuaa für unschuldig.«

»Klar, was sonst.« Johanna grinste sarkastisch.

»Und was hast du?«

»Ich habe einen Lastwagen, den die KTU unter strenger Beobachtung von BKA-Superhirnen komplett auseinandergenommen hat.«

»Und?«

»Das Fahrzeug wäre anstandslos durch den TÜV gekommen. Also vor der Amokfahrt.«

»Na, dann ist ja alles gut. Und sonst nichts? Was hattet ihr denn erwartet?«

»Keine Ahnung. Einen Sprengsatz vielleicht. Oder verdächtige Dokumente. Der Wagen war ja nicht mal geklaut.«

»Ja, schon merkwürdig. Da fährt der brave Yasser mit seinem Lastwagen plötzlich und ohne Vorwarnung los, brettert über den Markt, tötet acht Menschen und flieht. Da passt was nicht.«

»Was meinst du?«

»Wenn er entkommen will, dann fährt er nicht mit seinem eigenen Wagen, sondern klaut einen oder mietet einen unter falschem Namen. Wenn er aber als Märtyrer im Kugelhagel sterben will, haut er nicht nach der Tat ab und verkriecht sich in seiner Stamm-Moschee.«

»Vielleicht hat er es sich unterwegs anders überlegt.« Johanna öffnete die Tür zur Polizeiwache und hielt sie Hauke auf. »Plötzlich wollte er kein Märtyrer mehr sein. Scheiß auf die siebzig Jungfrauen und nichts wie weg. In die Moschee ist er dann geflüchtet, um um Vergebung zu bitten.«

»Du weißt schon, Johanna, dass das mit den siebzig Jungfrauen Quatsch ist. Irgendein Übersetzungsfehler. Was die im Jenseits erwartet, weiß keiner so genau.«

»Ja, egal jetzt. Was ist das für einer, Hauke? Ein Amokfahrer, der den Tod scheut, ein flüchtiger Verbrecher, der so flieht, dass man ihn gleich findet? War er vielleicht in bisschen dumm? Oder verrückt?«

»Davon steht nichts in den Akten und auch der Imam hat nichts in dieser Richtung angedeutet.«

Sie standen nun etwas ratlos im Vorraum. Die Wache befand sich nicht mehr im Belagerungszustand. Das Interesse der Medien und der Schaulustigen hatte sich auf das BKA-Hauptquartier im Dorint-Hotel verlagert. Doch so ruhig wie sonst war es immer noch nicht. Bürger, die man in den letzten Tagen weggeschickt hatte, kamen nun mit ihren Anliegen wieder. Auch Menschen mit sachdienlichen Hinweisen zum Anschlag fanden sich vereinzelt ein. Ihnen zuzuhören, gebot nicht nur die polizeiliche Sorgfaltspflicht, es war auch eine Frage des Images. Die Polizei in der Hansestadt konnte es sich nicht leisten, hilfsbereite Bürger vor den Kopf zu stoßen. Auch wenn sie noch so viel Unsinn verzapften.

Johanna überlegte wohl noch, ob sie den Pensionär Hauke wieder vorschriftswidrig mit ins Büro nehmen sollte, da betrat ein junger Mann in Begleitung eines älteren Mannes die Wache.

Der junge Mann war Mitte Dreißig, mittelgroß, etwas stämmig und hatte einen merkwürdig starren Gesichtsausdruck. Vielleicht war es auch Konzentration. Er blieb dicht bei dem älteren Mann. Der war ungefähr genauso groß, um die Fünfzig und hatte mittellanges, graues Haar und einen kurzen, grauen Vollbart. Unter seinem grünen Parka trug er ein Kapuzenshirt mit dem Totenkopf-Emblem des FC St. Pauli.

Der junge Mann bewegte sich roboterhaft aber schnell auf den Tresen zu und fing einfach an zu sprechen: »Ich habe den Teufel gesehen, der den Lastwagen gefahren hat und ich habe ihn gemalt.«

Er legte ein DIN A 4-Blatt auf den Tisch. Hauke sah die Zeichnung eines Teufels. Furchterregend. Es war eine Zeichnung von sensationeller Qualität. Fast fotorealistisch. Hauke verstand nicht viel von Kunst, aber dieser junge Mann konnte zeichnen, keine Frage. Den könnte man direkt als Phantombildzeichner einsetzen. Aber Hauke merkte an der merkwürdigen Sprechweise des Mannes, an seinem starren Blick, vor allem aber an der Reaktion der Kollegen, dass hier ein Mensch mit gewissen Einschränkungen am Tresen stand.

»Hallo Joe, alles klar?«, sagte einer der Beamten. »Was bringst du uns denn heute?«

»Ich bringe euch den Teufel, der den Lastwagen auf dem Isemarkt gefahren hat. Den hab ich gesehen.«

Der Beamte nahm die Zeichnung in die Hand und betrachtete sie eine Weile.

»Wirklich wieder toll, Joe. Ehrlich. Du hast es drauf. Aber deinen Teufel hier, den haben wir schon und der sah auch viel menschlicher aus. Auch, wenn er in Wirklichkeit ein Teufel ist, das kann man sicher sagen.«

Hauke fiel ein Mann auf, der am Rand auf einer Bank saß und offenbar auf etwas wartete. Er beobachtete die Szene. Klar, dachte Hauke, ist ja auch eine tolle Show.

»Siehst du Charly!«, rief der junge Mann, den der Beamte Joe genannt hatte, zu dem Mann an seiner Seite, »Es gibt doch Teufel. Das sagt sogar die Polizei.«

»Okay, Joe. Jetzt hat die Polizei dein Bild, jetzt können wir wieder gehen«, sagte der Mann namens Charly.

»Hallo, Herr Michelsen!«, sagte der Beamte nun zu Charly. »Schön, dass Joe uns wieder hilft. Aber passen Sie gut auf ihn auf. Das kann auch gefährlich werden.«

»Ja, keine Sorge. Aber ich glaube, Joe hat da wirklich etwas gesehen auf dem Isemarkt. Ich weiß nicht genau was ...«

»Einen Teufel, Mann!«, rief Joe wütend und klopfte mit dem Zeigefinger heftig auf die Zeichnung. »Diesen Teufel hier habe ich gesehen. Seid ihr alle blöd, oder was?«

»Er war auf dem Markt«, fuhr Charly fort, »oder auf dem Weg dorthin. Möglich, dass er wirklich was gesehen hat.«

Der Polizist lächelte milde.

»Ja. Möglich. Aber wir haben inzwischen ein paar hundert ähnliche Aussagen und die bringen uns alle nicht weiter. Wir geben die schon gar nicht mehr ans BKA, weil die vor lauter Hinweisen den Wald nicht mehr sehen, geschweige einen Baum. Der Täter ist tot. Nun läuft die Suche nach den Hintermännern.«

»Na, dann wünsche ich viel Erfolg. Aber das Bild behalten sie doch hier, oder?«, sagte Charly.

Es war offensichtlich, dass der Beamte dieses Beweisstück loswerden wollte, aber ein Blick in Joes Gesicht ließ ihn erkennen, dass das keine gute Idee war.

»Klar. Ich mache mir eine Kopie. Das schöne Farbbild nimmt Joe wieder mit. Das ist zu schade für die Polizeiakten.«

Er ging zu einem Kopierer in der Ecke und zog drei Kopien. Das Original und eine Kopie gab er Joe.

Als Charly Michelsen gehen wollte, sprach Hauke ihn leise, fast verschwörerisch an: »Hauke Siebold mein Name. Interessant, was ihr Schützling da gesehen hat. Kann ich Sie morgen mal in Ruhe sprechen?«

»Klar, kommen Sie vorbei.« Charly gab Hauke eine Visitenkarte. »Rufen Sie aber vorher an.«

Dann war das merkwürdige Duo verschwunden.

Der Beamte atmete tief durch. »Der nun wieder. Der hatte uns gerade noch gefehlt.«

»Ein freier Mitarbeiter?«, fragte Johanna.

»Ja, frei von Hemmungen und Verstand. Der hat fast jede Woche eine wichtige Beobachtung zu melden. Hat eine lebhafte Fantasie.«

»Und kann verdammt gut zeichnen.«

»Oh ja, das kann er.« Der Beamte ging an einen Schreibtisch, zog eine Schublade auf und förderte einen Stapel Blätter hervor. Er breitete die Bögen auf dem Tresen aus. Hauke und Johanna betrachteten schweigend die eigenartige Galerie.

Monster, Werwölfe, Hexen, aber auch Feen, Elfen und Hobbits. Manche Figuren ohne Hintergrund, manche sogar vor Häusern und Bäumen. Die Zeichnungen waren sauber gearbeitet, mit unzähligen Details.

»Irgendwann machen wir hier mal eine Ausstellung damit. Gegen Eintritt.«

»Alle Achtung!«, sagte Hauke. »Malt er das von Fotos ab?«

»Nein. Michelsen sagt, dass zeichnet er aus dem Kopf. Oder aus dem Gedächtnis. Denn er hat diese Freaks hier je alle wirklich gesehen.«

»Verstehe«, sagte Johanna, »kein wirklich zuverlässiger Zeuge.«

»Genau. Joe ist ein netter Kerl und stellt auch nichts an. Aber er kann auch ganz schön nerven.«

»Und Charly?«

»Karl-Heinz Michelsen. Er ist sein Betreuer. Sozialarbeiter. Wohnt mit Joe und noch ein paar anderen Problemfällen in einer Wohnung hier in der Nähe. Also ich beneide den nicht um den Job. Aber soweit ich das beurteilen kann, ist das ein guter Typ. Wir hatten schon mit einer seiner Bewohnerinnen zu tun. In der Schanze aufgegriffen, als sie Meth kaufen wollte. Eine tragische Figur. Aber Michelsen hat die einigermaßen im Griff.«

Johanna und Hauke gingen in den ersten Stock ins Büro. Johanna hatte offenbar entschieden, die Vorschriften wieder zu ignorieren. Vielleicht, dachte Hauke, ist sie meine Betreuerin. Passt ein bisschen auf den Ex-Bullen auf, der sich einfach nicht aus den Ermittlungen raushalten kann.

Im Büro war Ruhe eingekehrt. Nur zwei Beamte saßen an Schreibtischen. Es waren auch weniger Computer. War alles ins Dorint Hotel zum BKA geschafft worden.

»Hey, Johanna!«, sagte einer der Männer, als sie eintraten. Hauke kannte ihn nicht.

»Hallo Nils.« Johanna gab dem Mann die Hand. »Das ist Hauke, ein ehemaliger Kollege. Er hat mich abgeholt. Ich gehe gleich mit ihm weg.«

Gute Idee, dachte Hauke. Wohin?

»Du, Johanna, es gibt Neuigkeiten.«

»Ja, bitte?«

»Die haben den LKW noch weiter auseinander genommen. Und weißt du, was die gefunden haben?«

»Das Bernsteinzimmer?«, mischte Hauke sich ein. Er hasste es, wenn Kollegen solche Ratespiele spielten. Sollte der Idiot doch einfach sagen, was sie gefunden haben.

»Sehr witzig. Nein. Koks. Zwanzig Kilo. Feinste Qualität. Das Zeug hat einen Marktwert von gut einer Million.«

»Wo war das denn versteckt?«, fragte Johanna.

»Im Tank. Der war etwas größer als bei diesem Modell normal.«

»Das heißt?«

»Zweihundertzwanzig Liter statt zweihundert. Und da haben sie dann in der Mitte einen Zylinder eingeschweißt mit dem Koks drin. Das war so von Diesel umgeben, das hätten Hunde nie erschnüffelt.«

»Und wie haben die Kollegen es gefunden?«

»Die haben das wohl geröngt.«

Hauke schüttelte den Kopf: »War unser Yasser auch noch Drogenkurier? Wie passt das denn jetzt da rein?«

»Das fragen sich die Kollegen vom BKA auch.«

»War der Tank voll?«, fragte Hauke.

»Ja, voll Koks auf jeden Fall.« Nils lachte.

»Ich meine voll Diesel.«

»Glaub schon. Wieso?«

»Ach nur so. Egal. Komm Johanna. Wir wollen doch los.« Hauke grinste und war gespannt, wohin sie mit ihm nun gehen wollte.

17. Kapitel

Das BKA hatte die Information über den Drogenfund nach kurzem Zögern an die Medien gegeben. Die drehten förmlich durch. So viel Schlagzeilenfutter hatte es ja lange nicht gegeben. BILD titelte: *Amok-Truck war Drogentransporter – Groß-Dealer und Terrorist: Wer war Yasser Schuaa?*

Spiegel online fantasierte den Tathergang zusammen: Schuaa war mit seinem LKW als Drogenkurier unterwegs um sein marodes Geschäft aufzubessern. Dann ereilte ihn das schlechte Gewissen. Ein gläubiger Muslim in Rauschgifthandel verstrickt? Verzweifelt und wütend auf sich und die westliche Welt, die ihn zum sündigen Handeln trieb, wollte er spontan Rache nehmen. Und so kam es, dass er ohne Plan und Ziel auf den Isemarkt einscherte und seine tödliche Mission umsetzte. Das Bekennervideo wurde in diesem Szenario unterschlagen.

Stern online mutmaßte, dass Schuaa gar nichts von den Drogen in seinem Tank gewusst hatte. Die Ladung sei ihm untergejubelt worden, weil er eine Ladung Büromöbel nach Dänemark zu fahren hatte. Dort wollten die Besitzer des Kokains ihre Ladung unbemerkt wieder einsammeln. Pech für die Drogenbosse, dass ihr unfreiwilliger Kurier noch eine Fahrt für Allah machen musste, die unsanft in der Innocentiastraße endete.

Gegen diese Theorie sprach, dass die Drogen so gut versteckt waren. Es musste Stunden gedauert haben, den Tank zu präparieren. Andererseits: Wenn die Drogenschieber einen anderen Tank präpariert hatten, den sie dann gegen den Originaltank am MAN ausgetauscht hatten, wäre das schneller über die Bühne gegangen.

Hauke fuhr mit der U3 bis Hoheluftbrücke. Die Bahn war rappelvoll und alle hatten das gleiche Ziel: die Trauerfeier auf dem Isemarkt. Eigentlich wäre heute ein regulärer Markttag gewesen, doch der war abgesagt. Erst am Tag zuvor hatten die Markthändler ihre Stände abbauen dürfen. So lange dauerten die Ermittlungen am Tatort. Für viele hatte das bedeutet, auf anderen Märkten am Samstag und am Montag nicht vertreten zu sein. Nun, am Dienstag, würde auch der lukrative Isemarkt für diese Händler ausfallen.

Die Isestraße war komplett gesperrt. Kolonnen von Polizeifahrzeugen standen in den Straßen. Auch Bundespolizei war reichlich vertreten. In einer Seitenstraße stand ein Wasserwerfer. Man rechnete wohl mit allem.

Am Anfang der Marktgasse, unweit der überirdisch gelegenen U-Bahnstation, war ein Bereich abgesperrt. Kränze und Berge von Blumen lagen dort. Kuscheltiere, laminierte Briefbögen mit Texten und Gedichten, Fotos der Verstorbenen. Ein Stück weiter, ungefähr dort, wo der LKW den Markt wieder verlassen hatte, war eine kleine Bühne aufgebaut. Hier würden die Redner stehen. Die Bundeskanzlerin war angekündigt. Sie war nach dem Anschlag auf dem Berliner Weihnachtsmarkt heftig kritisiert worden, weil sie sich erst so spät hatte blicken lassen. Das sollte diesmal wohl anders sein. Außerdem wollten der Bundesinnenminister und der Erste Bürgermeister ein paar Worte ans Volk richten.

Und das Volk kam. Eine Stunde vor Beginn der Veranstaltung standen die Menschen auf dem Isemarkt schon Schulter an Schulter. Über die gesamte Länge des Marktes, fast ein Kilometer, drängten sich die Trauerfeierteilnehmer. Direkt an der Bühne war ein Bereich für Ehrengäste abgesperrt. Hier sollten auch Angehörige der Opfer sitzen, aber niemand rechnete damit, dass sie vier Tage nach der Katastrophe an diesen Ort zurückkehren würden. Für den kommenden Sonntag war ein ökumenischer Gottesdienst im Michel geplant. Dort wären die Angehörigen dann wohl eher zu erwarten.

Polizisten in Kampfuniform säumten die Straßen. In vielen Fenstern der umliegenden Gebäude sah man Männer mit Ferngläsern. Über dem Geschehen kreisten Hubschrauber.

Hauke hatte sich einen Platz am Rand der Menge gesucht. Inmitten von Menschenmassen bekam er Panikattacken. Er sah die Bühne nur von Weitem und würde die Redner sicher gar nicht sehen. Aber das war nicht wichtig. Ihre Reden würde er hören. Überall waren Lautsprecher aufgebaut. Aber auch das war nicht wichtig. Was würden sie schon sagen? Wir lassen uns nicht unterkriegen. Wir leben unser Leben und unsere Werte. Das Übliche eben. Keiner würde bei diesen Reden fragen, warum nach den Erfahrungen von Nizza und Berlin, der Isemarkt noch nicht mit Betonpollern gesichert war. Es würde auch niemand fragen, wieso es immer wieder junge

Männer gab, die sich zu solchen Wahnsinnstaten berufen fühlten. Und es waren eben nicht nur die Unintegrierten, die Verlierer. Auch Leute, die in Deutschland geboren waren, ließen sich radikalisieren. Warum gelang es nicht, sie von den ach so hohen Werten der westlichen Welt zu überzeugen?

Dazu würde es vom Podium der Trauerfeier keine Antworten geben. Und so kamen die Antworten von den anderen. Von den Hetzern, den Vereinfachern. Sie waren in der Innenstadt unterwegs und riefen ihre rechten Hassparolen. Ihnen näherte sich eine ebenso gewaltbereite linke Gruppe aus dem Schanzenviertel. Die Bereitschaftspolizei würde den ganzen Tag damit beschäftigt sein, ein Zusammentreffen der beiden Blöcke zu verhindern. Hauke verfolgte das Geschehen über sein Handy. Die Hamburger Morgenpost hatte einen Live-Ticker eingerichtet.

Dann tippte ihm Claudia auf die Schulter. Er hätte sich wundern müssen, dass er inmitten tausender Menschen ausgerechnet seiner Ex-Frau begegnete. Aber er wunderte sich nicht, denn das war schon immer so gewesen. Sie hatte ihn immer gefunden. Auch, wenn sie ihn gar nicht gesucht hatte. Umgekehrt war das nicht so. Wenn sie ihn früher mal vom Bahnhof abgeholt hatte, konnte es passieren, dass er den Hals reckte, Ausschau nach ihr hielt, während sie grinsend neben ihm stand. Vielleicht war das genau das Drama ihrer Ehe. Sie immer in der Nähe und immer achtsam. Er immer abwesend.

»Und, Herr Kommissar a.D., lassen die alten Kollegen dich mitspielen?«

»Nicht so richtig. Aber ich spiele mein eigenes Spiel. Ich bin nämlich nicht sicher, ob die Kollegen das Spiel richtig spielen.«

»Na dann ist ja alles wie immer.«

»Klar.«

Nach kurzem Schweigen fragte Claudia: »Was meinst du damit: die Kollegen spielen das Spiel nicht richtig?«

»Sie gehen halt nur in diese eine Richtung. Islamistischer Täter, IS bekennt sich. Nun das Umfeld ausfindig machen und trockenlegen. Alles so einfach.«

»Aber nur, weil es einfach ist, muss es ja nicht falsch sein. Was sollen sie sonst tun? Der Täter ist doch bekannt. Da gibt es nichts mehr zu ermitteln, Hauke.«

»Ja. Vielleicht. Und was treibt dich hierher? Musst du nicht arbeiten?«

»Habe meine Mittagspause vorverlegt, wollte unbedingt hierhin. Stellvertretend.«

»Stellvertretend für wen?«

»Ich helfe gerade auf der Intensivstation aus, weil da so viel los ist. Wir haben noch ein paar Opfer des Anschlags. Einer von denen hatte hier eine Currywurstbude. Der Mann liegt immer noch im Koma.«

»Das ist bitter.« Hauke wusste nicht, was er dazu sagen sollte. Claudia war ihr Leben lang beruflich mit Tod und Trauer konfrontiert. Sie hatte immer eine gesunde Distanz wahren können. Was sollte das jetzt mit diesem Currywurstverkäufer?

»Er hat hier seine Frau und seine beiden Kinder verloren. Aber das weiß er noch nicht. Er wird irgendwann aufwachen, wenn das hier alles vorbei ist. Ich will ihm dann davon erzählen können. Ich will ihm sagen können, dass den Menschen in dieser Stadt sein Schicksal nicht egal ist.«

»Du weißt halt immer, was das Richtige ist, Claudia. Respekt.«

»Ist das jetzt Sarkasmus?«

»Nein, das meine ich verdammt ernst. Während meine Kollegen und ich, während die ganze Welt nur auf den Täter, seine Motive und Hintermänner schaut, kümmerst du dich um die Opfer. Das fühlt sich richtiger an. Vielleicht sollte ich das auch mal tun, auf die Opfer schauen.«

»Wie meinst du das?«

»Weiß ich auch noch nicht so genau. Mal darüber nachdenken.«

18. Kapitel

Hauke hatte sich für den Weg von der Wache in Eimsbüttel zu seiner Villa in Winterhude wieder ein Taxi gegönnt. Das darf nicht zur Gewohnheit werden, dachte er. Als insolventer Obdachloser hat man gewisse Verpflichtungen, was den Lebensstil angeht. Kurz bevor er eintraf, klingelte sein Handy.

»Ja?«

»Herr Siebold. Kleinholz hier, BKA.«

Schöne Scheiße, dachte Hauke. Der war bestimmt hinter Haukes kleines Geheimnis gekommen und wollte ihm mal eben den Arsch aufreißen. Wegen Amtsanmaßung und so. Kurz war Hauke geneigt, die Schlechter-Empfang-Karte zu spielen, um den Anrufer loszuwerden. Aber Kleinholz war vom BKA, dem musste man nicht mit Kinderkram kommen.

»Ja, was gibt´s?«

»Ich muss Sie dringend sprechen.«

»Wieso, worum geht es?«

Hauke hatte keine Ahnung, was ihm wirklich blühen konnte, weil er sich als Polizist ausgegeben hatte. Aber eigentlich hatte Kleinholz ihn ja gar nicht gefragt, ob er ein regulärer Beamter sei. Also hatte er auch nicht gelogen oder sich irgendein Amt angemaßt.

»Nicht, das was Sie denken. Keine Angst.«

»Was denken Sie denn, was ich denke?«

»Bitte, Herr Siebold, hören wir auf mit den Spielchen. Ich weiß inzwischen, dass Sie gar nicht

113

mehr im Dienst sind und mit mir nicht in der Moschee hätten sein dürfen. Geschenkt. Ich brauche Ihre Hilfe.«

Wow, dachte Hauke. Der Super-Bulle braucht Hilfe. Jetzt wird es spannend.

»Das ist interessant. Was kann ich für Sie tun?«

»Können wir uns treffen? Jetzt?«

»Ja. Schon. Soll ich zu Ihnen ins Hotel kommen?«

»Nein. Da sind mir zu viele Kollegen. Wir müssen ungestört sein.«

Es wurde immer spannender.

»Dann kommen Sie zu mir.«

Hauke gab Kleinholz die Adresse und legte auf.

In seiner Villa angekommen, musste Hauke erst mal die Post aus dem Briefkasten holen. Der lief nämlich ziemlich schnell über. Erstaunlich, wie viel Post ein längst pensionierter Geschäftsmann und Ex-Senator noch bekam. Briefe von Fondsgesellschaften waren dabei, aber auch von verschiedenen exklusiven Clubs. Außerdem musste er in Wengers Herrenzimmer die Fische füttern. Irgendwelche teuren Exoten dümpelten dort in einem riesigen Aquarium. Wenn diese Viecher den Urlaub ihres Besitzers nicht überleben sollten, wäre auch Haukes Leben ernsthaft in Gefahr. So hatte sich der Senator ausgedrückt und es klang nicht mal ironisch.

In der Küche war das Zeug, das er nach dem Frühstück nicht weggeräumt hatte, verschwunden. So eine Putzfrau war eine verdammt praktische Sache. Er erinnerte sich an Zeiten, als Claudia und er diesen Luxus auch einmal wöchentlich genießen konnten.

Um Punkt siebzehn Uhr erklang der vornehme Gong der Wengerschen Haustür. Vor der Tür stand Kleinholz. Um die Schulter hatte er eine Umhängetasche. Auf der flachen Hand hielt er ein kleines Päckchen einer Konditorei.

»Ich dachte ich bringe uns was zum Naschen mit!«, sagte er lächelnd. »Mit Wein oder Schnaps kann man Ihnen ja keine Freude machen, wie ich hörte.«

»Dann hätten Sie aber auch hören müssen, dass leere Kohlenhydrate, Transfette und raffinierter Zucker auch nicht ganz oben auf meinem Speiseplan stehen.« Hauke ließ den Kollegen ein und schloss die Tür.

Kleinholz ging durch die Halle und sah sich um. »Nobel, nobel. Schon erstaunlich, was die Pensionskasse der Hamburger Polizei so möglich macht.«

»Naja, das muss ich wohl erklären«, begann Hauke, doch Kleinholz unterbrach ihn.

»Müssen Sie nicht. Ich weiß von Ihrer Insolvenz und ich weiß auch, dass sie sich als Nachtwächter ein paar Euro hinzuverdienen, die Sie vermutlich nicht Ihrem Insolvenzverwalter melden. Herr Siebold, ich bin nicht hier, um Sie in die Pfanne zu hauen. Ich habe ein ganz anderes Problem.«

Hauke führte ihn in die Küche und bat ihn, am Küchentresen platz zu nehmen.

»Dann werde ich uns mal einen schönen Kaffee machen, damit wir diese süßen Bomben hier angemessen runterspülen können.« Hauke packte die Tortenstücke aus und legte sie auf kleine Teller, die er erst in den unzähligen Schränken suchen musste. Kleinholz beobachtet ihn amüsiert.

»Okay, Herr Kleinholz, dann schießen Sie mal los. Ich bin gespannt.«

»Können Sie sich vorstellen, dass der Anschlag auf dem Isemarkt die Tat einer Erpresserbande gewesen sein könnte?«

Hauke schluckte. »Ich kann mir auch vorstellen, dass die Erde eine Scheibe ist, aber es fällt mir schwer. Was gäbe es denn jetzt noch zu erpressen? Die Sache ist passiert.«

»Jetzt können die Erpresser Lösegeld fordern, damit so etwas nicht bald wieder passiert.«

»Klingt abenteuerlich. Haben Sie Hinweise?«

Kleinholz zog ein iPad aus seiner Umhängetasche, öffnete eine Datei und schob Hauke das Tablet über den Tresen. Hauke sah ein eingescanntes Dokument, das in großer Druckschrift beschrieben war.

Deutschland, am 3. Oktober 2017
Betreff: Wichtiger Sicherheitshinweis für die Bundeskanzlerin persönlich
Frau Bundeskanzlerin,
wir werden in Kürze einen Anschlag auf eine größere Veranstaltung in Deutschland verüben, bei dem es viele Opfer geben wird.

Sie können uns davon abhalten, indem Sie uns geschliffene Diamanten im Wert von 5 Millionen Euro bereitstellen (mind. 1 Karat pro Stein, mind. Qualität IF, keine Fluoreszenz, mind. 30 Gramm Gesamtgewicht).

Bitte signalisieren Sie uns Ihre Kooperationsbereitschaft, indem Sie Ihren Kanzleramtsminister am kommenden Sonntag in der Talkshow „Anne Will" eine schwarze Krawatte tragen lassen. Wir melden uns dann wegen der Details.

Hauke sah Kleinholz verwundert an.

»Und? Trug er eine schwarze Krawatte?«

»Er trug eine blau-gelb gestreifte.«

»Wie ist das Schreiben übermittelt worden?«

»Es wurde angeblich im Kanzleramt eingeworfen. Ganz normal in den Briefkasten.«

»Wieso angeblich?«

»Weil sich niemand dort an dieses Schreiben erinnern kann.«

»Und woher haben Sie es dann?«

»Heute wurde uns eine Kopie davon zugespielt. Die landete im Dorint-Hotel. Zusammen mit diesem Elaborat.«

Kleinholz wischte auf dem iPad herum und schob Hauke eine weitere eingescannte Seite über den Tresen.

Deutschland am 25. Oktober 2017
Betreff: Isemarkt
Mit beiliegendem Schreiben vom 3. Oktober 2017 hatten wir die Bundeskanzlerin persönlich gewarnt. Nun ist es passiert. Wenn Sie die nächste Katastrophe verhindern wollen, halten Sie geschliffene Diamanten im Wert von 10 Millionen Euro bereit (mind. 1 Karat pro Stein, mind. Qualität IF, keine Fluoreszenz, mind. 60 Gramm Gesamtgewicht). Wir melden uns wegen der Übergabe in Kürze.

Bald ist Weihnachten. Wir freuen uns auf Glühwein und Kerzenschein auf einem der vielen schönen Märkte in Deutschland.

»Kann sich im Kanzleramt niemand an das erste Schreiben erinnern, oder will man das nur nicht?«

»Gute Frage. Niemand dort würde heute zugeben, dass es eine Möglichkeit gegeben hätte, den Anschlag vom Isemarkt zu verhindern.«

»Auch nicht unter vorgehaltener Hand? So von Regierungschefin an Geheimdienstchef oder so?«

»Wir haben die Anweisung, das Schreiben ernst zu nehmen und absolut vertraulich zu behandeln. Selbst bei uns wissen nur sehr wenige Leute davon.«

»Und warum kommen Sie damit ausgerechnet zu mir? Ich bin nicht mal mehr im Dienst.«

»Genau deshalb. Sie können die Übergabe durchführen, ohne einer Befehls- und Berichtskette unterworfen zu sein. Das können Sie ohne viel Aufhebens im Alleingang machen. Wir wollen da keine Pannen und keine große Polizeiaktion. Sie sind ein guter Polizist. Das haben Sie mehrfach bewiesen und Sie haben keinen besonders guten Ruf.«

»Wie bitte?«

»Spielsüchtig, pleite, Ex-Alkoholiker, bei fast allen Kollegen unten durch. Außerdem hatten Sie ungeklärte Kontakte ins Milieu. Wenn Sie etwas ausplaudern, können wir es immer als die Fantasien eines frustrierten Losers darstellen. Niemand würde Ihnen glauben.«

»Das ist ja sehr nett. Danke auch. Aber, wenn ich das ganz alleine durchziehe, wird es schwer, die Erpresser zu fassen.«

»Das lassen Sie dann unsere Sorge sein. Wir müssen erst mal Zeit gewinnen, um herauszufinden, ob es dieses erste Schreiben wirklich gegeben hat. Das wäre dann ja der Beweis dafür, dass wir es mit brandgefährlichen Leuten zu tun haben.«

»Glauben Sie nicht, dass es Trittbrettfahrer sind, Dilettanten, die nun ihre Chance wittern?«

»Kann sein. Sehr wahrscheinlich sogar. Aber, wenn die Trittbrettfahrer was drauf haben, sind sie vielleicht nicht für den Isemarkt-Anschlag verantwortlich, aber durchaus bereit zu einem nächsten Wahnsinn. Um ihre Forderung zu untermauern. Natürlich wollen wir sie fassen. Aber erst nach der Übergabe, wenn sie sich sicher fühlen. Es darf nichts schief gehen. Wir können uns einen zweiten Isemarkt in den nächsten Wochen nicht leisten.«

»Und wie wollen Sie die Leute fassen?«

»Wir folgen den Diamanten.«

»Wie wollen Sie das anstellen?«

»Glauben Sie mir: unsere Spezialisten haben Methoden, an den Steinen dran zu bleiben, da kommen sie nicht drauf. GPS, sage ich nur. Microkleine Tracker.«

»Wieso wollen die überhaupt Diamanten? Sind das Juweliere, oder was? Das ist ja total old school. Fast romantisch. Macht man so was heute nicht mit Bitcoin?«

»Ja. Oder mit verschlüsselten Überweisungen auf Auslandskonten. Darum glauben wir auch, dass wir es nicht mit Profis zu tun haben.«

»Warum nicht gleich Bargeld? Das wird man besser los. Die Diamanten müssen sie an Hehler verkaufen.«

»Das dürfte im Ausland kein Problem sein. Und sechzig Gramm Diamanten kann man gut transportieren. Haben Sie eine Ahnung, wie viel zehn Millionen Euro in Hunderten wiegen?«

»Zehn, fünfzehn Kilo?«

»Ha! Über hundert Kilo. Da müssen Sie mit dem Gabelstapler zur Geldübergabe.«

»Vielleicht sind es ja doch Terroristen. Die wollen beides. Angst und Schrecken verbreiten und die Kriegskasse füllen.«

»Auch das ist denkbar. Also, Herr Siebold, sind Sie dabei?«

»Habe ich eine Wahl? Als frustrierter Loser freut man sich doch, wenn man gebraucht wird.«

Kleinholz lächelte. Hauke stellte die Teller und Tassen in die Spülmaschine. Er nahm eine Wasserflasche und zwei Gläser und führte Kleinholz in den Wohnbereich. Er entzündete ein Feuer im Kaminofen und setzte sich zu dem BKA-Mann in die Sitzgruppe. Dann schenkte er Wasser ein, gab Kleinholz ein Glas.

Er stieß sein Glas gegen das von Kleinholz und sagte: »Hauke. Macht einiges einfacher.«

»Thomas!«, sagte Kleinholz und trank sein Wasserglas auf ex.

»Okay, Thomas. Wie geht es weiter?«

»Wir haben mit der letzten Botschaft einen weiteren Schrieb bekommen. Wieder auf Papier. Die Leute verweigern sich konsequent der Digitalisierung. Das ist clever. So hinterlassen sie keine Spuren. Wir haben auf deren Anweisung hin für übermorgen in der Hamburger Morgenpost auf der Seite mit den Prostituierten eine Anzeige geschaltet. Text: Älterer Herr versüßt jungen Damen die einsamen Stunden. Stunde: 1.000 Euro.«

»Was ist denn das für ein beknacktes Angebot.«

»Das haben die uns so vorgegeben. Sie haben wohl einen eigenartigen Humor. Sicher ist aber auch: Ein ähnliches, echtes Angebot wird es nicht geben und anrufen wird diese Nummer auch niemand, außer den Erpressern. Die Nummer gehört zu diesem Handy.«

Thomas Kleinholz griff in seine Umhängetasche und zog ein einfaches Mobiltelefon hervor. Er legte es vor Hauke auf den Couchtisch.

»Du wirst darüber am Samstag Anweisungen erhalten. Mehr weiß ich auch nicht. Die Brillanten bringen wir dir rechtzeitig.«

Hauke ging zum Kühlschrank, nahm eine Flasche Bier, öffnete sie und gab sie Thomas.

»Danke«, sagte der, »hätte mich nicht getraut, danach zu fragen.«

»Und was tut ihr BKA-Superbullen noch, um den Anschlag aufzuklären? Unsere Erpresser hier sind doch nur eine Möglichkeit. Und wie ich finde, eine ziemlich absurde.«

»Wir pflügen bundesweit durch den islamistischen Sumpf. Recht erfolgreich. Jeder, der in den letzten Jahren Kontakt mit diesem Schuaa hatte, steht auf unserer Liste. Einige haben wir schon festgesetzt. Auf kurz oder lang werden wir wissen, wer das Bekennervideo gemacht hat, wer noch hinter Yasser steht. Ich bin da ganz zuversichtlich. Es ist ja auch nicht so, dass die Kollegen von BND und Verfassungsschutz erst wach werden, wenn was passiert. Die haben eine ganz gute Landkarte der Fanatiker in diesem Land und anderswo.«

»Na, wenn Ihr euch da mal nicht irrt. Nach allem was ich weiß, war dieser Schuaa nicht wirklich ein Fanatiker.«

»Ja. Aber bei allem Respekt, Hauke a.D., was weißt du schon?«

19. Kapitel

Hauke erwachte vom Klingeln seins Handys. Es war halb neun. Verschlafen. Das war jedenfalls sein erster Impuls. Aber wer keine Pflicht zu erfüllen hatte, konnte nicht verschlafen. Er war Rentner. Er hätte den ganzen Tag im komfortablen Boxspringbett des Wengerschen Gästezimmers liegen können. Niemand würde ihn vermissen. Oder eine vielleicht? Denn das Display seines Handys zeigte: *Johanna, Dienst.* Er hatte auch eine Nummer *Johanna, privat* gespeichert. Aber die war nicht mehr gültig. Johanna hatte sie geändert. Sie behauptete zwar, dass das nichts mit ihm zu tun habe, aber das glaubte er nicht. Er hatte sie ein paar mal zu oft ungebeten angerufen. Damals.

»Guten Morgen, Johanna.«

»Guten Morgen. Ausgeschlafen?«

»Klar, was gibt´s. Wo kann ich helfen?«

»Wie kommst du darauf, dass du helfen kannst?«

»Warum sonst solltest du mich anrufen?«

»Na, zum Beispiel, um deinen langweiligen Rentneralltag etwas in Schwung zu bringen.«

Hauke setzte sich im Bett auf und sah sich um. Ein geschmackvolles Zimmer. Groß. Dachschräge mit Gaube, ein Regal mit wenigen Büchern und einigem Nippes. Ein kleiner Sekretär. Sicher wertvoll. Ein moderner Schrank mit Spiegeltüren. Das große Bett. Zum Zimmer gehörte ein kleines Duschbad. Als

Hotel hätte es sicher vier Sterne und gute Bewertungen auf TripAdvisor.

»Ich bin gespannt.«

»Du hattest dich doch dafür interessiert, ob der Tank von Yassers LKW voll war.«

»Ja. Und? War er voll?«

»Randvoll.«

»Dachte ich es mir doch. Dann hat er unmittelbar vor der Amokfahrt noch getankt. Aber warum? Er hatte keinen weiten Weg vor sich.«

»Das nehmen wir jedenfalls an. Interessant ist aber auch die Frage, wo er getankt hat.«

»Und deshalb willst du nun Tankstellen abklappern.«

»Ja, in der Umgebung der Isestraße habe ich ...«

»Stop. Falsch.«

»Wie bitte? Was ist falsch, Hauke? Klugscheißer.«

»Wir suchen nicht rund um den Isemarkt, sondern rund um die Moschee. Wenn er während des Freitagsgebets von der Moschee zum Isemarkt gefahren ist, so wie deine BKA-Freunde vermuten, dann wird er in dieser kurzen Zeit nicht auch noch getankt haben. Also hat er das vor dem Gebet gemacht.«

Hauke nahm sein iPad vom Nachtisch und steuerte GoogleMaps an. Es dauerte einen Moment, bis er ein Ergebnis hatte.

»Hauke? Bist du noch dran?«

»Ja. Und ich habe vier Tankstellen in der näheren Umgebung der Moschee.«

»Ich hole dich ab. Wie war noch die Adresse?«

Hauke hatte gerade noch Zeit zu duschen und sich anzuziehen, da klingelte es schon.

Johanna war schwer beeindruckt von Haukes neuer Bleibe, aber für eine Schlossführung war keine Zeit.

***

Zwei erfolglose Stunden später standen sie in der inzwischen vierten Tankstelle und schauten sich schlechte Videoaufnahmen der Überwachungskameras an. In allen Tankstellen war es das gleiche: Die dort tätigen Aushilfskräfte hatten keinen Zugriff auf die Videoaufzeichnungen und mussten erst den Chef rufen, der sich dann wichtig machte. Ob er das überhaupt dürfe und ob sie einen richterlichen Beschluss hätten. Erst wenn Johanna erwähnte, dass es um Ermittlungen im Zusammenhang mit dem Isemarkt-Anschlag ging, wurden die Leute kooperativer.

Sie sahen sich immer nur die Aufnahmen dieser einen Stunde vor dem Anschlag an. Auch an dieser letzten Tankstelle. Sie standen mit dem Chef namens Attila Nezzin in einem kleinen Büro und blickten auf einen verschmierten PC-Bildschirm. Mit der Maus navigierte der dicke, unfreundliche Nezzin durch die Überwachungsvideos.

Im fraglichen Zeitraum hatte viel Betrieb geherrscht. Ein paar LKW in der passenden Größe waren auch dabei. Aber entweder hatten sie die falsche Farbe, Werbeaufschriften oder das Kennzeichen, das auf den meisten der Aufnahmen zu erkennen war, stimmte nicht überein. Sie spulten die Aufnahmen schnell durch. Diese Tankstelle hatte drei

Kameras, was die Suche nicht einfacher machte. Fast hatten sie die Hoffnung aufgegeben.

»Stop!«, rief Hauke plötzlich. »Zurück.«

Da war er: Schuaas LKW. Der Bildausschnitt zeigte den Wagen von schräg hinten. Das Nummernschild war deutlich lesbar. Sie sahen, wie ein Mann ausstieg und die Zapfpistole in den Tank steckte. Er stand fast reglos neben dem Fahrzeug, wie man eben rumsteht, wenn man darauf wartet, dass der Tank voll wird. Es dauerte nicht lange. Klar, so viel Diesel ging ja nicht rein, bei dem ganzen Koks, das schon drin war. Der Mann war nicht gut zu erkennen. Möglich, dass er einen dunklen Bart hatte, aber nicht sicher.

Dann hängte der Mann die Zapfpistole wieder ein und ging nach links vorne aus dem Bild. Richtung Kassenraum.

Nach sehr kurzer Zeit kam er wieder zu seinem LKW. Diesmal aber von vorn, also aus der anderen Richtung. Er öffnete die Fahrertür, stieg ein. Der LKW fuhr los.

»Das ging aber schnell«, sagte Johanna. Und dann an Nezzin gerichtet: »Geht das immer so schnell bei Ihnen?«

»Eigentlich nicht, aber ... «

»Moment, es geht noch weiter!«, rief Hauke.

Alle starrten auf den Bildschirm. Nun stand ein Mann dort, wo vorher noch der LKW gestanden hatte und sah sich um. Dann lief er nach rechts aus dem Bild. Man sah ihn nur von hinten, aber nach Kleidung und Statur konnte es der Mann mit dunklem Bart gewesen sein.

»Der hat sich den LKW klauen lassen«, rief Attila Nezzin belustigt. »Das ist ja völlig irre. Warum weiß

126

ich davon nichts? Das muss der doch gemeldet haben.«

»Er hatte gute Gründe, das nicht zu tun«, sagte Johanna.

»Echt? Warum denn?«, wollte Nezzin wissen.

Johanna gab keine Antwort und verlangte stattdessen eine Kopie des Videos. Der Mann zog die Datei auf einen USB-Stick und gab ihn der Polizistin.

»Da hat er blöd geguckt, der Yasser«, sagte Hauke, als sie wieder im Auto saßen.

Johanna fuhr los und tippte gleichzeitig einen Kontakt auf ihrem Handy an. Die Freisprechanlage übertrug das Klingelzeichen.

»Kleinholz.«

»Herr Kleinholz, Johanna Meermann hier. Wir wissen, wo Schuaa unmittelbar vor dem Anschlag getankt hat.«

Einen Moment herrschte Stille. Ungefähr so lange, wie man braucht, um den Satz: Scheiße, wieso bin ich da nicht selbst drauf gekommen, zu denken.

»Wer sind wir?«, fragte Kleinholz schließlich scharf.

Hauke grinste Johanna an. »Na wir, die Polizei. Im Moment noch ich, gleich Sie und dann die anderen Kollegen.«

»Frau Meermann, darf ich Sie darauf hinweisen, dass nur Angehörige der Polizei an Ermittlungen teilnehmen dürfen. Keine Zivilisten, keine pensionierten Polizisten.«

»Klar, Herr Kleinholz. Ich weiß gar nicht, was Sie meinen.« Hauke musste sich das Lachen verkneifen. Johanna war weniger belustigt. Sie wollte seinetwegen keinen Ärger.

»Wollen Sie jetzt wissen, was es mit der Tankstelle auf sich hat?«

»Ja, klar. Erzählen Sie.«

Johanna schilderte kurz, wie sie die Tankstellen abgeklappert hatte und schließlich fündig geworden war. Und sie erzählte von dem merkwürdigen LKW-Diebstahl.

»Und so, Herr Kleinholz, können wir davon ausgehen, dass Schuaa den Laster gar nicht gefahren hat und wir unseren Täter ganz woanders suchen müssen. Der arme Mann war einfach zur falschen Zeit am falschen Ort.«

»Ach, ist das ihre Schlussfolgerung? Sind Sie da nicht etwas voreilig? Ich kann mir auch folgendes Szenario vorstellen: Der LKW wurde ganz bewusst an der Tankstelle von einem Komplizen Schuaas übernommen. So ist Schuaa als Halter des Wagens aus dem Fokus und kann sich ganz unschuldig zum Beten begeben. Leider war er dort dann zur falschen Zeit am falschen Ort.«

Johanna sah Hauke an. Der verzog das Gesicht, zuckte mit den Schultern. Das war ein wortloses: Kann auch sein.

»Und Frau Meermann, wie passt denn das Bekenner-Video von Schuaa in ihre Geschichte?«

»Das passt nirgendwo rein. Auch in Ihre Geschichte nicht. Das ist vermutlich eine Fälschung vom IS. In Ihrer Geschichte hätte Schuaa den LKW auch als gestohlen melden müssen.«

»Damit er direkt von der nächsten Streife gestoppt wird?«, blaffte Kleinholz. »Unwahrscheinlich. Was halten Sie davon: Schuaa hat unterwegs Schiss bekommen und wollte nicht mehr Allahs willfähriger

Diener sein. Er hat einen Komplizen angerufen, der hat dann den LKW an der Tankstelle übernommen. Da hatte Schuaa das Bekennervideo längst gedreht. Wir gehen sowieso davon aus, dass Schuaa kein Einzeltäter war. Wir haben in den letzten Tagen ein paar vielversprechende Verhaftungen vorgenommen. Nicht nur in Hamburg.«

»Herzlichen Glückwunsch. Kommen die jetzt alle nach Guantanamo?«

»Cool bleiben, Frau Meermann. Hat ihr Zeuge, dieser Tankstellen-Chef, Schuaa an diesem Tag denn selbst gesehen?«

»Nein. Er war zu dem Zeitpunkt an einer seiner anderen Tankstellen. Es wurde ihm auch kein LKW-Diebstahl gemeldet. Und die Kamera-Aufzeichnungen hat sich auch keiner angesehen. Das tun die ja nur, wenn einer ohne zu Bezahlen abhaut.«

»Dann sollten Sie vielleicht mal mit dem Mitarbeiter sprechen, der während des vermeintlichen Diebstahls vor Ort war.«

Hauke nickte.

»Ja. Sicher. Ich melde mich wieder«, sagte Johanna sichtlich getroffen, legte auf und wendete den Wagen.

Von Attila Nezzin erfuhren sie Namen und Adresse der Aushilfe, die zur fraglichen Zeit an der Kasse stand. Im Rausgehen kaufte Hauke noch die BILD. Erst jetzt war ihm die Titelseite ins Auge gefallen. *Wir klagen an!* stand dort in riesiger Schrift. Darunter die Fotos der Opfer vom Isemarkt. Alle acht. Auch die Kinder. Ihre Porträts waren wenigstens verpixelt.

***

Anita Krausser wohnte in Hamburg-Wandsbek. Nach kurzer Fahrt standen Hauke und Johanna in einer 70er Jahre-Hochhaussünde vor ihrer Tür im fünften Stock und klingelten.

Es dauerte eine Zeit, bis sich die Tür öffnete. Eine kleine, junge Frau sah Hauke und Johanna aus verschlafenen Augen an. Sie trug ein T-Shirt mit FCK-AFD-Aufschrift und eine graue Jogging-Hose. Ihre schulterlangen, schwarz gefärbten Haare, waren ungekämmt. Sie hatte ein hübsches Mädchengesicht.

»Oh, Bullen«, sagte sie und verzog den Mund.

»Na, Sie haben ja offenbar Erfahrung«, entgegnete Johanna und zückte ihren Ausweis. »Johanna Meermann, mein Kollege Siebold. Sind Sie Frau Krausser?«

Auf dem Weg nach Wandsbek hatte sich Johanna von einem Kollegen die sehr kurze Akte von Anita Krausser zusammenfassen lassen. Schweizer Staatsbürgerin, Studentin der Informatik in Hamburg, nicht vorbestraft, aber aktenkundig wegen einer kleinen Marihuana-Sache vor drei Jahren. Außerdem war gerade eine Ermittlung gegen sie eingestellt worden im Zusammenhang mit Krawallen beim G20-Gipfel im vergangenen Juli. Ihr war zur Last gelegt worden, in Altona einen PKW angezündet zu haben. Es mangelte aber, wie meistens in solchen Fällen, an Beweisen.

»Frau Krausser?«, sagte sie amüsiert. »So nennen mich wirklich nur die Bullen.« Ein leichter Schweizer Akzent war unüberhörbar.

»Dürfen wir reinkommen?«

»Ungern. Ich habe nicht aufgeräumt. Worum geht es denn?«

»Wir brauchen ihre Zeugenaussage wegen eines Diebstahls an der Tankstelle, in der Sie arbeiten.«

»Aha. Ich weiß zwar nicht, was sie meinen, aber kommen sie ruhig mal rein.«

Die Wohnung war recht groß. Die junge Frau führte Hauke und Johanna durch einen langen Flur in eine große helle Küche.

»Wohnen Sie alleine hier?«

»Nein. Noch zwei Kollegen. Die sind aber nicht da.« Das Wort Kollegen sprach sie mit dem typischen Kratzen des Schweizer Dialekts aus. Hauke wusste, dass die Eidgenossen damit Freunde meinen und nicht Arbeitskollegen.

»Keine Uni heute?«

»Geht Sie das was an?«

Sie setzten sich an den Küchentisch, auf dem noch Frühstückssachen herumstanden. In der Spüle stapelte sich Geschirr. An den Wänden hingen Aufrufe längst vergangener Antifa-Demos neben Konzertplakaten von *Feine Sahne Fischfilet* und irgendwelchen Bands die Hauke nicht kannte.

»Ich könnte jetzt sagen, dass ich Ihnen gerne was anbieten würde, aber das wäre gelogen.« Anita Krausser grinste frech.

»Geschenkt!«, sagte Johanna. Hauke kannte die Ex-Kollegin gut genug. Er wusste, wie sehr sie sich zusammenreißen musste, um dieser Göre nicht einfach ins Gesicht zu brüllen.

»Haben Sie am letzten Freitagmittag in der Tankstelle an der Feldstraße gearbeitet?«

»Ja. Aber das hat Ihnen Attila doch bestimmt gesagt. Sonst wären Sie ja nicht hier.«

»Ist Ihnen da etwas Ungewöhnliches aufgefallen?«

»Definieren Sie ungewöhnlich.«

»Wie bitte?«

»Also ich weiß ja nicht, was sie ungewöhnlich finden. In diesem scheiß Tankstellenjob ist es ungewöhnlich, wenn einer der Kunden mal freundlich ist und einem in die Augen sieht. Ich finde es ungewöhnlich, wenn mir einer mal zwei Euro Trinkgeld gibt. Richtig ungewöhnlich würde ich finden, wenn der Attila, dieser Ausbeuter, mir mal mehr als Mindestlohn zahlen würde, anstatt mir ständig auf die Titten zu glotzen.«

»Ich meine jetzt mit ungewöhnlich, ob zum Beispiel einer ohne zu zahlen abgehauen ist.«

»Nö. Das merkt ja meistens einer von uns sofort. Da gibt es dann einen Riesenstress.«

»Waren Sie allein an dem Mittag?«

»Im Kassenraum bin ich meistens allein. Ein Kollege oder eine Kollegin ist dann noch an der Waschstraße und kümmert sich um andere Sachen draußen.«

»Haben Sie einen Diebstahl bemerkt?«

»Was für einen Diebstahl? Wenn mal ein kleiner Junge aus der Nachbarschaft ein Snickers klaut, mache ich doch keinen Stress. Da gucke ich weg. Das bringt den Attila nicht um.«

Hauke rückte näher auf die junge Frau zu. Sie wich etwas zurück. »Wir meinen kein Snickers, Anita, sondern einen 12-Tonner-Lastwagen. Weiß. Mit Kofferaufbau. Während der Fahrer bei Ihnen bezahlt hat, ist ein anderer mit dem Fahrzeug abgehauen.«

Anita grinste über das ganze Gesicht. »Ohne Scheiß? Das ist ja abgefahren. Aber sowas musste ja mal passieren. Die Leute lassen ganz oft die Schlüssel stecken.«

»Aber Sie haben nichts bemerkt?«

»Nein!«, sie kreischte fast. Halb belustigt, halb empört. »Ich kann das auch gar nicht glauben. Der Typ wär doch sofort wieder in die Tanke gekommen. Der hätte doch gewollt, dass ich die Bullen rufe.«

»Der offenbar nicht. Denken Sie noch mal nach. Ist ihnen wirklich nichts aufgefallen?«

»Nein. Da ist viel los um die Zeit.«

Hauke nahm sein Handy aus der Tasche, holte ein Bild von Yasser Schuaa auf das Display und hielt es Anita unter die Nase.

»Haben Sie diesen Mann an diesem Tag an ihrer Kasse bedient?«

Sie sah das Bild einen Moment an und schüttelte den Kopf. »Von der Sorte kommen jeden Tag fünf bis zehn da rein, die sehen doch alle gleich aus.«

»Ist das jetzt nicht ein bisschen rassistisch?«, sagte Hauke und warf Johanna einen verschwörerischen Blick zu.

»Ach, wenn sie von diesen Typen jeden Tag angestarrt und auf einen Kaffee eingeladen werden, dann gucken sie irgendwann nicht mehr so genau hin. Aber ein alter, weißer Hetero-Mann wie Sie, hat davon keine Ahnung. Ihnen fehlt die Diskriminierungserfahrung.« Sie grinste Hauke provozierend an.

»Jetzt, wo Sie mich gerade wegen meines Alters, meiner Hautfarbe, meiner sexuellen Orientierung und meines Geschlechts diskriminiert haben, ist die Erfahrung schon ein gutes Stück gewachsen.«

Johanna stand auf und gab Hauke ein Zeichen, das Aufbruch bedeutete. Sie gab Anita Krausser ihre Visitenkarte. »Wenn Ihnen doch noch was einfällt, rufen Sie mich bitte an.«

Anita musterte die Visitenkarte. »Klar, mache ich. Aber mal ehrlich«, sie stand nun direkt vor Johanna, »seit wann schickt man wegen eines geklauten Lastwagens zwei Kriminalkommissare los? Habt ihr sonst nichts zu tun?«

»Mit dem mutmaßlich gestohlenen LKW wurde der Anschlag auf dem Isemarkt verübt.«

Anita riss die Augen auf. »Wow. Das ist krass.«

»Ja. Verdammt krass«, sagte Hauke und bewegte sich dem Ausgang zu.

»Wissen Sie was ich gut finde, Frau Meermann?«, rief Anita ihnen hinterher, »dass Sie, die Frau, die Chefin von dem alten Knacker sind. Hätte gar nicht gedacht, dass ihr bei den Bullen schon so weit seid.«

»Ja, das finde ich auch gut«, murmelte Johanna und Hauke stieß ihr den Ellbogen in die Seite.

Johanna bestand darauf, Hauke in seine Villa zu fahren. Sie wollte auf keinen Fall mit ihm auf dem Revier gesehen werden. Kleinholz hatte sich da klar ausgedrückt. Er war zwar nicht ihr Vorgesetzter, aber der Einfluss des BKA war in diesen Tagen grenzenlos.

Hauke betrachtete während der Fahrt die Opfergalerie auf der BILD, während Johanna den Passat durch den dichten Verkehr quälte.

Die Namen der Getöteten waren von der Polizei bekannt gegeben worden. Fotos wurden aber nicht verbreitet. Die hatte sich die Redaktion selbst organisiert. Fotos der getöteten Standinhaber waren sicher nicht so schwer zu beschaffen. Auf der Website des Isemarktes waren viele der Händler abgebildet. Nach den Fotos von Marktbesuchern suchte man in sozialen Netzwerken und wenn das nicht half, übte man sich in der guten, alten Tradition des Witwenschüttelns. So nannten es die Bluthunde des Boulevards, wenn sie Angehörige von Opfern so lange überredeten, bestachen oder erpressten, bis die ein Bild des Verblichenen rausrückten.

Ein Bild fiel Hauke besonders auf. Offenbar ein Ausschnitt aus einem Gruppenfoto. Es zeigte einen ungefähr fünfzigjährigen Mann. Kantige Gesichtszüge, einigermaßen schlank, Dreitagebart und adrett frisierte, mittellange graue Haare. Jackett und offenes Hemd. Er stand vor einer großen Espressomaschine an einem Tresen. Vermutlich ein Werbefoto für ein Café. Er hatte eigentlich ein Dutzendgesicht. Gepflegter Kellner oder Barista, wie das heute hieß, ohne besondere Eigenschaften. Aber diesen Typ kannte Hauke von irgendwoher. Bei dem Namen, der unter dem Bild stand, Klaus Bartmann, klingelte allerdings nichts bei ihm.

Auf den folgenden Seiten waren Berichte über weitere Opfer. Es gab auch einen kleinen Artikel über den Currywurstverkäufer, von dem Claudia ihm erzählt hatte. Das Foto zeigte einen gut genährten fröhlichen Mann in einer roten Schürze, der in die Kamera strahlte. Hauke hatte in jahrzehntelanger Polizeiarbeit seine Neigung zu Mitgefühl stark heruntergeregelt. Aber beim Anblick dieses Fotos spürte er dann doch einen Stich in der Brust. Die

Welt dieses Andrej Gajewski war vollständig
zusammengebrochen. Und er wusste es noch nicht.

20. Kapitel

»Ja, Mama. Ich kümmere mich ja schon um die Damen.« Fiete kam sich immer vor wie ein kleiner Junge, wenn seine Mutter mit ihm schimpfte. Ihr Zorn, ihre schrille Stimme, dieses unablässige Wiederholen der immer gleichen Vorwürfe: Das erinnerte ihn an die finstersten Stunden seiner Kindheit. Fiete liebte seine Mutter, ohne Frage. Er würde alles für sie tun und als sie vor Jahren mal einer als fette Hure beschimpft hatte, musste der Kerl dafür zwei Wochen ins Krankenhaus. Da verstand der sonst so friedliche Fiete keinen Spaß.

Und nun stand er in der Küche ihres Hauses und musste sich ihre Tirade anhören. Die Küche sah fürchterlich aus. Der Küchentisch übersäht mit vollen Aschenbechern und leeren Kaffeetassen. Angebrochene Colaflaschen und Kekspackungen, dazwischen Kosmetikutensilien. Die drei Mülleimer, Fietes Mutter nahm die Mülltrennung ernst, liefen von ungetrenntem Müll über. Am Tisch saß Lupita, inzwischen kannte sogar Fiete die Namen der vier Mexikanerinnen, und lackierte sich die Fingernägel. Eine halbgeraucht Zigarette zitterte zwischen ihren rot geschminkten Lippen. Gerade fiel ein langes Stück Asche auf den Tisch.

»Fiete, mal ehrlich jetzt. Das sind doch keine Tänzerinnen, das sind doch Nutten.« Die kleine, stämmige Frau stand in einem blaulilagemusterten

Hauskittel in der Küche, die Hände in die Hüften gestemmt und funkelte ihren Sohn an.

»Nein, Mama, das sind Gesellschaftsdamen.«

»Gesellschaftsdamen. Was soll das denn nun wieder sein. Nutten, nur teurer, oder was? Ich habe mich jetzt drei Tage um die Frauen gekümmert. Mir reicht es. Die machen nur Unordnung, die räumen nichts weg. Macht man das da wo die herkommen so? Und wenn ich mal was sage, lachen die mich nur aus.«

»Mama, ich bin dir wirklich dankbar ...«

»Und das Geld, das du mir geben hast, ist auch alle. Die fressen mir die Haare vom Kopf. Und erst die Zigaretten. Kostet alles ein Vermögen. Wie soll das weitergehen, Junge?«

Fiete wusste es auch nicht. Paco hatte sich nicht mehr gemeldet und einen neuen vertrauenswürdigen Übersetzer hatte er noch nicht gefunden. Er sprach mehr schlecht als recht auf Englisch mit Conchita, Maria, Dolores und Lupita. Die vier fühlten sich bei seiner Mutter sichtlich wohl und warteten geduldig auf ihr weiteres Schicksal.

Warum Casanova sich nicht mehr meldete, wusste Fiete, seit er auf dem Weg zu seiner Mutter in der U-Bahn die BILD gelesen hatte. Er war tot. Niedergemäht von einem fanatischen Moslem in einem LKW auf dem Isemarkt. Um das zu verdauen, hatte sich Fiete im Kiosk an der U-Bahnstation Hagendeel erst mal einen Jägermeister genehmigt. Ein Typ wie Casanova, der früher keinem Streit aus dem Weg gegangen war, der mehr Feinde als Freunde hatte und mehrfach bei Schießereien verletzt worden war, stirbt als unschuldiges Opfer bei einem verkackten Terroranschlag. Gott hat wirklich einen eigenartigen Humor.

Jetzt musste Fiete die Frauen dringender als zuvor an seinen Kunden bringen. Er brauchte das Geld. Ohne Casanova musste er bei Null anfangen. Mal wieder. Aber auch der Kunde meldete sich nicht mehr. Er würde ihm die Mädels inzwischen für die Hälfte geben.

»Mama, bitte, noch zwei Tage. Und ich sorg dafür, dass die dir hier helfen.«

Ein Versprechen, das er sogar einhalten konnte. Nachdem er die Frauen in der Küche versammelt und laut und eindringlich in einer Mischung aus Deutsch und Englisch zusammengeschissen hatte, fingen sie tatsächlich an, aufzuräumen. Er hätte sie auch in Russisch oder Suaheli anbrüllen können. Es war ja nicht schwer, zu verstehen, was er wollte. Man musste sich nur umschauen.

Etwas besänftigt nahm seine Mutter ihn in den Arm. »Mensch Junge, du machst Sachen. Dass du mir nicht wieder ins Gefängnis kommst. Das würde mich umbringen.«

»Keine Sorge, Mama. Alles im grünen Bereich. Echt.«

Fiete ging wieder zur U-Bahnstation. Paco hatte von einem Bekannten erzählt, der in einem türkischen Restaurant an der Uni arbeitete. Vielleicht würde er ihn dort finden oder dieser Kumpel könnte ihm sagen, wo Paco steckt. Er musste diese Chicas unbedingt loswerden.

21. Kapitel

Nachdem Johanna ihn zu Hause abgesetzt hatte, wollte sich Hauke einem ausgedehnten Mittagsschlaf hingeben, wie es sich für einen Rentner gehörte. Doch er kam nicht zur Ruhe. Was war das für ein Durcheinander? Ein toter Terrorist, der vielleicht keiner war. Ein paar Irre, die gleich den ganzen Staat erpressten. Ein debiler Mann, der einen Teufel gesehen hatte. Und das BKA sammelte bundesweit islamistische Hintermänner. Das taten sie nur, weil es die Öffentlichkeit so erwartete. Der Bürger sollte sich sicher fühlen. Die bösen Fanatiker einen nach dem anderen ins Loch stecken, bis wieder Ruhe herrscht. Das war der Plan. Dabei wusste doch jeder, dass nie wieder Ruhe einkehren würde. Der internationale Terrorismus wurde von den Konflikten in der Welt immer mehr angeheizt. Das Heer der verzweifelten jungen Männer im Nahen Osten und anderswo wuchs ständig. Inzwischen, das hatte Hauke gelesen, wurden schon die Kinder systematisch radikalisiert. Eltern, die aus Europa zum IS gingen, um sich zu Terroristen ausbilden zu lassen, gaben ihre Kinder dort in Kitas. So lernten sie schon im Vorschulalter, dass man die Ungläubigen vernichten muss und wie man mit einer Kalaschnikow umgeht. Dagegen waren BKA, BND, CIA, NSA und wie sie alle hießen machtlos.

Doch Hauke war zu sehr Polizist, um sich in Fatalismus zu ergehen und untätig zu bleiben. Auch wenn sich Don Quichottes Kampf gegen die Windmühlen gegen die Terrorismusbekämpfung äußerst chancenreich ausnahm.

Hauke musste mit diesem Joe sprechen. Klar, der war ziemlich verrückt. Aber er hatte etwas gesehen und es wäre wichtig, zu erfahren, was. Auch wenn die Kollegen von LKA und BKA das für Zeitverschwendung hielten.

Er rief Karl-Heinz Michelsen an und machte sich zu Fuß auf den Weg in die Dillstraße.

Michelsen hatte Kaffee gekocht und sogar einen Marmorkuchen auf dem Tisch. Joe verdrückte gerade ein Stück, als Hauke die Küche betrat.

»Herr Michelsen«, begann er.

»Charly reicht.«

»Ok, Charly, ich muss zunächst mal klarstellen: Ich bin kein Polizist. Jedenfalls nicht mehr. Ich bin pensioniert. Sie müssen nicht mit mir sprechen, wenn Sie nicht möchten. Ich folge nur ein paar Eingebungen zu diesem Isemarkt-Anschlag. Die Kollegen sind da auf anderen Pfaden und ich befürchte, sie übersehen einiges.«

»Verstehe«, grinste Charly, »der alte Hase will es den jungen Hirschen noch mal zeigen. Von mir aus. Was wollen Sie wissen?«

Er schenkte Hauke Kaffee ein und drehte sich eine Zigarette.

»Wohnen Sie hier schon lange?«

»Ich wohne hier schon seit fast zehn Jahren. Aber meine Mitbewohner wechseln. Joe ist jetzt seit zwei Jahren hier.«

»Ist echt schön hier. Ich bleib für immer hier bei Charly«, sagte Joe, die Backen voller Kuchen und Sahne.

»Was ist los mit Joe?«

»Joe«, Charly legte dem jungen Mann die Hand auf den Unterarm, »ist es ok, wenn ich dem Kommissar erzähle, was an dir so besonders ist?«

Joe nickte mit ernster Mine.

»Ok. Joe hat eine so genannte mittelgradige Intelligenzminderung, früher nannte man das Imbezillität. Sein IQ liegt nur knapp über 40. Geistig und emotional ist er auf dem Stand eines Achtjährigen. Er lernt aber nicht so schnell und so viel, wie Kinder in diesem Alter und er entwickelt sich auch nicht weiter.«

»Woher kommt das?«

»Vermutlich Mangel an allem möglichen in der Embryonalphase. Seine Mutter muss schwer drogenabhängig gewesen sein. Ich kenne da keine Details.«

»Das heißt, Joe nimmt seine Umwelt schon realistisch wahr, kann sie aber nicht wie ein Erwachsener interpretieren?«

»Ja. Meistens. Aber er leidet zeitweise auch unter Halluzinationen und Verfolgungswahn. Dagegen bekommt er Medikamente. In Abstimmung mit seinem Arzt gebe ich ihm aber möglichst wenig davon. Die Nebenwirkungen sind nicht ohne. Totale Müdigkeit, Depressionen. Wenn er zu viele von den Pillen nimmt, hängt er völlig apathisch in der Ecke oder heult rum.«

»Die machen mich ganz dumm und faul die Pillen. Die nehme ich nicht. Nur wenn Charly Bitte sagt.« Joe nahm sich noch ein Stück Kuchen.

»Darum klappt das auch mit dem Arbeiten nicht richtig«, fuhr Charly fort. »Er hat ein paar Wochen in einer Behindertenwerkstatt gearbeitet. Aber das war zu anstrengend für Joe.«

»Verfolgungswahn, sagen Sie. Das erklärt dann seine häufigen Besuche auf der Wache.«

»Ja. Ich bin froh, dass Ihre Kollegen, Ex-Kollegen, das so locker sehen. Er kann schon ganz schön nerven.«

»Ja, ich kann ganz schön nerven.« Joe lachte frech.

Hauke sah sich in der Küche um. An den Wänden hingen ein paar Zeichnungen, die nur von Joe sein konnten. Auf einer war Charly zu sehen, auf einer anderen eine hübsche junge Frau. Es gab eine Schildkröte und eine poster-große Bleistiftzeichnung eines Drachen, wie man ihn aus der Serie *Game of Thrones* kannte.

»Und woher kann er so gut zeichnen? Hat das auch was mit seiner Behinderung zu tun?«

»Ich bin schwer in Ordnung. Nicht schwer behindert. Echt.«

Charly lachte. »Das hat er irgendwo aufgeschnappt. Hat ihm gefallen. Sein Zeichentalent hat nicht unbedingt was mit der Intelligenzminderung zu tun. Das ist eine Inselbegabung, die sich noch kein Arzt erklären konnte. Das kommt bei Menschen mit seinen Einschränkungen auch nicht häufig vor. Er hat ein fotografisches Gedächtnis, eine blühende Fantasie und dieses Zeichentalent. Ein Geschenk des Himmels, wenn Sie so wollen.«

Eine junge Frau betrat die Küche. Hauke erkannte sie als die Frau auf der Zeichnung an der Wand. Aber sie war in Wirklichkeit längst nicht so hübsch. Sie war blass, mager, hatte unreine Haut. Ein Junkie, ganz klar.

»Ey, der Mongo hat wieder meine Kopfhörer geklaut«, rief sie in Charlys Richtung.

»Hallo Isa. Darf ich dir Hauke Siebold vorstellen? Herr Siebold, das ist unsere Isa.«

Hauke nickte der Frau freundlich zu. Doch sie hatte andere Sorgen.

»Der steckt die Dinger immer in seine schmierigen Ohren, dann kann ich die nicht mehr benutzen.« Isa stand mitten in der Küche und erwartete offenbar umgehend eine Lösung ihres Problems.

»Isa«, sagte Charly ruhig. »Im Badezimmer ist doch dieses Desinfektionszeug. Mach sie damit sauber. Ist doch nicht so schlimm. Und Isa, der Junge heißt Jakob. Merk dir das vielleicht mal.«

Isa zog kopfschüttelnd ab.

»Was muss man für Drogen nehmen, um ihren Job auszuhalten?«, fragte Hauke.

»Am besten gar keine. Ich trinke nur noch bei Pauli-Heimspielen.«

»Joe«, sprach Hauke nun den jungen Mann an. »Darf ich Joe sagen und Du? Ich heiße Hauke.«

Joe nickte und sah Hauke erwartungsvoll an. Dieser Blick, dachte Hauke, der Kerl will alles ganz genau wissen, alles verstehen. Und das kostet ihn bestimmt unendlich viel Kraft mit seinem leistungsschwachen Gehirn.

»Joe, erzähl mir doch mal, wie das war, als du den Teufel gesehen hast.«

»Ja, da muss ich jetzt überlegen.« Joe stützte das Kinn auf den Daumen und sah an die Decke. Er konzentrierte sich. Dann sprach er langsam weiter.

»Ich bin da gegangen, weil ich auf dem Markt arbeiten wollte. Durch die Straße mit Inno, die zum Markt geht. Und da ist der Laster dann gekommen. Ich bin stehengeblieben. Hab geguckt. Und dann ...«

Joe stockte. Die Erinnerung schien ihm Angst zu machen.

»Dann ... fuhr der Laster in ein Auto und dann ist der Teufel ausgestiegen.«

»Und was hast du gemacht, Joe?«

»Ich bin stehen geblieben und hab mich nicht bewegt, damit der Teufel mich nicht sieht.«

»Und der Teufel?«

»Der ist verschwunden. Aber ohne Rauch. Nur so verschwunden.«

»Wohin? In welche Richtung?«

»Weiß nicht. Hab nicht geguckt. Hab ...«

Er stockte wieder. Da war etwas, was er nicht sagen wollte.

»Er hat sich in die Hose gepinkelt«, flüsterte Charly Hauke zu.

»Okay. Und der Teufel hat so ausgesehen, wie du ihn gezeichnet hast? Genau so?«

»Ja, klar. Ganz genau. Und hinten hat er auch so ausgesehen.«

»Hinten hatte er auch ein Teufelsgesicht?«

»Ja.«

»Auf der Jacke?«

»Nein. Am Kopf.«

»Zeig mir das Bild doch noch mal.«

»Das habe ich nicht mehr. Das habe ich diesem Mann gegeben.«

»Welchem Mann?«, fragten Hauke und Charly wie aus einem Mund.

Joe erschrak. Er schien zu überlegen, was er angestellt haben könnte, das die beiden so aufregte.

»Na, dem Mann mit dem ich gestern draußen gesprochen habe. Über den Teufel. Er hat mich so Sachen gefragt wie du.«

Hauke sah Charly an.

»Ja, schauen Sie mich nicht so an!«, sagte Charly. »Joe darf alleine unterwegs sein. Das ist kein Knast hier. Er kommt in der Umgebung klar. Gestern war er um die Ecke beim Netto ein paar Sachen besorgen. Das schafft er problemlos.«

»Ja, das kann ich. Klar kann ich das. Einkaufen.«

»Was war das für ein Mann?«, fragte Hauke und bemühte sich, ruhig zu bleiben.

»Ein Mann. Ganz normal. So wie du und Charly.«

»Kannst du den zeichnen?«

»Klar. Ich hab aber keine Lust.«

»Und warum hast du ihm das Bild gegeben?« Charly wollte es jetzt auch ganz genau wissen.

»Er hat bitte gesagt. Und er hat auch alles wissen wollen über den Teufel. Das habe ich ihm erzählt.«

Charly ließ nicht locker. »Und du hast ihm einfach so das Bild gegeben? Das tolle Bild?«

Joe druckste herum, Lügen gehörte offenbar nicht zu seinen Stärken. »Er hat mir Geld gegeben.«

»Wie viel?«, Charly schien alarmiert.

»Zwanzig Euro.«

»Und wo sind die jetzt?«

Joe schien zu wissen, dass seine Antwort auf diese Frage zu einem Donnerwetter führen würde. Doch er konnte nicht anders. Er musste Charly die Wahrheit sagen.

»Hab ich Isa gegeben«, sagte Joe kaum hörbar und mit eingezogenem Kopf.

»Wie bitte? Ich habe dich nicht verstanden, Joe. Lauter.« Der vorher so sanfte Charly war nun in Rage.

»Habe ich Isa gegeben«, sagte Joe nur etwas lauter.

»Hab ich's mir doch gedacht!« Charly knallte mit der flachen Hand auf den Küchentisch. Joe zuckte zusammen. »Das habe ich dir ausdrücklich verboten. Und du tust es immer wieder.«

»Aber Isa hat bitte gesagt und sie hat mir einen Kuss gegeben.«

»Und wenn Isa dir einen bläst, du sollst ihr kein Geld geben, Joe. Kapier das endlich.«

Charly erschrak selbst über seinen derben Angriff. Schuldbewusst sah er erst Hauke an, dann Joe. Er setzte sich neben den jungen Mann, der jetzt den Tränen nahe war. Er legte ihm den Arm um die Schulter.

»Schon gut, Joe. Vergiss es. Nicht so schlimm. Tu's halt nicht wieder. Versprichst du mir das?«

Joe nickte heftig.

Hauke war fasziniert von diesem Kind in Männergestalt. Und er hätte so gerne genauer gewusst, was er gesehen hatte. Und er hätte gerne ein Bild von dem Mann, dem Joe die Teufel-Zeichnung verkauft hatte. Aber darum brauchte er nun nicht mehr zu bitten.

Charly brachte Hauke zur Tür. Im Vorbeigehen sah Hauke auf der Garderobe eine rote Baseballkappe. Er nahm sie von der Ablage, ging in die Küche zurück und fragte Joe: »Hast du an dem Tag, als du den Teufel gesehen hast, diese Kappe aufgehabt?«

»Ja. Die habe ich immer auf, wenn ich rausgehe. Die ist von den Los Angeles Angels. Die hat Charly mir aus Amerika mitgebracht.«

»Eine wirklich schöne Kappe, Joe«, sagte Hauke und dachte: und ich habe ein Foto von dir, auf dem du sie trägst.

Hauke gab Charly die Hand und sagte: »Lassen Sie ihn vielleicht mal eine Zeitlang nicht alleine herumlaufen. Keine Ahnung, wer ihn da angesprochen hat, aber es macht mir etwas Sorgen.«

»Das wird nicht einfach. Der dreht durch, wenn ich ihn nicht rauslasse. Und ich kann ja nicht immer mitgehen. Ich hab ja noch drei andere Kinder.«

Hauke trat auf die Straße. Er ging ein Stück. Er war im Univiertel. Junge Menschen genossen einen recht milden Herbstnachmittag, gingen in Cafés oder zur nächsten Vorlesung. Normales Leben. Hauke hatte Hunger. Er aß zu wenig. Von einem Extrem ins andere. Früher hat er viel zu viel gegessen.

Er ging ins Restaurant Arkadas, das an diesem Nachmittag fast leer war und setzte sich an einen kleinen Tisch nahe dem Eingang.

22. Kapitel

Nach dem Mittagessen besuchte Claudia noch mal ihren Koma-Patienten. Sie hatte ihre Arbeit auf der Inneren wieder aufgenommen. Im Krankenhaus war Normalität eingekehrt. Ein großer Betrieb wie das UKE bewältigt auch ungewöhnliche Herausforderung schnell und ohne Probleme. Sie besuchte Andrej mehrmals am Tag. Nur, damit er ein Mindestmaß an Zuwendung hatte.

Claudia setzte sich auf den Stuhl neben seinem Bett. »Andrej«, sagte sie, »Du kannst mich bestimmt hören. Ich bin da, wenn du aufwachst. Du bist nicht allein. Sie streichelte ihm die Stirn.«

Der Mann lag reglos da. Über die Maske auf seinem Gesicht bekam er Luft, über den Schlauch in seinem linken Nasenloch Nahrung.

Die Wahrscheinlichkeit, dass er aufwachen würde, hatte Michael Katzer zuletzt als recht hoch bezeichnet. Die Schwellung des Gehirns war zurückgegangen und das EEG zeigte leicht gestiegene Aktivität. Aber es könnte noch lange dauern.

Michael hatte Claudia gewarnt, sich nicht zu tief mit dem Schicksal dieses Mannes zu verbinden. »Er ist ein Patient wie tausend andere, Claudia«, hatte er gesagt. »Die meisten hier haben ein schweres Schicksal, auf die ein oder andere Weise. Wir können ihnen am Besten helfen, wenn wir auf Distanz bleiben.«

Claudia war lange genug im Beruf, um das selbst zu wissen. Aber ihre Aufgabe war es, zu helfen. Und diesem Mann, der sonst niemanden mehr hatte, etwas Trost zu spenden, war auch Hilfe.

Während sie ihren Gedanken nachhing, klopfte es an der halb geöffneten Tür.

»Darf ich reinkommen?«

Ein Mann trat ein. Groß, kräftig. Er trug einen hellgrauen Anzug, einen schwarzen Rollkragenpullover und grobe schwarze Schuhe, die nicht so ganz zum Anzug passen wollten. Über dem Arm hatte er eine dunkle Jacke. Er sah Claudia freundlich an: »Ist das Andrej?«, fragte er mit sanfter Stimme, als könne er den Komatösen sonst aufwecken. Claudia nickte. Der Mann kam zwei Schritte näher.

Er war um die Fünfzig. Claudias geschulter Blick sah in seinen Augenringen und den leicht geröteten Augen Magen- und Herzprobleme. Vielleicht zu viel Alkohol. Sein Dreitagebart war gepflegt.

»Ich bin Dariusz Jablonski. Ich bin ein Cousin von Andrej. Darf ich reinkommen.«

Claudia stand auf und gab dem Mann die Hand. »Claudia Siebold. Wenn Sie ein Verwandter sind, können Sie gerne reinkommen. Sie müssen nur ein paar Kleidungsvorschriften beachten.«

Sie ging mit dem Mann in den Materialraum und gab ihm Kittel, Haube und Schuhüberzieher. Sie bat ihn, sich die Hände zu desinfizieren. Ein Mundschutz war bei Andrej nicht vorgeschrieben. Dann gingen Sie zusammen zu dem Patienten.

»Sind Sie von der Polizei benachrichtigt worden?«, fragte Claudia, nachdem sie Jablonski einen Stuhl bereitgestellt hatte.

»Nein. Ich habe es in der Zeitung gelesen. Die Polizei hat mich wohl nicht als Angehörigen gefunden. Wir haben in den letzten Jahren kaum Kontakt gehabt. Ich lebe in Köln.«

»Dann wissen Sie ja, was passiert ist.«

»Ja. Es ist schrecklich. Der arme Andrej. Er war so glücklich mit Katharina und den Kindern. Wird er wieder aufwachen?«

»Die Chancen sind gestiegen.«

»Wann?«

»Das können die Ärzte nicht sagen. Wir müssen Geduld haben.«

»Und dann erfährt er die ganze Wahrheit.«

Der Mann nahm Andrejs Hand in seine große Pranke und hielt sie zärtlich.

»Was ist er für ein Mann?«, wollte Claudia wissen. »Ich kenne ihn ja nur so.«

»Ich habe viel Zeit mit ihm verbracht, als er ein Kind war. In der alten Heimat, in Polen. Er ist ja fast fünfzehn Jahre jünger als ich. Ich bin dann mit Anfang Zwanzig nach Deutschland gegangen. Erst nach Dortmund, dann nach Köln. Andrej und Katharina sind erst später umgesiedelt. Er ist ein guter Kerl. Verantwortungsbewusst. Die Familie war alles für ihn. Und er war fleißig. Hat sich was aufgebaut.«

»Spricht er auch so gut Deutsch wie Sie?«

Der Mann lachte: »Meine Frau ist Deutsche. Sie hat mir meinen polnischen Akzent gründlich ausgetrieben. Und mein Chef auch. Ich arbeite als Autoverkäufer. Andrej durfte etwas polnischen Einschlag behalten.«

»Haben Sie auch Kinder?«

»Einen fünfzehnjährigen Sohn und eine zwölfjährige Tochter.«

»Er wird Unterstützung brauchen, wenn er aufwacht.«

»Ja. Meine Frau und ich werden uns um ihn kümmern. Das ist doch selbstverständlich. Ich werde bis morgen noch in Hamburg sein. Dann muss ich wieder nach Köln, ich kann aber jederzeit wiederkommen. Darf ich ihnen meine Nummer geben?«

Claudia nickte. Der Mann kramte in den Taschen seiner Jacke und förderte einen Zettel zutage. Eine alte Quittung. Mit einem Werbekuli schrieb er eine Handynummer und seinen Namen auf die Rückseite.

»Reicht das?«

»Ja, klar. Ich gebe auch den Kollegen die Nummer. Das ist eigentlich nicht meine Station. Sie werden auf jeden Fall informiert, wenn er aufwacht.« Claudia stand auf. »Ich muss nun wieder an meine eigentliche Arbeit.«

Dariusz Jablonski stand auch auf und gab Claudia die Hand. »Vielen Dank dafür, dass Sie sich um ihn kümmern. Darf ich noch einen Moment hier bleiben.«

»Klar. Aber nicht mehr zu lange.«

Claudia verließ die Intensivstation und ging zu den Aufzügen und zu ihrer Station. Sie war froh, dass Andrej nun einen Angehörigen in seiner Nähe hatte.

Aber ein bisschen eifersüchtig war sie auch. Sie schämte sich für dieses unprofessionelle Gefühl.

23. Kapitel

Hauke hatte seinen ersten türkischen Tee schon ausgetrunken, als sein Essen kam. Vegetarisches Gemüsecurry mit Reis. Es roch köstlich. Seit er nicht mehr trank und rauchte, konnte er Essen viel mehr genießen. Er nahm sich nur zu selten die Zeit dazu. Er bestellte einen zweiten Tee und begann zu essen.

Ein Mann betrat das Lokal. Seine Erscheinung löste in Hauke ein Feuerwerk an Bildern aus vergangenen Tagen aus. Das war Fiete, der Lakai von Casanova, lange her. Sein Anblick förderte eine weitere Erkenntnis zutage: Der Kerl auf der BILD, den er so sicher zu kennen glaubte, das war Casanova. Deutlich verändert, aber doch unverkennbar. Oder sollte er sich irren?

Fiete. An diesem Typen und seinem Umfeld hingen Erinnerungen, die er lieber verdrängte. Aber da stand er nun und sah sich im Arkadas um, als ob er etwas oder jemanden suchte.

Fiete hatte sich in den Jahren, die Hauke ihn nicht gesehen hatte, kaum verändert. Er ähnelte dem Komiker Otto Waalkes. Dünn, schlampig gekleidet, ein etwas doofer Gesichtsausdruck. Eine schmierige Basecap auf dem Kopf, Haarsträhnen darunter. Was fehlte, war seine Rockerkutte. Die Tracht der Hanseatic Rebels war seit damals nicht mehr gesellschaftsfähig im Hamburger Milieu. Schon gar nicht, wenn einer wie Fiete sie trug, den die Ex-

Rebels sicher fast so hassten, wie seinen Ex-Chef Casanova.

Hauke überlegte noch, ob er Fiete ansprechen sollte, da hatte der ihn schon entdeckt. Ein kurzer Ausdruck der Verwunderung in seiner Visage, gefolgt von einem fiesen Grinsen.

Er trat an Haukes Tisch: »Hauke Siebold! Leibhaftig. Ja, scheiß die Wand an.«

»Hallo Fiete. Immer noch in Freiheit?«

»Ha, warum denn nicht? Ich bin ein rechtschaffener Bürger. Und selbst? Nicht mehr bei der Truppe, wie man so hört.«

Fiete nahm sich eine Scheibe Brot aus dem Brotkorb und tunkte sie in Haukes Currysauce.

»Ja. Bin jetzt Rentner. Ein herrliches Leben.«

»Echt? Ich habe da andere Sachen gehört. Sollst ziemlich Parterre sein.«

Das war neu, dass Fiete Hauke duzte. Casanova hatte das immer getan. Mit dem verband Hauke ja auch eine lange und qualvolle Zockergeschichte. Fiete hatte immer einen Rest Respekt vor der Polizeimarke gehabt und ihn mit Herr Siebold angesprochen. Dieser Respekt war nun dahin.

»Ach, Fiete, was du so hörst. Glaub nicht alles.«

Fiete gab dem Kellner ein Zeichen, dass er auch einen Tee wolle.

Hauke hatte keine Lust auf Smalltalk und stellte Fiete gleich die Frage, die ihn beschäftigte, seit der Ganove das Restaurant betreten hatte. Er nahm eine zerlesene BILD vom Vortag von einem Stapel neben seinem Tisch und legte sie vor Fiete hin. Er zeigte auf das Foto von Klaus Bartmann.

»Und Fiete, kennst du den?«

Der Kellner brachte den Tee und räumte Haukes leeren Teller ab.

Fiete sah das Bild konzentriert an. »Klaus Bartmann? Nie gehört.«

»Du warst schon immer ein lausiger Lügner, Fiete. Deshalb hast du es bei den Rebels auch nicht weit gebracht. Ehrlich jetzt: Das ist er doch, oder?«

»Wer soll das sein? Ich verstehe echt nicht, was du meinst.«

»Casanova, das ist Casanova.«

»Ach quatsch. Hör doch auf. Casanova ist tot und begraben.«

»Echt? Warst du auf seiner Beerdigung?«

»Nee, ich ...«

»Da kannst du auch nicht gewesen sein. Es gab nämlich keine. Der Gute ist irgendwann einfach verschwunden. Und du hast nie wieder von ihm gehört?«

»Nee. Hab ich nicht. Keine Ahnung, wer der Typ auf dem Foto ist, aber Casanova sah ganz anders aus. Das solltest du wissen.«

Hauke legte einen Zwanzigeuroschein auf den Tisch und gab dem Kellner ein Zeichen, dass es so stimme. Der nickte freundlich. Hauke stand auf.

»Na gut, Fiete, ich geh dann mal. Und ich werde rausbekommen, wie Casanova an diesem Tag auf den Isemarkt gekommen ist und warum. Und ich werde rausbekommen, was du damit zu tun hast.«

»Was soll das Hauke? Ich denke, du bist nicht mehr bei dem Verein?«

»Irgendwie ist man immer bei diesem Verein, lebenslänglich, verstehst du?«

Fiete sah verstört aus. Hauke schrieb seine Handynummer auf einen Bierdeckel und gab sie Fiete. »Ruf mich an, wenn dir was einfällt.«

Hauke verlies das Restaurant und ging langsam Richtung Grindelallee zur Bushaltestelle. Es dauerte nicht lange, da hatte Fiete ihn eingeholt.

»Ey, Hauke, mach mal kein Stress, lass uns vernünftig reden, okay?«

»Gerne. Fang an.«

Sie blieben auf dem engen Fußweg stehen. Passanten und Radfahrer drängten sich an ihnen vorbei.

»Ja, das ist Casanova. Nennt sich jetzt Klaus ...«

»Bartmann.«

»Ja. Irgendwie so.«

»Und was wollte der hier? Hamburg ist nicht gerade ein sicherer Rückzugsort für ihn. Nicht alle Leute, die einen Hass auf ihn haben, sitzen im Knast.«

»Keine Ahnung. Wir haben uns nur einmal getroffen, was getrunken. Ich habe ihm gesagt, dass ich keine krummen Dinger mehr mache. Das war´s dann.«

»Wann war das?«

»Vor drei Monaten oder so. Im Juli, glaube ich. War recht warm an dem Tag.«

»Und dann nicht mehr?«

»Nee. Der hatte dann wohl kein Interesse mehr an mir.«

Ein Radfahrer raste fluchend an ihnen vorbei.

Hauke ging langsam weiter. Fiete blieb an seiner Seite.

»Was wollte der auf dem Isemarkt? Shoppen? Hatte der eine Wohnung hier, wo er sich was Leckeres kochte? Kann ich mir kaum vorstellen«, sagte Hauke.

»Ich weiß nicht. Keine Ahnung.«

Hauke blieb wieder stehen und sah Fiete durchdringend an.

»Findest du es nicht ein bisschen komisch, dass der Rockerboss Casanova, der es sich mit so vielen üblen Typen in dieser Stadt verscherzt hat, ausgerechnet bei einem Terroranschlag ums Leben kommt?«

»Komisch ist es. Aber es ist nun mal die Wahrheit. Da kommt so ein verrückter Gotteskrieger und walzt alles platt.«

»Und im Knast knallen die Sektkorken.«

»Du Hauke, ich glaube, die haben da keinen Sekt.«

»Ja, du Witzbold. Hast du noch Kontakt zu ein paar von den alten Rebels?«

»Ach, lieber nicht, weißt du? Wenn ich einen von denen von weitem sehe, wechsle ich lieber die Straßenseite. Du doch bestimmt auch.«

»Wie kommst du darauf, Fiete?«

»Ach komm, das ist doch kein Geheimnis, dass du dem Panther noch ein paar Euro schuldest.«

»Erzähl du bloß nicht so einen Blödsinn in der Gegend herum«, zischte Hauke den Kerl an. »Das ist totaler Bullshit und du bekommst richtig Ärger mit mir.«

Das war ein Alarmsignal. Wenn sogar Randfiguren wie dieser Fiete von seinen letzten Schulden wussten, musste sich Hauke irgendetwas einfallen lassen.

»Wo sitzt der Panther? Weißt du das, Fiete?«

»Ich glaube, immer noch in Santa Fu.«

Hauke klopfte Fiete kumpelhaft auf die Schulter. »Mach keinen Scheiß, Fiete«, und ging davon.

Nun hatte er ein paar Fragen mehr. Also ging er nicht zur Bushaltestelle, sondern winkte ein Taxi heran. Haukes Ziel: die Wengersche Villa.

Noch aus dem Taxi heraus rief er Johanna an.

»Ich hab da so einen Verdacht und müsste mal mit einem alten Kunden sprechen. Meinst du, du kannst mir da helfen?«

Johanna seufzte. »Hauke, was hast du da wieder vor. Du weißt, Kleinholz macht Kleinholz aus mir, wenn … .«

»Keine große Sache, Johanna. Ist vielleicht auch Quatsch. Darum will ich die großen Jungs vom BKA damit erst mal noch gar nicht behelligen. Also?«

»Welchen Kunden meinst du denn?«

»Walter Lindberg.«

»Den Panther? Der sitzt noch lange, soweit ich mich erinnere. Und du bist nicht ganz unschuldig daran.«

»Ja, wenn er in einer Villa mit Elbblick wohnen würde, könnte ich ja einfach vorbeigehen. Aber in Santa Fu brauche ich deine Hilfe.«

»Bist du sicher, dass du ihn treffen möchtest? Der wird dir keinen Kuchen backen.«

»Ja, weiß ich. Aber ich habe da so einen Verdacht.«

»Lässt du mich teilhaben an deinem Verdacht?«

»Noch nicht. Später.«

»Hauke, es gab eine Zeit, da hast du Ermittlungs-ergebnisse nicht vor mir verheimlicht.«

»Da hatte ich aber auch noch eine Polizeimarke und uns haben nicht ständig das BKA und die ganzen anderen Wichtigtuer dazwischen gefunkt. – Also? Vertraust du mir?«

»Ich schau mal, was sich machen lässt. Aber wenn du den befragen willst, muss ich mitkommen.«

»Das wäre schlecht.«

»Warum das denn nun? Hauke, du machst mich irre.«

Das Taxi hielt vor Haukes Villa, er gab dem Fahrer einen Schein und stieg aus. Während er auf das Haus zuging, sprach er weiter mit Johanna: »Der Panther könnte ein paar Dinge sagen, die dich verstören und die du als Polizistin besser gar nicht weißt. Aber mir geht es eher um die Frage, was er mit dem Isemarkt-Anschlag zu tun hat.«

»Was? Der Panther? Der ist Deutscher. Christ. Er ging sogar manchmal in die Kirche, der verlogene Mistkerl. Dem traue ich alles Schlechte zu, aber einen islamistischen Anschlag? Hauke, trinkst du wieder?«

Hauke schloss die Haustür auf und ein schriller Alarm ertönte.

»Was ist los?«, fragte Johanna.

Hauke musste lauter sprechen, um das Geräusch zu übertönen.

»Ach, nichts, gleich vorbei.«

Ein Nachbar sah aus dem Fenster. Hauke winkte ihm verlegen lächelnd zu. Es war nicht das erste Mal in diesen Tagen, dass er vergessen hatte, vor dem Betreten des Hauses die Alarmanlage auszuschalten. Er betätigte den richtigen Schalter und es war Ruhe.

»Also, Johanna, kann ich ihn besuchen? Am besten gleich morgen.«

»Ich sehe zu, was ich tun kann.«

Hauke betrat die Küche und rief Senator Wenger an. Diesen Trumpf brauchte er jetzt.

»Wenger?«

»Siebold hier. Herr Senator, habe ich Sie geweckt? Wo sind Sie?«

Der Senator lachte. »Wir sind im Hafen von Kingston, Jamaika. Wir machen uns gerade zum Mittagessen fertig. Sie haben mich also nicht geweckt. Aber was gibt´s? Ist was passiert?«

»Nein, keine Sorge. Mit ihrem Haus ist alles in Ordnung. Ich könnte nur mal ihre Hilfe gebrauchen. Bei einer Ermittlung.«

»Ermittlung? Ich denke Sie sind in Pension.«

»Ja, aber ich habe da so einen Verdacht im Zusammenhang mit dem Isemarkt-Anschlag, dem ich gerne mal nachgehen möchte.«

»Und warum besprechen Sie das nicht mit den BKA-Leuten? Die sind doch da zuständig.«

»Ja, mein Verdacht ist ein zartes Pflänzchen. Das zertrampeln die mir nur.«

Hauke war fasziniert, wie sauber und störungsfrei so ein Telefongespräch mit dem anderen Ende der Welt über die Bühne ging.

Der Senator lachte. »Ja, das kenne ich. Der alte Konflikt. Was wollen Sie denn wissen? Ich bin doch auch schon lange nicht mehr im Geschäft.«

»Ja, aber Sie kennen eine Menge Leute. Ich muss etwas über den Verbleib eines Mannes wissen, mit dem ich vor fünf Jahren zu tun hatte.«

»Wie hieß der?«

»Bürgerlich Sebastian Briegel, aber in der Szene wurde er nur Casanova genannt. Gehörte zur Chefetage der Hanseatic Rebels, einer ziemlich üblen Rockergang. Drogen, Mädchenhandel, das ganze Programm.«

»Ich erinnere mich an den Haufen. Sitzen da nicht ein paar von denen im Gefängnis?«

»Ja. Dank meiner Hilfe, aber eben auch dank der Hilfe dieses Casanova. Der hat umfassend ausgesagt. Der Boss, Walter Lindberg, hat fünfzehn Jahre bekommen.«

»Und nach dem Prozess ist Casanova verschwunden? Dann liegt er vielleicht auf dem Grund der Elbe. Schauen Sie da mal nach.«

Hauke war etwas überrascht über den fröhlichen Sarkasmus des Senators.

»Ja, das haben natürlich alle gedacht, aber inzwischen vermute ich, dass er mit unserer Hilfe verschwunden ist.«

»Zeugenschutzprogramm.«

»Genau. Und über solche Details gibt der normale Polizeicomputer keine Auskunft. Das ist top secret.«

»Klar. Wir haben unseren eigenen Leuten noch nie getraut. Aber warum soll ich Ihnen trauen? Wenn ich für Sie den Namen und Aufenthaltsort dieses Casanova nun herausbekomme: Woher soll ich wissen, dass dann nicht Sie Unfug damit machen? Diese Information ist bestimmt wertvoll.«

»Wenn ich mit meinem Verdacht recht habe, und davon bin ich überzeugt, ist diese Information keinen Cent mehr wert. Dann ist Casanova nämlich seit fast einer Woche tot.«

»Sie meinen, er ist bei dem …«

»Möglich. Aber bitte, Herr Senator, lassen Sie das noch unser kleines Geheimnis sein. Ich binde die Kollegen noch rechtzeitig ein. Versprochen.«

»Gut, Herr Siebold. Ich schaue mal, was ich für Sie tun kann. Wenn Sie nur gut auf meine sieben Zwerge aufpassen.«

»Sieben Zwerge?«

»Na, meine Picasso-Fische.«

»Ja, klar, die sind putzmunter. Ich wünsche Ihnen guten Appetit und grüßen Sie Bob Marley, wenn Sie ihn sehen.«

Der Senator lachte und legte auf.

24. Kapitel

Mitten in der Nacht hatte der Senator noch zurückgerufen. Er war bester Laune und die Hintergrundgeräusche ließen vermuten, dass er sich in einer überfüllten Bar befand. Er hatte den richtigen Kontakt angerufen und konnte Hauke berichten, dass Casanova tatsächlich 2012 über ein Zeugenschutzprogramm in Amsterdam gelandet war. Dort hatte er unter dem Namen Klaus Bartmann Arbeit als Barista in einem Café gefunden. Die niederländischen Kollegen behielten ihn etwas im Auge. Er war nicht mehr auffällig geworden.

Und da brauchte man nicht viel Fantasie, um sich vorzustellen, dass Casanova unter dem neuen und in der Szene unbekannten Namen Klaus Bartmann in Hamburg wieder Fuß fassen wollte. Ob er vermutete, dass in der Szene Gras über seinen Hochverrat gewachsen war?

Oder ging er davon aus, dass er nichts mehr zu befürchten hatte, wo die Bosse der Hanseatic Rebels alle einsaßen? Hauke war es nie ganz gelungen, sich in die Gedankengänge von Schwerverbrechern hineinzuversetzen. Egal. Casanova war sehr lebendig nach Hamburg gekommen und auf dem Isemarkt gestorben. Und das sollte Zufall sein?

Eine SMS von Johanna ging ein: *Heute 12 Uhr, Santa Fu. Ich bin dabei, lass euch aber dann allein. Hole Dich um 11:30 ab.*

Danke, schrieb Hauke zurück.

Das wurde jetzt langsam etwas stressig für ihn, den Pensionär. Warum tat er sich das an? Warum ließ er die BKA-Leute nicht einfach noch ein paar Islamisten verhaften und hielt sich raus? Diese so genannten Gefährder konnte man ruhig wegschließen. Und ob der Tod von Casanova nun Zufall war oder nicht, sollte ihm doch auch egal sein. Ein Mistkerl weniger.

Aber nun war sein Terminkalender voll. Heute noch der Besuch beim Panther im Knast. Morgen dann die Übergabe der Diamanten an die Erpresser. Auch so eine obskure Geschichte. Natürlich benutzte ihn Thomas Kleinholz in dieser Sache, um dem BKA nutzlose und unter Umständen rufschädigende Aktionen zu ersparen. Wenn die Erpresser, mit Sicherheit blutige Amateure, die Diamanten erst mal hatten, würde ihnen das BKA sehr schnell auf die Spur kommen. Da wäre er dann raus. Und die Öffentlichkeit würde von den Drohbriefen und dem Diamantentransport nie etwas erfahren.

Er setzte sich in die Küche, trank einen Kaffee und aß einen Toast mit Marmelade. Er fand Gefallen an dem schönen Leben im schönen Haus. Der Senator durfte gerne noch ein paar Wochen um die Welt schippern.

Auf seinem iPad öffnete er die Seiten der wichtigsten Medien: Spiegel online, Tagesschau, BILD. Bei bild.de sprang ihn ein Bild an, ein Kunstwerk: Joes Zeichnung - direkt auf der Startseite. Groß, bunt, bedrohlich starrte ihn der von Joe so detailliert gezeichnete Teufel aus dem Bildschirm. Überschrift: *Ist das der Teufel vom Isemarkt?*

Kleiner darunter ein Foto von Joe. Mit seiner roten Kappe auf dem Kopf hält er seine Zeichnung stolz in die Kamera. Dazu die Bildunterschrift: *Joe H. (35) hat den Täter gesehen und gezeichnet.* Kein Wort über Joes geistige Behinderung. Und natürlich gab es für die Veröffentlichung von Joes Foto keine Erlaubnis seines gesetzlichen Vertreters.

Hauke rief Charly an. »Haben Sie schon die BILD von heute gesehen?«

»Nee«, sagte der fast empört. »Gehört nicht zu meiner täglichen Lektüre. Was steht denn drin?«

»Gehen sie auf die Website. Da sehen Sie Joes Teufel und Joe selbst auch.«

»Ach du Scheiße.«

»Ja. Jetzt wissen wir auch, wem Joe das Bild verkauft hat. Für zwanzig Euro. Ein lächerlicher Preis, wenn Sie mich fragen. Die zahlen schon für besoffene B-Promis das Hundertfache.«

»Jetzt sehe ich es auch. So ein Mist. Dürfen die das überhaupt?«

»Nein, dürfen sie nicht. Aber das ist jetzt auch egal. Behalten Sie den jungen Mann jetzt auf jeden Fall im Auge.«

»Äh, Joe ist nicht da.«

»Was? Hatte ich nicht gesagt ...«

»Er ist nur schnell zum Bäcker. Ist bestimmt gleich zurück.« Charly war bemüht entspannt zu klingen. Aber das misslang. Seine Panik spürte Hauke durchs Telefon.

»Hat er ein Handy?«

»Das liegt hier.«

»Gut, dann gehen Sie ihm mal hinterher und sammeln Sie ihn wieder ein. Die neugewonnene Popularität ist sicher nicht gut für ihn. Wenn Sie ihn nicht finden, melden Sie sich bei mir. Dann sehen wir weiter.«

***

Johanna holte Hauke pünktlich um elf Uhr dreißig ab und überschüttete ihn mit Fragen.

»Jetzt sag endlich, was soll der Panther mit dem Isemarkt-Anschlag zu tun haben? Das klingt völlig bescheuert.« Zügig lenkte sie den Wagen durch den dichten Verkehr.

»Eines der Opfer des Anschlages ist Casanova.«

»Was? Hat den der Panther nicht verschwinden lassen? Der ist seit Jahren nicht mehr aufgetaucht.«

»Wir haben den verschwinden lassen. Die Staatsgewalt. Zeugenschutzprogramm. In Amsterdam.«

»Wo hast du das denn her?«

»Aus zuverlässiger Quelle. Und nun ist er als Klaus Bartmann wieder aufgetaucht, um auf dem Isemarkt von einem LKW überfahren zu werden. Verrückt, oder?«

»Total verrückt. Und du glaubst jetzt tatsächlich, dass das kein Zufall war? Du glaubst, dass der Panther aus dem Knast heraus einen islamistischen Anschlag inszeniert, um einen Verräter zu bestrafen? Hast du sonst schon jemandem davon erzählt?«

»Nein. Das ist mir ja auch zu verrückt. Ich kann das selbst kaum glauben.«

Sie parkten den Wagen auf dem Besucherparkplatz und gingen auf das Gebäude zu.

Die Justizvollzugsanstalt Hamburg-Fuhlsbüttel, von ihren Insassen und dem Rest der Hamburger Bevölkerung liebevoll Santa Fu genannt, liegt genau zwischen dem Flughafen Hamburg und dem Ohlsdorfer Friedhof, dem größten Friedhof der Welt. Hauke hatte diese Lage schon immer bemerkenswert gefunden. Was macht es mit einem Häftling, wenn er auf der einen Seite den Sehnsuchtsort weiß, von dem aus er überall hin entfliehen könnte, während auf der anderen Seite seine allerletzte Heimstatt auf ihn wartet?

Hauke war schon lange nicht mehr in Santa Fu gewesen. Auch in seiner aktiven Zeit hatte er lieber andere Kollegen zu Recherchen in den Knast geschickt. Aber nun stand er selbst wieder vor dem schmucken Backsteintor, das auch der Eingang zu einem schönen Sanatorium oder einem altehrwürdigen Familiensitz hätte sein können.

Mit einem offiziellen Schreiben und Johannas Dienstausweis ging es zügig durch die strengen Kontrollen.

»Sie müssen einen Moment warten«, sagte der Beamte, der sie führte. »Es ist gerade Yogastunde.«

»Was?«, Hauke sah den Schließer entgeistert an. Der grinste nur.

Sie betraten den großen Kirchenraum der Anstalt, der auch als Besuchsraum diente. Viele kleine Tische mit je vier Stühlen, niemand saß daran. Freitags gab es keinen Besuch für die Häftlinge. Durch bleiverglaste Fenster verteilte sich Sonnenlicht im Raum und lies ihn farbenfroh leuchten.

Am Ende des Raumes saßen ein paar Männer auf dem Boden. Johanna und Hauke näherten sich langsam. Vor den Männern saß eine Frau, die Ähnlichkeit mit Claudia hatte. Sie saß, wie die Männer auch, auf einer dünnen Gummimatte. Die Frau hatte die Hände vor der Brust gefaltet, die Augen geschlossen.

»Jetzt langsam ausatmen«, sagte sie ruhig und breitete die Arme aus, wobei sie hörbar Luft ausstieß.

»Kneif mich mal«, flüsterte Johanna. »Das kann ich ja gar nicht glauben.«

Das ging noch ein paar Minuten so weiter. Sechs Schwerverbrecher saßen in Trainingsanzügen und barfuß auf ihren Matten und stießen inbrünstig Om-Laute aus. Leute, die jedem ins Gesicht schlagen, der sie nur schief ansieht, folgten den Kommandos einer kleinen Mittfünfzigerin mit sanfter Stimme.

Schließlich standen alle auf und rollten die Matten zusammen. Die Frau steckte ihre Matte in einen hellen Leinenbeutel mit der Aufschrift *#yogahilft* und verließ den Kirchenraum. Einer der Männer löste sich aus der Gruppe und ging auf Hauke und Johanna zu.

»Ah, da ist ja mein Besuch. Welche Freude.«

Er gab Johanna und Hauke die Hand. Der Panther war schon immer eine große und bedrohliche Erscheinung gewesen, aber er hatte noch an Bedrohlichkeit gewonnen. Offenbar trainierte er intensiv und hatte nun Oberarme wie Hauke Oberschenkel. Ein paar Tätowierungen waren dazu gekommen. Am Hals hatte er eine fast kitschige, japanisch anmutende Blüte. Die stoppelkurzen Haare waren hellblond gefärbt. Er war ein gutaussehender Kerl, wenn man auf Killervisagen stand.

»Hallo Panther!«, sagte Hauke und bemühte sich, den Gang-Namen ironisch klingen zu lassen.

»Der Panther ist tot. Walter heiße ich. Hallo, Hauke. Ich dachte, wenn ich dich das nächste Mal wieder sehe, dann als Zellengenossen, bei allem was du so auf dem Kerbholz hast.«

Johanna sah Hauke verwundert an.

»Der gleiche Witzbold wie früher«, sagte Hauke.

»Ich glaube, ich lass euch Jungs mal allein. Ihr habt bestimmt viel zu besprechen.«

Johanna hielt sich also an ihre Abmachung. Sie ging ans andere Ende des Raumes und setzte sich an einen Tisch. Der Beamte, der sie begleitet hatte, stand an der Tür und las Zeitung.

Hauke und Walter setzten sich ebenfalls.

»Was willst du, Hauke? Wie ich höre, bist du jetzt Rentner. Da ist man doch um diese Zeit auf Gran Canaria und nicht im unfreundlichen Hamburg.«

»Das ist mir zu langweilig. Und du machst jetzt Yoga?«

»Ja. Das hilft mir, meine innere Mitte zu finden.«

Hauke musste lachen. »Na, das wird ja höchste Zeit. Dann hoffe ich, dass dafür die zehn Jahre, die du noch hast, ausreichen.«

»Wenn es noch zehn Jahre sind. Ich bin ein anderer Mensch, Hauke. Das werden die hier auch noch erkennen und dann lassen die mich viel früher raus. Wart´s ab.«

»Ich hoffe nicht, dass die sich so von dir verarschen lassen.«

Hauke klopfte leicht mit der flachen Hand auf den Tisch, als Zeichen, dass das Vorgeplänkel jetzt vorbei war.

»Was macht Casanova, Walter?«

»Casanova? Der Casanova? Woher soll ich wissen, was der macht? Ich hoffe, er verreckt irgendwo möglichst qualvoll an Krebs oder so.«

»Verreckt ist er. Vor einer Woche. Bei einem Anschlag hier in Hamburg.«

»Ach was!«, rief Walter aus und wenn sein Erstaunen gespielt war, dann ausgesprochen gut.

»Bei diesem islamistischen Anschlag auf dem Isemarkt? Echt? *Der* Casanova?« Nun lachte er dreckig. »Allah sei dank, verdammt.« Er konnte sich kaum halten vor Lachen. Der Beamte sah von seiner Zeitung auf.

»Und ich stelle mir die Frage, ob das Zufall ist«, sagte Hauke ruhig.

Walter fing sich langsam wieder.

»Nein, das ist kein Zufall. Das ist Gottes Fügung. Der miese Verräter, der, mit deiner Hilfe, Hauke, seine Freunde in den Knast bringt und sich selbst verpisst, bekommt, was er verdient. Gerechtigkeit ist das, kein Zufall.«

»Es sind ja noch ein paar Hanseatic Rebels in der freien Wildbahn unterwegs. Kann es nicht sein, dass einer die Gelegenheit beim Schopfe packte und ...?«

»Hauke, hör auf. Das ist totaler Blödsinn.« Walter brüllte fast. »Wenn einer von uns gewusst hätte, wo sich dieser Hurensohn versteckt, dann hätten wir uns sicher um ihn gekümmert. Aber doch nicht so. Ich meine, da sind auch Kinder draufgegangen. Alter, ich bin selbst Familienvater.«

»Das wäre doch das perfekte Verbrechen. Die Polizei sucht nach Islamisten. Die kommen doch im Leben nicht drauf, dass da eine Gang Rache nimmt.«

»Toll ausgedacht, wirklich Hauke. Wär ein guter Film. Aber echt, keiner von uns macht sowas.«

»Mit wem hast du eigentlich noch Kontakt?«

»Mit keinem mehr. Nur noch mit meiner Ex-Frau und meinem Sohn.«

»Wie alt ist der jetzt?«

»Sieben. Geht jetzt in die zweite Klasse. Ein prima Junge, echt.«

»Dann versau ihn nicht.«

»Aber jetzt mal ehrlich, Hauke: Casanova war echt in der Stadt? Was hat der denn hier gemacht? Wollte der wieder einsteigen, oder was? Und warum hat da keiner was von mitgekriegt?«

Hauke schwieg. Er war hier fertig. Was hatte er erwartet? Dass sich der Club-Präsident zu dem Anschlag bekennt? War das nicht etwas naiv? Seine Theorie vom als Anschlag getarnten Rachemord kam ihm jetzt selbst albern vor.

»Hatte der denn Kontakte in Hamburg? Kann ich mir kaum vorstellen, obwohl...«, Walter dachte nach. »Klar. Fiete, der kleine Pisser. Der hat ihm bestimmt geholfen. Der ist dem Casanova schon immer wie ein Pinscher hinterhergerannt. Höchst interessant.«

»Ist Fiete nicht eine viel zu kleine Nummer?«

»Klar. Aber der wollte immer groß rauskommen. Hat ihn nur keiner gelassen. Egal. Scheiß drauf. Ich habe den Casanova nicht plattgefahren. Ich habe ein Alibi.«

Hauke stand auf und gab Johanna ein Zeichen zum Aufbruch.

»Ey, Hauke, warte noch.« Er kam näher und sprach leiser.

»Wir haben da noch eine kleine Rechnung offen. Eine zwei mit vier Nullen. Hast du gedacht, dass ich das hier vergesse? Das Leben im Knast ist teuer und meine Ersparnisse gehen zur Neige. Außerdem hat mein Junge im Mai Kommunion. Muss auch gefeiert werden. Also, was ist?«

»Ich hab´s nicht vergessen und bitte um Aufschub.«

»Deine üppige Beamten-Pension dürfte da doch einiges möglich machen, oder?«

»Ich bin pleite. Bei mir ist nichts zu holen. Aber ich lass mir was einfallen.«

»Das wäre schön, Hauke. Sonst muss ich mir nämlich was einfallen lassen.«

Hauke hatte damit gerechnet, dass der Panther die alten Spielschulden ansprechen würde. Darum wollte er auch Johanna nicht bei dem Gespräch dabei haben. Das wäre auch für sie, die einiges mit Hauke durchgemacht hatte, zu viel. Er hatte gehofft, dass das Thema zur Sprache kommen würde. So konnte er einschätzen, wie groß die Geduld seines Gläubigers sein würde. Nun wusste er: Er hatte nur noch wenig Zeit. Er musste eine Lösung finden.

»Geduld, Walter. Das wird schon.«

Walter kam ganz nah zu ihm und raunte ihm ins Ohr: »Du könntest mir auch einfach einen Gefallen tun und wir wären quitt.«

»Ach ja? Was wäre das denn für ein Gefallen?«

»Fiete.«

Hauke musste schlucken. Besaß dieser Kerl tatsächlich die Frechheit, ihn hier, im Besuchsraum des Knastes, für zwanzigtausend Euro als Killer anheuern zu wollen?

»Fiete geht´s gut, Walter, und das sollte auch so bleiben. Sonst bekommst du ernsthafte Probleme. Und überhaupt: Wo ist denn da deine innere Mitte?«

Walter bäumte sich auf und lachte laut: »Ich mache doch nur Spaß. War schön, dich wiederzusehen, Hauke. Komm bald mal wieder.«

Als Hauke mit Johanna durch die Tür des Kirchenraumes verschwand, rief der Panther ihnen noch hinterher: »Allahu Akbar!«, und lachte dreckig.

»Es ist doch immer schön, alte Freunde wiederzutreffen!«, sagte Hauke, als sie wieder im Wagen saßen.

»Ja, ein wirklich netter Kerl. Aber was meinte er denn mit: auf dem Kerbholz haben?«

»Ach, was weiß ich. Knacki-Humor. Mit den Hanseatic Rebels verbindet mich eine viele Jahre währende Geschichte. Das war fast wie ein Wettkampf, wie Batman gegen den Joker, oder so. Du hast doch noch mitbekommen, wie wir die wichtigsten Bosse von denen endlich kassiert haben. Ich habe die danach fast ein bisschen vermisst.«

Sie stiegen in den Wagen, schnallten sich an. Einen Moment hielt Johanna inne, dann sah sie Hauke an und sagte: »Batman? Echt? Mensch, Hauke.« Sie lachte und fuhr los.

25. Kapitel

Drei Vollkornbrötchen und drei Franzbrötchen. Das hatte Joe sich gemerkt. Für Isa, Charly und Jakob die Vollkornbrötchen, für ihn selbst zwei Franzbrötchen und das dritte in Reserve, damit die anderen ihm nichts von seinen klauten. Bei Franzbrötchen verstand Joe keinen Spaß. Eins knabberte er gleich im Rausgehen an. Ganz weg war er von diesem Duft nach Zimt und Gebäck.

Ein Auto hielt direkt neben ihm. Der Fahrer hatte den kleinen roten Wagen auf den Radweg gesteuert, was man ja eigentlich nicht darf. Die Seitenscheibe ging runter und ein Mann beugte sich über den Beifahrersitz. Ein großer Mann in einem schönen, dunkelgrauen Anzug. Er sprach Joe an.

»Hey, Joe, steig ein. Ich soll dich nach Hause bringen.«

Joe wunderte sich. Er kannte den Mann nicht. Wieso wollte er ihn fahren?

»Wieso? Schickt Charly dich?«, fragte Joe.

»Ja. Ich bin Paul, ein guter Freund von Charly. Er hat mich gebeten, dich abzuholen. Wir sollen uns beeilen.«

»Wieso denn? Ist was passiert?« Joe war etwas besorgt. Er musste sich sonst nie beeilen, wenn er zum Bäcker ging.

»Nein«, sagte Paul und lachte freundlich. »Alles in Ordnung. Charly hat nur eine nette Überraschung für dich.«

Was für eine Überraschung konnte das sein? Joe hatte nicht Geburtstag oder so. Aber nette Überraschungen waren ja jeden Tag gut. Charly hatte Joe verboten, zu fremden Leuten ins Auto zu steigen. Aber dieser Mann war ja kein Fremder. Er war ein Freund von Charly und er hieß Paul.

Joe stieg ein. Das war nicht so einfach, denn er war echt groß und das Auto klein. Dieser Paul war auch groß und das sah hinter dem Steuer des kleinen Autos ganz lustig aus. Es lag eine Menge Zeug im Auto herum. Paul war offensichtlich nicht sehr ordentlich. Zerknüllte Zeitungen auf dem Boden, leere Colaflaschen, ein Lippenstift. Was machte Paul mit einem Lippenstift? Männer nahmen keinen Lippenstift. Nur Jakob manchmal, wenn er sich einen von Isa klaute. Aber Jakob war auch kein richtiger Mann. Sicher hatte dieser Paul eine Freundin, dachte Joe.

Paul fuhr los und bog an der nächsten Ampel ab. Joe knabberte weiter an seinem Franzbrötchen. Er würde es bestimmt aufgegessen haben, bis er zu Hause war. Joe war so mit Essen beschäftigt, dass er erst spät bemerkte, dass Paul falsch fuhr.

»Du, Paul, das ist hier nicht der Weg nach Hause. Das ist der Weg zum Bahnhof. Du weißt doch wo wir wohnen.«

»Ja, Joe, alles gut. Ich habe was bei mir zu Hause vergessen. Das müssen wir noch holen. Dann fahren wir zu euch und dann gibt´s Frühstück.«

»Gibt´s auch frisch gepressten Orangensaft?«

»Ja, klar. Charly hat schon angefangen, ganz viele Orangen auszupressen.«

»Toll.«

Joe sah aus dem Auto und genoss es, wie die Stadt an ihm vorbei rauschte. Er fuhr nicht oft in einem Auto. Charly hatte keins. Er sagte immer, es sei Schwachsinn, in einer Stadt wie Hamburg mit dem Auto zu fahren. Da konnte man zu Fuß gehen, mit dem Fahrrad oder der U-Bahn fahren. Aber manchmal fuhren sie auch Taxi. Joe fuhr gerne in einem Auto.

»Wann sind wir denn an deinem Zuhause?«

»Gleich. Nicht mehr weit. Du hast ja genug zu essen dabei. Wirst schon nicht verhungern.« Paul lachte und trommelte fröhlich auf das Lenkrad.

Dann fuhren sie über Wasser. Nicht über die große Elbe, das hätte Joe erkannt. Es war das Stück vom Hafen, wo sie auch schon mit einer kleinen Barkasse gefahren waren. Dann steuerte Paul den Wagen über einen Hof und hinter ein großes, graues Gebäude.

Es war nicht schön hier. Verrostete Container standen herum, alte, kaputte Autos. Das Haus, auf das Paul zusteuerte, war grau und hässlich. Viele Fenster waren kaputt, die Wände mit Farbe beschmiert. Irgendwelche Zeichen, die Joe nicht lesen konnte. Graffiti.

»Hier wohnst du?« Joe kam das jetzt etwas komisch vor.

»Komm mal mit«, sagte Paul und stieg aus. Joe fühlte sich unbehaglich, aber er stieg aus.

Paul nahm seinen Arm und führte ihn auf das Haus zu.

»Wo gehen wir denn jetzt hin, Paul?«

»Keine Angst. Wir holen nur was ab.«

Sie gingen in den Hauseingang. Das Treppenhaus war dunkel und voller Dreck. Paul zog Joe eine enge

Kellertreppe hinunter. Das wurde Joe jetzt unheimlich.

»Du, Paul, ich warte draußen. Ich will da nicht runter.«

Doch Paul fasste seinen Arm fester und zog ihn die Treppe hinunter. Joe versuchte, sich loszureißen. Joe war stark, aber Paul war stärker. Er zerrte ihn in einen Kellergang und stieß ihn in einen Raum, in den nur wenig Licht durch ein vergittertes kleines Fenster fiel.

Der Raum war fast leer. An der Seite sah Joe ein schiefes, leeres Blechregal. Zwei alte Bürostühle, an denen ein paar Rollen fehlten, standen herum. Der Boden war mit dicken, schmutzigen Pappen bedeckt.

»Was ist das hier? Ich will hier nicht sein«, sagte Joe. »Ich habe Angst.«

Paul schloss die Tür und sah Joe nun mit einem bösen Blick an. Ein Blick, den Joe kannte. Aber woher?

»Setz dich da auf den Boden, los!«, befahl Paul. Und er war nun gar nicht mehr freundlich und lustig. Joe gehorchte. Er zitterte. Dieser Mann war kein Freund von Charly. Er war ein böser Mann. Joe hatte nun schreckliche Angst vor ihm und schon merkte er, wie es zwischen seinen Beinen feucht wurde.

»Was machst du denn da?«, schimpfte Paul. »Pinkelst du in die Hose? Ist ja widerlich.«

Joe schämte sich und sah auf den Boden.

»Ok, Kerl, jetzt erzähl mal. Was hast du gesehen?«

»Wo gesehen?«, Joe wusste nicht, was der Mann von ihm wollte.

»Du hast doch dieses Bild gemalt, das in der Zeitung war. Von dem Teufel. Oder?«

»Ja.«

»Gut. Was hast du da noch gesehen an dem Tag?
Erzähl's mir einfach.«

»Den Lastwagen. Und dann ist der Teufel
verschwunden. Ohne Rauch. Mehr habe ich nicht
gesehen.«

»Und das hast du auch der Polizei erzählt?«

»Ja.«

»Und was noch?«

»Sonst nichts.«

Paul funkelte ihn wieder böse an. Und jetzt wusste
Joe, woher er diese bösen Augen kannte.

»Du bist der Teufel!«, rief er laut aus. »Du bist kein
Freund von Charly. Du bist der Teufel, der auf dem
Markt die Leute alle überfahren hat. Du bist böse.
Das sag ich jetzt der Polizei.«

Joe sprang auf und versuchte zur Tür zu laufen,
doch der Mann, der bestimmt nicht Paul hieß, stieß
ihn brutal zu Boden. Er grinste böse.

»Ich habe ja sofort gemerkt, dass du blöd bist.
Aber, dass du so blöd bist, hatte ich nun doch nicht
gedacht.«

»Charly sagt, man darf nicht sagen, dass ich blöd
bin. Das ist gemein. Genau so, wie man zu Jakob
nicht Mongo sagen darf.«

»Du, Junge, ich kann dich jetzt leider nicht gehen
lassen. Ich muss mir was einfallen lassen mit dir. Blöd
gelaufen.«

»Ich will nicht hierbleiben. Ich will nach Hause.«
Joe fing an zu weinen. Doch er durfte nicht weinen,
das wusste er. Er musste sich wehren. Er schrie:
»Hilfe.

Der Mann, der nicht Paul hieß, ging aus dem Raum und schloss die Tür. Joe hörte, wie er sie verriegelte. Joe sprang auf und versuchte, die Tür zu öffnen. Vergeblich. »Hilfe!« Er rannte zu dem kleinen Fenster und rief hinaus. »Hilfe!«

Nach kurzer Zeit kam der Teufel zurück. Er hatte eine dicke Rolle in der Hand. Breites, silbernes Klebeband.

Der Mann drückte Joe auf den Boden. Als Joe sich wehren wollte, boxte er ihn ganz fest in die Seite. Das tat höllisch weh.

Er wickelte das Klebeband um Joes Kopf, so dass der Mund völlig verschlossen war. Joe konnte nur noch durch die Nase atmen. Dann wickelte der Mann das Band auch um Joes Hände und Füße. So lag er nun verkrümmt auf den Pappen und konnte sich nicht bewegen und nicht rufen.

Warum hatte er sein Handy nicht mitgenommen? Wie sollte Charly ihn hier finden? Warum war der Mann so böse zu ihm? Er hatte ihm doch nichts getan? Joe dachte nach. Der Teufel hatte bestimmt Angst, dass Joe ihn an die Polizei verraten würde. Also könnte er ihm doch einfach sagen, dass er das nicht täte. »Ich sage der Polizei nicht, dass du der Teufel bist«, rief er, doch durch das Klebeband verstand der Mann bestimmt kein Wort. Der Mann ging aus dem Raum und verriegelte die Tür wieder. Joe war allein. Und jetzt hatte er so viel Angst, wie noch nie zuvor in seinem Leben. Er würde sicher wieder in die Hose pinkeln, wenn er noch was zum Pinkeln hätte. Stattdessen bekam er jetzt Durst. Schrecklichen Durst.

26. Kapitel
Samstag 28. Oktober 2017, 10:00 Uhr / Hauke

Hauke hatte schlecht geschlafen. Um sechs Uhr hatte dann Kleinholz geklingelt und ihm einen kleinen Samtbeutel mit den Diamanten übergeben.

»So, Hauke, wenn du damit jetzt abhaust, hast du noch ein paar verdammt gute Jahre vor dir«, sagte Kleinholz und grinste.

»Aber was soll ich mit so viel Kohle, wenn ich sie nicht versaufen kann.«

»Und entspannt genießen könntest du sie auch nicht. Wir würden dich finden. Überall.«

»Bist du da sicher?«

Kleinholz zog gleich wieder ab und lies ihn mit einer Handvoll Kohlenstoff im Wert von zehn Millionen Euro allein.

Er zögerte lange, den Beutel zu öffnen. Langsam ließ er die Steine auf die Ablage in der Küche gleiten. Schöne Steine. Er hatte natürlich nicht die geringste Ahnung, wie man die Qualität beurteilte, aber wertvoll sahen sie aus. Doch auch böse und gefährlich. Solche Steine waren wie Viren, die Gier und Skrupellosigkeit auslösen konnten. Etwas, was so schön und gleichzeitig so kostbar war, konnte nur Unheil bringen. Für diese Klunker wären sehr viele Menschen bereit, schlimmste Verbrechen zu begehen.

Diese blöde Übergabe der Diamanten machte Hauke nervös. Nicht, dass er diese Aktion für gefährlich hielt. Aber er fühlte sich benutzt. Das Ganze war eine Nebelkerze des BKA. Sie wussten, dass sie es mit Trittbrettfahrern zu tun hatten. Sie befürchteten nicht wirklich einen zweiten Anschlag. Sie wollten die Leute nur beschäftigen, Zeit gewinnen und dann irgendwann zuschlagen. Und Hauke war ihr Pausenclown. Hätte er nicht eigentlich Bezahlung fordern müssen? War er jetzt irgendwie ehrenamtlicher BKA-Gehilfe, oder was?

Egal. Sie würden für seine Dienste bezahlen müssen. Es würde sich zeigen, wann und in welcher Form.

Nervöser als die Erpressung machte ihn die Tatsache, dass dieser Joe immer noch verschwunden war. Charly Michelsen hatte Hauke ein paar Mal angerufen. Er war in Sorge, eigentlich eher in Panik. Johanna hatte längst eine Suchmeldung rausgegeben und nun, einen Tag nach Joes Verschwinden, würden sicher die lokalen Medien sein Bild bringen.

Hauke saß in der feudalen Küche seiner Villa und starrte auf das billige Handy, das Kleinholz ihm gegeben hatte. Die Küche war der einzige Raum in diesem großen Haus, in dem sich Hauke inzwischen so einigermaßen heimisch fühlte. Alle anderen Räume waren ihm noch fremd. Sogar das Gästezimmer, in dem er schlief. Er genoss es, aber es war gleichzeitig nicht sein Stil. Er hatte sich ja eigentlich dem Konsumverzicht, dem einfachen Leben verschrieben.

Das Handy brummte. Eine SMS.

»Krugkoppelbrücke. Um 10 Uhr. Alleine.«

Es war neun Uhr vierzig. Die Krugkoppelbrücke lag am nördlichen Ende der Außenalster. Von Haukes Villa keine zehn Minuten entfernt. Wussten die Erpresser, wo sich ihr Diamantenkurier befand? Oder hielten sie ihn für Flash?

Er brauchte ein Auto. Nicht wirklich für den Weg zur Krugkoppelbrücke, aber wer wusste schon, wohin er heute noch eilen musste.

Senator Wenger hatte einen Smart erwähnt, der in der Doppelgarage stehen sollte. Hauke könne ihn benutzen, wenn es sein müsse. Ok. Es musste sein. Er nahm den Schlüssel vom Haken neben der Haustür. Am Schlüsselbund war ein Sensor, der das Garagentor automatisch öffnete. Neben dem Smart stand noch ein Maserati Quattroporte. Den hatte der Senator nicht erwähnt. Passte irgendwie gar nicht zu dem sanften alten Herrn, die Ludenschleuder, dachte Hauke.

Er startete den Smart und war schon drei Minuten später an der Krugkoppelbrücke. Es war kalt, bedeckt, aber es regnete nicht. Über die Brücke, die die Stadtteile Winterhude und Harvestehude miteinander verband, floss nur wenig Verkehr.

Er hielt kurz hinter der Brücke, wo er vor dem Alsterlokal Bobby Reich eine enge Parklücke fand. Das Handy brummte erneut. Wieder war die Absendernummer unterdrückt und Hauke war sicher, dass diese Nachricht von einem anderen Handy und aus einem anderen Winkel der Stadt, wenn nicht sogar aus einer anderen Stadt, geschickt worden war. Es war nicht schwer, der Handyortung der Polizei ein Schnippchen zu schlagen.

»Gehen Sie auf die Mitte der Brücke. Alleine. Ohne Gepäck.«

Hauke ging langsam auf die Brücke und sah auf die Alster. Zwei Alsterdampfer zogen gemächlich ihre Bahn. Segelboote und Ruderboote gab es zu dieser Jahreszeit nicht. Weit hinten sah Hauke einen Stand

Up-Paddler in einem Neoprenanzug. Auch so ein verrückter, neuer Quatsch, dachte Hauke. Sieht aus, wie ein Surfer, der sein Segel verloren hat. Und was macht der Typ, wenn er bei diesen Temperaturen ins Wasser fällt?

Wieder eine SMS: *»In der Brückenmauer. Eine Flasche.«*

Die Brücke war aus massivem Backstein gemauert. Ungefähr auf Kniehöhe waren ornamentale, quadratische Aussparungen von ungefähr fünfzig mal fünfzig Zentimeter Kantenlänge. Und in einer dieser Aussparung, direkt auf Haukes Höhe, klemmte eine grellorange Flasche. Es war eine Trinkflasche aus Aluminium, wie sie Sportler und Wanderer benutzen. Leicht, stabil und diese hier besonders auffällig.

»Die Steine in die Flasche!«, lautete die nächste SMS.

Klar, dachte Hauke. Und dann in die Alster werfen, damit sie ein Taucher, Schwimmer oder Stand Up-Paddler aufsammeln kann. War das nun besonders clever oder besonders dämlich? Hauke war sich noch nicht ganz sicher.

Er stopfte das Beutelchen mit den Steinen durch den engen Flaschenhals.

»Flasche fest zudrehen. Im hohen Bogen in südlicher Richtung auf den See werfen. Sofort.«

Dieser Erpresser war nicht aus Hamburg, dachte Hauke. Kein Mensch nennt die Alster einen See. Man nennt sie Alster oder Außenalster, sie ist ein Fluss, kein See oder Teich. Aber egal. Da stand *sofort* und deshalb holte Hauke weit aus und warf die Flasche im hohen Bogen auf die große, graublaue Wasserfläche. Sie klatschte aufs Wasser, ging ganz kurz unter und tauchte dann wieder auf. Nun trieb sie dort etwas schräg wie eine winzige Boje in einem Ozean. Eine Zehn-Millionen-Euro-Boje.

Hauke sah ihr nach. Gespannt darauf, was nun passieren würde. Das Handy brummte.

»Gehen Sie. Hauen Sie ab!«

Das war deutlich. Damit war endgültig klar, dass er beobachtet wurde. Er sah sich um, suchte ein Auto, ein Fenster in umliegenden Gebäuden, jemanden mit einem Fernglas. Nichts.

Er schloss gerade den Smart auf, als er ein lautes Brummen hörte. Er sah nach oben. Da schwirrte, vielleicht zwanzig Meter über seinem Kopf, eine riesige Drohne. Nicht so ein kleines Teil, wie man sie in Elektromärkten für den Hausgebrauch bekommt. Dieses Teil war von professioneller Machart. Vielleicht einen Meter im Durchmesser, mit sechs Rotoren und ebenso orange, wie die Flasche die Hauke gerade zu Wasser gelassen hatte. War das Ding vom BKA? Eine unauffällige Art der Observation? Lächerlich. Und außerdem: Das Ding hatte keine Kamera an Bord.

Hauke stieg in den Smart, startete den Motor und machte einen U-Turn, um schnell wieder auf die Brücke zu kommen. Ein Wagen musste seinetwegen bremsen. Der Fahrer hupte und schimpfte. Auf der Brücke hielt Hauke kurz an, was den Fahrer hinter ihm erneut in Rage brachte. Der hupte im Stakkato und überholte dann mit quietschenden Reifen. Hauke fuhr im Schritttempo weiter und sah, wie die Drohne sich aufs Wasser senkte. Dabei machte sie jede Menge kleine Wellen, in deren Mitte die Flasche tanzte. Die Drohne berührte fast die Wasseroberfläche. Dann hing die Flasche plötzlich an dem Fluggerät. Statt einer Kamera war hier offensichtlich ein Magnet angebracht, der die Flasche anzog. Dann kann sie nicht aus Aluminium sein, dachte Hauke. Das ist nicht magnetisch. Oder sie hatte Stahl im Innern. Die Drohne hob ab und schoss mit hoher Geschwindigkeit Richtung Innenstadt davon. Schnell war sie nur noch ein Punkt am Horizont.

Hauke wusste nicht viel über diese Fluggeräte, die auch bei der Polizei immer mehr zum Einsatz kamen. Er wusste aber, dass sie nur eine sehr begrenze Reichweite haben. Und das galt nicht nur für die Flugdauer, die oft nur eine Viertelstunde betrug, sondern auch für den Abstand, den der Pilot vom Gerät haben durfte. Tausend Meter, eher weniger, schätzte Hauke. Das hieß, dass der Pilot irgendwo in der Nähe sein musste und der Landeort ebenso. Aber wo?

Hauke rief Kleinholz an, der natürlich längst wusste, wie die Diamanten ihren Besitzer gewechselt hatten.

»Bleib cool, Hauke. Es hat keinen Sinn, da jetzt jemanden zu suchen. Wir finden die Leute später. Jetzt sollen sie sich erst mal sicher fühlen.«

»Warte mal,« sagte Hauke und zog das Handy der Erpresser aus der Tasche. »Da ist noch eine Nachricht. – hör zu:

›Ein GPS-Tracker. Sehr gefitzt. Jetzt aber inaktiv.‹ Ja, Thomas, sie fühlen sich offenbar sehr sicher.« Hauke grinste und Kleinholz schien dies durchs Telefon zu vernehmen. »Scheiße!«, zischte er.

27. Kapitel

Joe fror. Zusammengekrümmt lag er auf der Pappe am Boden. Schon so lange. Er wusste nicht wie lange, weil er keine Uhr um hatte. Aber es war dunkel geworden und dann wieder hell und er hatte geschlafen. Nur kurz. Dann wieder. Auch nur kurz. Und er hatte immer wieder an den Klebebändern gezerrt. Sie waren etwas weiter geworden, aber er konnte sich nicht befreien.

Anfangs hatte er fürchterliche Angst gehabt. Dann hatte er geweint. Doch nun hatte er gar nichts. Keine Angst, keine Traurigkeit. Nur Leere. Er hatte auch keine Hoffnung mehr, dass Charly ihn finden würde.

Durst hatte er. Das war das wirklich Schlimme. Keinen Hunger, aber Durst. Seine Kehle war ganz trocken und kratzig. Er konnte nicht mehr rufen. Aber das war egal, weil ihn durch das Klebeband ja sowieso niemand hörte.

Würde er hier sterben müssen, wenn niemand ihn findet? Und wie lange würde das dauern? Würde es weh tun?

Er hörte ein Auto. Es fuhr über den Hof. Es hielt an. Der Motor lief weiter. Joe versuchte, wieder zu schreien. Vielleicht würden die Leute in dem Auto ihn hören. Das Auto stand eine ganze Weile dort und der Motor lief immer weiter. Aber niemand stieg aus. Und niemand hörte Joe, der irgendwann keine Kraft mehr hatte, unter dem Klebeband Geräusche zu machen.

Charly würde ihn finden, sagte sich Joe jetzt immer und immer wieder – und fühlte sich gleich besser. Er würde ihn finden, irgendwann und dann würde er nach Hause kommen, Apfelschorle trinken, ganz, ganz viel Apfelschorle und dann würde er baden. In ganz heißem Wasser, ganz lange. Joe musste nur geduldig sein.

***

Johanna hatte sich von Anfang an in die Fahndung nach dem geistig behinderten Joe eingeschaltet. Es konnte kein Zufall sein, dass der Mann, der den wirklichen Attentäter vom Isemarkt nicht nur gesehen, sondern auch gezeichnet hatte, plötzlich verschwunden war.

In der Bäckerei, die Joe vor seinem Verschwinden aufgesucht hatte, kannte man den jungen Mann. Er kam oft und die Verkäuferinnen wussten um seine geistige Eingeschränktheit. Ihnen war nichts Ungewöhnliches aufgefallen. Joe war freundlich und etwas aufgedreht wie immer. Er wartete geduldig, bis er an der Reihe war und kaufte dann Brötchen und Franzbrötchen. Er hatte nie einen Einkaufszettel dabei und war stolz, dass er sich seine Einkäufe merken konnte. Er zählte auch immer mit wichtiger Mine das Wechselgeld nach, obwohl er kaum rechnen konnte.

Eine der Verkäuferinnen erinnerte sich, dass Joe mit einem Mann in einem kleinen roten Auto gesprochen hatte. Sie hatte sich nichts dabei gedacht, weil Joe zu jedermann offen und freundlich war. Ob er in das Auto eingestiegen sei, wusste sie nicht.

Johanna saß an einem Schreibtisch in der Wache 17. Es war Samstag und eigentlich hatte sie frei. Aber der junge Mann saß bestimmt irgendwo fest und brauchte Hilfe. Das erforderte besonderen Einsatz.

Johanna telefonierte mit einem Kollegen, der alle Fahrzeugdiebstähle im Blick hatte. Sie wurden umgehend nach Bekanntwerden in einer Datenbank erfasst, die allen Polizisten online zur Verfügung stand. Drei Autos wurden durchschnittlich pro Tag in der Hansestadt gestohlen. Die meisten verschwanden auf ewig, aber manche wurden auch unmittelbar nach dem Diebstahl wieder entdeckt.

»Ich habe einen kleinen roten Wagen hier. Ist kürzlich reingekommen und noch nicht in der Datenbank.«, sagte der Kollege. »Ein Renault Clio. Baujahr 2004. Also nicht gerade Edelmetall.«

»Und wo ist der gestohlen worden?«

»Moment. In Blankenese. An einer Tankstelle.«

»An einer Tankstelle?«, Johanna merkte, dass sie viel zu laut und viel zu hoch ins Telefon gekreischt hatte.

»Ja. Was ist daran so verwunderlich? Das passiert oft. Viele Leute lassen den Schlüssel stecken, wenn sie zum Bezahlen rein gehen. So dämlich. Wenn ich ein Auto klauen wollte, würde ich es immer an einer Tanke tun.«

»Ja. Ist offenbar groß in Mode, die Nummer. Dann schicken Sie mir doch bitte alle Daten zu dem Fahrzeug, die Adresse der Tankstelle und die Namen der Zeugen.«

Es war nicht viel. Aber es war eine Spur.

Johanna wartete die Mail des Kollegen ab und machte sich dann auf den Weg nach Blankenese. Allein. Hauke musste ja nicht überall dabei sein.

Außerdem hatte er irgendetwas Geheimnisvolles zu erledigen.

Die Shell-Tankstelle, auf der der rote Clio abhandengekommen war, lag am Ende der mondänen Elbchaussee und gewissermaßen am Tor zu Hamburgs Nobelvorort Blankenese.

Der Pächter war ein gemütlicher, dicker Mann, der Johanna bereitwillig Auskunft gab. Es schien ihn zu freuen, dass an seiner langweiligen Tanke endlich mal was los war.

»Das war so gegen sieben Uhr morgens. An einem Freitag ist hier viel los um die Zeit. Da kam plötzlich eine Frau, die gerade bezahlt hatte, wieder reingerannt und kreischte, dass ihr Auto weg sei.«

»Und was haben Sie dann gemacht?«

»Na, was schon? Ich habe die Polizei gerufen. Hat aber echt gedauert, bis die dann da war. So lange musste ich die Frau beruhigen. Ein altes Mütterchen, das hat die ziemlich mitgenommen. Da kommt die Versicherung ja auch nicht für auf, wenn die den Schlüssel stecken lässt.«

»Haben Sie sich mit den Kollegen das Überwachungsvideo angesehen?«

»Klar. Die haben auch eine Kopie mitgenommen.«

»Kann ich das auch mal sehen?«

Der Mann führte sie in ein Hinterzimmer und öffnete eine Datei auf seinem alten Computer. Das Video hatte die gewohnt schlechte Qualität. Man sah eine Menge Autos und Leute. Und dann war da dieser kleine rote Wagen. Ein großer Mann stieg ein, von dem man keine Details erkennen konnte, und fuhr los.

»Ja«, lachte der Pächter. »Dann mal viel Spaß beim Suchen von diesem Kerl. Viel Heu und keine Nadel, sag ich immer.« Er konnte sich kaum halten vor Lachen.

»Freut mich, dass Sie Spaß haben, aber mit diesem Wagen ist kurz darauf vermutlich ein junger, schwer geistig behinderter Mann entführt worden. Und wir haben jetzt, über vierundzwanzig Stunden später, noch keine Spur von ihm. Lustig, oder?«

Der Mann hörte auf zu lachen.

»Sorry. Konnte ich ja nicht wissen.«

»Gab es sonst noch Zeugen?«

»Ihre Kollegen haben ein paar Leute befragt. Aber da wusste keiner was. Kümmert sich ja jeder um seinen eigenen Kram. Merkt ja keiner, wenn da einer in ein Auto einsteigt, das nicht im gehört.«

Johanna googelte auf ihrem iPhone nach Bildern roter Clios Baujahr 2004 und fuhr wieder zur Bäckerei am Grindelhof. Die Verkäuferin hielt es für möglich, dass Joe in einen solchen Wagen eingestiegen war, konnte es aber nicht sicher sagen. »Ich kenne mich doch mit Autos nicht aus.«

Fahrzeug und Kennzeichen kamen in die Fahndung. Die regionalen Medien wurden gebeten, Bilder und Kennzeichen des Clio zu veröffentlichen. Wenn es schon keine Hinweise auf Joe gab, dann würde vielleicht das Auto helfen. Vieles sprach dafür, dass der Clio für Joes Entführung benutzt worden war. Allein die Art und Weise des Diebstahls. Genauso hatte der mutmaßliche Täter Yasser Schuaas LKW gestohlen. Außerdem gab es nur zwei Gründe, warum Leute ein so altes und wertloses Auto stahlen. Entweder es waren Jugendliche, die eine Spritztour machen wollten, oder echte Kriminelle, die Schlimmes damit vorhatten.

28. Kapitel

Hauke war schon fast wieder an seiner Villa angekommen, um zehn Millionen Euro ärmer und um eine Sorge leichter. Sollte sich Kleinholz mit seinen Superbullen doch um diese Erpresser kümmern. Ganz so blutige Amateure, wie sie vermuteten, waren sie wohl doch nicht. Die Nummer mit der Drohne war jedenfalls ziemlich cool. Und dann waren sie noch auf den GPS-Tracker des BKA gekommen. War sicher gar nicht so schwer. Dafür gab es doch bestimmt auch irgendwelche Scanner. Reingefallen. Die Erpresser waren mindestens so clever wie Kleinholz. Oder, wie sie es nannten, er schaute im Nachrichtenverlauf des Handys, *gefitzt*. Was war das überhaupt für ein Wort? Nie gehört?

Plötzlich bremste der Wagen vor ihm, ein alter Volvo-Kombi, scharf. Ein Radfahrer hatte ohne jede Vorsicht vor ihm die Straße überquert. Die Ladung im Kofferraum des Kombis kam in Bewegung. Kein Drama, dachte Hauke, es ging ja schon weiter. Nichts passiert.

Da sah er im Kofferraum des Volvos etwas grellorange leuchten. Die Wolldecke, die über dem Objekt lag, war bei der Notbremsung verrutscht. So war der Blick frei auf einen orangen Ring mit Propeller. Kein Zweifel. Die Drohne.

Hauke war wie elektrisiert.

Er heftete sich an den Volvo und folgte ihm durch den dichten Verkehr. Es ging den Mittelweg hinunter, vorbei am Dammtorbahnhof und dem Hamburger Spielcasino Richtung St. Pauli. In einer Kurve sah Hauke den Wagen von der Seite. Es saß nur eine Person im Auto. Ein junger Mann. Vollbart, längere lockige Haare. Studententyp.

Nach gut zwanzig Minuten kreuzte der Volvo die Reeperbahn am Millerntorplatz und bog schließlich in die Bernhard-Nocht-Straße ein. Oberhalb der besetzten Häuser der Hamburger Hafenstraße kam er vor einem heruntergekommenen, dreigeschossigen Haus zum Stehen. Hauke parkte in einiger Entfernung.

Der Volvo-Fahrer stieg aus, verschloss den Wagen und ging auf das Haus zu. In der Hand hielt er die orange Aluminiumflasche. Zehn Millionen in Diamanten verschwanden in einer Bruchbude, die zum Zentrum der autonomen Szene gehörte.

Natürlich wäre es nun richtig gewesen, die Kollegen anzurufen. Johanna, oder besser gleich Kleinholz. Es wäre vernünftig, sich diesen Kriminellen nicht alleine zu nähern. Aber bei aller Läuterung, die Hauke in den letzten Jahren durchlaufen hatte, wirklich vernünftiger war er nicht geworden. Da war noch so ein Jagdinstinkt, dieser unbändige Wunsch, den Täter alleine zur Strecke zu bringen.

Er trat in den Hauseingang. Die verzierte Holztür war mit alten und neuen Aufklebern mit linken Sprüchen übersät. Die Tür war nicht abgeschlossen und ließ sich leicht aufschieben. Der Hausflur war dunkel und es roch modrig. Verbeulte Briefkästen an der Seite, Mülltonnen.

Hauke lauschte. In einem der oberen Geschosse hörte er Stimmen. Langsam bewegte er sich zur

Treppe am Ende des Flures und ging hinauf. Die abgewetzte Holztreppe knarrte leise. Im ersten Stock waren zwei verschlossene Wohnungstüren. Hauke lauschte wieder. Doch die Stimmen kamen von weiter oben.

Er stieg die Treppe hinauf in den zweiten Stock. Hier war eine der Türen angelehnt. Dahinter hörte er die Stimmen. Langsam schob er die Tür auf und betrat einen langen, dunklen Flur. Tageslicht fiel an einer Stelle auf den Boden, wo eine Tür offen stand. Hauke schlich sich langsam an der Wand entlang. Aus dem Raum drangen Stimmen. Ein Mann, eine Frau.

»Wir müssen los. Worauf wartest du noch?«, sagte der Mann.

»Mike wollte noch hierher kommen. Ich muss mich von ihm verabschieden«, sagte die Frau und Hauke bemerkte einen leichten schweizerischen Akzent.

»Mike ist ausgestiegen. Er gehört nicht mehr dazu. Eigentlich müssten wir ihn kaltmachen, damit er uns nicht verpfeift.«

»Du spinnst doch. Mike verpfeift uns nicht.« Kein Zweifel, das war die Stimme von Anita Krausser, der Tankstellenaushilfe und Informatikstudentin.

Plötzlich kam der Mann aus der Küche. Es war der Fahrer des Volvos. Er ging ganz gemächlich, wollte vielleicht nur auf die Toilette, doch er stieß mit Hauke zusammen und erschrak.

»Scheiße, was macht der hier? Wer bist du Alter?«

Er rannte los, durch den Gang ins Treppenhaus und polterte die Treppe hinunter. Hauke stellte sich in die Tür, aus der der Mann gekommen war und prallte mit Anita Krausser zusammen.

»Was? Sie? Was machen Sie hier? Was wollen Sie?«

Sie versuchte sich an ihm vorbeizudrängen, doch Hauke packte sie und schob sie in den Raum. Es war die Küche. Möbliert mit alten, schmutzigen Küchengeräten. In der Mitte stand ein großer, schäbiger Tisch.

Hauke drückte die Krausser auf einen Stuhl und baute sich vor ihr auf. Blitzschnell versuchte er, die verwirrenden Fakten zu kombinieren.

Wie passte das zusammen? Die junge Studentin Anita Krausser schreibt Drohbriefe an Bundeskanzleramt und BKA, verübt ein Attentat auf dem Isemarkt, um dann zehn Millionen in Diamanten zu erpressen?

»Was suchst du hier?«, fragte die Krausser trotzig und fügte an: »Scheißbulle.« Nach dem ersten Schreck hatte sie wieder zur alten Hassrethorik gefunden.

»Ich suche eine Handvoll Diamanten. So um die zehn Millionen wert.«

»Haha«, sie lachte gekünstelt, »sieht das hier nach zehn Millionen aus?«

»Die Drohne im Auto von deinem Freund sieht nach zehn Millionen aus, Mädchen.«

Sie schwieg und starrte auf den Küchentisch.

Hauke setzte sich auf einen Stuhl direkt vor ihr und hinderte sie so daran, einfach aufzuspringen und wegzulaufen.

»Ich habe eine verdammt verrückte Geschichte im Kopf. Die hat aber noch so viele Lücken. Da kannst du mir bestimmt helfen.«

»Ich sag gar nichts, Arschloch«, zischte Anita.

Hauke rief Johanna an, um den Abtransport seiner Beute zu organisieren. Johanna stellte viele Fragen.

Sie verstand natürlich überhaupt nicht, wieso Hauke Anita Krausser in einem besetzten Haus in der Hafenstraße festhielt, gab sich aber damit zufrieden, dass er ihr das noch erklären werde.

»Also, Anita aus der Schweiz, die so toll mit großen Drohnen umgehen kann, dann erzähl doch mal die ganze Geschichte«, sagte er schließlich zu der jungen Frau, deren Kaltschnäuzigkeit allmählich wieder nachließ.

29. Kapitel

»Mama, das kannst du echt nicht machen. Bitte. Ich kann mich da jetzt nicht drum kümmern.«

»Doch Fiete, ich mach das. Ich setze die Mädels jetzt in die Bahn. Dann sollen sie Hauptbahnhof aussteigen und da nimmst du sie in Empfang.«

»Mama bitte ...«. Fiete hatte Schweißperlen auf der Stirn. Er hatte Angst. Todesangst. Aber nicht wegen seiner Mutter und der Mädels, sondern wegen der drei Kerle, die vor ihm standen. Die ehemaligen Hanseatic Rebel-Member Stulle und Erkan und ein dritter Typ, den Fiete nicht kannte, hatten ihn auf der Reeperbahn aufgegriffen, als er auf dem Weg in seine Wohnung war. Sie hatten ihn in das Hinterzimmer eines abgelegenen Puffs gezerrt und waren dabei, ihm zuzusetzen.

Ein muffiger, enger Raum, in dem sich Kisten mit Schnapsflaschen und Gläsern stapelten. Klopapier, Großpackungen mit Kondomen. Fiete hockte an einem schäbigen kleinen Tisch auf einem kaputten Stuhl, Erkan saß schräg auf einer Ecke des Tisches, die anderen beiden standen.

Fiete hatte noch gar nicht richtig begriffen, was die eigentlich von ihm wollten, da hatte seine Mutter angerufen.

Sie hätten ihm wahrscheinlich längst das Handy aus der Hand geschlagen, aber der Streit zwischen Fiete und seiner Mutter schien sie zu amüsieren. Klar, so war er moralisch schon am Boden, bevor sie den ersten Schlag getan hatten.

Dann war das Gespräch beendet und Fiete sah seine Entführer, denn nichts anderes waren sie in seinen Augen, erwartungsvoll an.

»Was wollt ihr von mir, ihr Penner?« Es gab ihm ein Gefühl von Stärke, Beleidigungen als Anrede zu verwenden. Aber er hatte keine Chance gegen die drei, das war klar.

»Fiete, wir wollen nur mal mit dir plaudern. Es sind so ein paar Sachen passiert in den letzten Tagen, die uns wundern.« Es war Erkan, der das sagte. Sicher der Intelligenteste von den dreien. Er war eine wichtige Nummer im Club und seit Casanova verschwunden und der Panther eingefahren war, fühlte er sich als Clubchef. Dabei gab es den Club eigentlich gar nicht mehr. Wie Stulle und der andere Kerl, trug auch Erkan keine Kutte mehr. Schwarzer Anzug war jetzt angesagt. Man machte einen auf Edelgangster. Pulp Fiction oder so.

»Was ist denn passiert? Klärt mich mal auf. Ich bin neugierig«, sagte Fiete.

»Der Panther hatte Besuch. Von so einem Ex-Bullen.«

»Ja. Schön für ihn. Ist er nicht so allein.«

Der Typ, den Fiete nicht kannte, sprang vor und holte aus, um Fiete eine reinzuhauen.

»Dir werden die Witze noch vergehen, du Wichser«, zischte er, doch Ertan fing seinen Schlag ab. »Nicht doch, Vitali, wir wollen uns doch nur zivilisiert mit Fiete unterhalten.«

Fiete sah auf die Uhr. In spätestens einer halben Stunde würden seine Chicas mit der U-Bahn am

Hauptbahnhof eintreffen und ab diesem Moment wären sie wieder sein Problem. Das hier musste also schnell zu Ende gehen.

»Hört Jungs, ich muss gleich dringend was erledigen, also fragt mich, was ihr fragen wollt und dann muss ich auch wieder los.«

»Okay«, sagte Erkan, »dann machen wir´s kurz. Der Bulle hat dem Panther erzählt, dass Casanova in der Stadt war. Wusstest du davon?«

»Casanova? Nee, echt nicht, wieso? Ist der nicht tot?«

Ohne Vorwarnung holte Erkan aus und knallte Fiete mit der flachen Hand ins Gesicht. Es tat höllisch weh. Das war es also, was er unter einer zivilisierten Unterhaltung verstand.

»Laber keinen Quatsch, Fiete«, brüllte Erkan. »Du hast Casanova getroffen und selbst dir sollte inzwischen aufgefallen sein, dass er bei diesem verkackten Terroranschlag drauf gegangen ist.«

»Das müsste euch doch freuen.«

»Ja, tut es auch. Was uns vielleicht ärgert ist, dass er in Allahs Namen verreckt ist und nicht im Namen des Panthers. Aber das ist am Ende auch egal. Sag du uns doch, warum du uns nichts gesagt hast, als Casanova wieder in Hamburg aufgetaucht ist. Ich dachte, wir waren alle Member im gleichen Club. Freunde. Kameraden. Da hilft man sich. Und weil du das nicht gemacht hast, müssen wir annehmen, dass du mit Casanova schon länger unter einer Decke gesteckt hast. Und wir müssen annehmen, dass du auch damals schon mit ihm unter einer Decke gesteckt hast, als Casanova den Panther und die anderen verpfiffen hat.«

»Ich ...«

»Und wir vermuten, nein wir sind uns ziemlich sicher, dass du mit ihm an neuen Geschäften in Hamburg gearbeitet hast. Liegen wir da richtig?«

»Also, ich ...«

»Sag am besten gar nichts. Ist mir lieber, als deine Lügen.«

Einen Moment herrschte Stille. Eine bedrohliche Stille. Was würden sie jetzt mit ihm machen? Ihn umbringen? Aus Rache? Nach all den Jahren? Was ergab das für einen Sinn? Er, der kleine Prospect Fiete, war doch nicht gefährlich für Erkan und seine Leute. Konnten sie ihn nicht einfach gehen lassen? Oder wollten sie Casanovas Geschäfte übernehmen? Ja, das war's. Genau. Und das war eine fantastische Idee.

»Leute, okay, hört mir mal einen Moment zu, dann habe ich einen tollen Deal für euch.«

Erkan grinste. »Du hast einen Deal? Hört mal Leute, Fiete hat einen Deal.« Alle lachten. »Da bin ich ja mal gespannt.«

»Zunächst möchte ich klar stellen: Ich habe damals niemanden verpfiffen. Was Casanova genau ausgesagt hat, weiß ich nicht. Was ich weiß, ist das er im Zeugenschutzprogramm war. In Amsterdam.«

»War ja klar. Der Arsch.«, sagte Erkan. »Und weiter?«

»Er kam dann vor ein paar Monaten nach Hamburg, um hier wieder Fuß zu fassen. Ich sollte ihm helfen.«

»Und womit wollte er Fuß fassen?«

»Mit Mädchen. Mit ganz besonderen Mädchen.«

»Nutten, was sonst«, sagte Stulle, der bis zu diesem Zeitpunkt noch kein Wort gesprochen hatte.

»Nee, nicht so richtige Nutten. Eher so Escort-Ladies. Gehobenes Preissegment, versteht ihr?«

»Nee, Fiete, verstehen wir nicht. Red nicht so drumherum. Wo wollte er die laufen lassen. Und wer sollte kassieren? Einzelheiten bitte.«

»Die sollten nirgendwo laufen. Casanova hatte ein paar Mexikanerinnen an der Hand. Über Holland. Und die sollten irgendwie zu so einem Typen, der eine Agentur hat. Sechstausend wollte der pro Stück zahlen.«

Erkan pfiff durch die Zähne.

»Und? Hat´s geklappt? Und was ist jetzt dein Deal?«

»Nee. Hat nicht geklappt. Die Frauen sind genau in dem Moment nach Hamburg gekommen, als Casanova auf dem Isemarkt drauf ging. Und der Abnehmer, der die Chicas noch am gleichen Tag übernehmen sollte, hat kalte Füße gekriegt. Nach dem Terroranschlag waren dem zu viele Bullen auf der Straße.«

»Was will der denn überhaupt mit den Weibern, wenn das keine Nutten sind«, fragte jetzt der, den sie Vitali nannten.

»Das sind Escort-Damen, Vitali!«, erklärte Erkan, als würde er mit einem Irren sprechen. »Was für feine Herren. Die Gentlemen vögeln nicht mehr mit jeder Ische, die haben panische Angst vor Krankheiten. Die erfreuen sich an der Gesellschaft einer schönen Frau. Da geht´s nicht nur ums Ficken.«

»Kapier ich nicht.«

»Nee, Vitali, ist klar, dass du das nicht kapierst. – Und, Fiete, wo sind die mexikanischen Wunderweiber jetzt?«

»Die sitzen in der U2 und kommen gleich am Bahnhof an. Ich muss sie dann einsammeln, sonst wissen die nicht wohin. Die waren bis gerade bei meiner Mutter. Aber die hat sie rausgeschmissen.«

»Bei deiner Mutter? Ich fass es nicht.«

»Also, wollt ihr die Weiber haben? Dann müsst ihr sie nur mit mir am Bahnhof abholen. Dann könnt ihr mit ihnen machen, was ihr wollt. Wenn sich Casanovas Kunde nicht mehr auftreiben lässt, findet ihr bestimmt einen neuen. Die sind echt klasse, die Mädels.«

»Und was hast du davon? Was ist der Deal?«

»Ach, mir reicht´s, wenn wir dann einfach quitt sind. Vergangenheit vergessen. Ihr macht euer Ding und ich mach meins und komme euch nicht in die Quere.«

Erkan stand auf und streckte sich. Groß war er immer noch, aber ein Teil seiner einst stattlichen Muskelmasse war dem Fett des Alters gewichen. Er dürfte inzwischen die Fünfzig erreicht haben.

»Klingt ja alles ganz zauberhaft, Fiete, aber es gibt da ein Problem.«

»Und?«

»Wir wollen deine Mex-Schlampen nicht. Die riechen aus der U2 bis hier nach jeder Menge Ärger. Die kannste behalten. Aber ich habe einen anderen Deal für dich.«

Fiete war zu allem bereit, was ihm diese Kerle vom Hals schaffte.

»Du bringst uns diesen Bullen, diesen Hauke Siebold. Mit dem war Casanova doch ganz dicke. Und du doch sicher auch. Wir wollen mit dem was klären.«

»Verstehe«, sagte Fiete nachdenklich. Er brauchte nicht zu fragen, was sie mit ihm klären wollten. Sie waren immer noch die Leute des Panthers, der sie aus dem Knast heraus kommandierte. Sollte er Siebold diesen Scheißtypen ausliefern? Aber war Siebold selbst nicht auch ein Scheißtyp? Ein Bulle, ein Spieler, ein Säufer. Vermutlich korrupt. Musste man sich um den Gedanken machen?

»Und wie soll ich das anstellen? Der hat bestimmt keine Lust, euch zu treffen.«

»Nein. Aber er wird dich treffen, wenn du ihn irgendwie neugierig machst. Fällt dir schon was ein. Und dann kannst du in Frieden mit deinen Chicas in Blankenese einen Edelpuff aufmachen, oder was immer dir so vorschwebt. Deal?«

Erkan sah ihn erwartungsvoll an.

»Okay. Ich versuch´s.«

»Und schnell, bitte. Wir wollen nicht ewig warten. Der Panther ist ungeduldig und war ziemlich angepisst, als der Kerl einfach in den Knast gekommen ist und ihm bescheuerte Fragen gestellt hat.«

Keine zehn Minuten später hielt Fietes Taxi am Hauptbahnhof. Als er an der Haltestelle der U2 eintraf, stiegen seine vier schönen Latinas gerade lachend aus der Bahn. Perfektes Timing.

30. Kapitel

»Wo ist denn der Kaffee?«, fragte Hauke, während er alle Schränke in der Küche des besetzten Hauses öffnete.

»Oben links.«, antwortete Anita genervt. Hauke wirbelte fröhlich durch die Küche und bereitete mit der Alu-Espresso-Kanne einen Kaffee zu.

»Willst du Milch? Habt ihr überhaupt Milch?« Er öffnete den Kühlschrank. »Sieht schlecht aus. Wenn wir hier lange bleiben müssen, verhungern wir.« Es machte ihm Spaß, die arrogante Göre schmoren zu lassen.

»Was soll die Scheiße?«, fauchte sie schließlich. »Sind wir hier beim Kaffeekränzchen? Ich sag sowieso nichts. Und wenn ihr mich foltert.«

»Glaube ich nicht. Du wirst sofort reden, wenn wir dich foltern. Aber das tun wir schon lange nicht mehr.«

Er stellte die Espressokanne auf die Herdplatte und beobachtete seine Gefangene. Nun sah sie aus wie ein trotziges Kind. Fünfundzwanzig Jahre alt. Kaum jünger als seine Annika. Und schon so viel kriminellen Wahnsinn im Kopf. Eine Schweizerin. Bestimmt aus einer so genannten guten Familie.

»Komm, Mädchen ...«

»Nenn mich nicht Mädchen, Scheißbulle.«

»Okay. Anita. Das, wo du da gerade drin steckst, sieht nach einem ziemlich großen Haufen Scheiße aus. Und es riecht auch so. Aber wenn du clever bist, oder wie sagst du, gefitzt, dann kann es etwas weniger Scheiße werden, die etwas weniger stinkt.«

»Aha.«

Hauke stellte einen Espresso vor ihr ab und hielt seinen in der Hand. Er nippte an dem heißen Kaffee.

»Hmmm. Der ist gut. Probier mal. Willst du Zucker?«

Sie schlug mit der Hand schwungvoll gegen die kleine Tasse, die durch die halbe Küche flog und Tisch, Wand und Boden dunkelbraun sprenkelte.

Hauke blieb ruhig.

»Die Frage ist doch, kannst du beweisen, dass du und deine Freunde den Anschlag auf dem Isemarkt nicht verübt haben.«

»Was? Bist du irre? Wie kommst du denn darauf, alter Mann? Das war doch so ein Islamist. So ein Fanatiker.«

»Hast du kein Internet? Es ist längst geklärt, dass Yasser Schuaa nicht der Attentäter war. Ihm ist der LKW geklaut worden. Auf deiner Tankstelle. Gut eingefädelt. Respekt. War das einer deiner Freunde?«

»Nein, Mann. Wir waren das nicht.«

»Na, ihr habt doch ein Erpresserschreiben ans Kanzleramt geschickt. Im September schon. Und jetzt habt ihr euch dem BKA gegenüber zu dem Anschlag auf dem Isemarkt bekannt und weitere Anschläge angedroht.«

Anita schwieg.

»Und dann habt ihr einen absurd hohen Betrag erpresst. Zehn Millionen. Was wollt ihr mit so viel Geld? Aber weniger wäre vielleicht auch nicht glaubwürdig gewesen. Wer bereit ist wahllos viele

Menschen zu töten, gibt sich nicht mit Peanuts ab. Du hast schon jetzt Lebenslänglich mit anschließender Sicherheitsverwahrung auf der Rechnung. Mehr kann es also nicht mehr werden. Aber vielleicht weniger.«

»Wir haben niemanden getötet.«

Sie sagte das trotzig, die Arme vor der Brust verschränkt und ohne ihn anzusehen. Hauke spürte, dass sie fast soweit war. Darum schwieg er. Er kippte den Rest seines Espressos und setzte sich wieder an den Tisch. Er sah sie an und dachte wieder an seine Tochter. Wo war der Vater dieser Anita jetzt? Hockte er in seiner Schweizer Bank und schob Millionen hin und her, ohne zu wissen, was seine kleine Prinzessin in der Fremde so trieb?

»Wir hatten da nur diese Idee ...«

Hauke musste den Impuls unterdrücken, nachzufragen. Sie würde selbst reden. In ihrem Tempo, in der ihr angemessenen Art. Er musste Geduld haben.

»Schon länger. Bei dem ganzen Terror. Wir haben gedacht, der Westen ist doch selbst Schuld und tut nichts dagegen. Wir zetteln überall Kriege an, liefern Waffen. Und wenn die Menschen in ihrer Not zu uns kommen, dann zünden wir ihre Unterkünfte an. Wir, also ich meine wir reichen Nationen im Westen, wir haben das doch nicht besser verdient.«

Und das gibt dir dummen, kleinen Göre das Recht, Angst und Schrecken zu verbreiten und ganz groß abzusahnen, hätte Hauke jetzt gerne gefragt, aber er war immer noch nicht dran.

»Wir hatten uns schon vor einiger Zeit überlegt, den Staat für den Terror teuer bezahlen zu lassen und dann mit dem Geld richtig fett Propaganda gegen die verbrecherischen Systeme zu machen. Wir wollten den Staat erpressen, ihn an der einzigen Stelle treffen, wo es ihm wirklich weh tut: beim Geld. Man kann sich ja gut vorstellen, wie riskant es für eine Regierung ist, auf eine derartige Erpressung nicht einzugehen. Wenn dann nämlich was passiert, ist diese Regierung am Ende. So viel steht fest.«

Hauke gab sich nun das Recht, zu fragen: »Und darum habt ihr im September einen Drohbrief an die Regierung geschickt, darauf spekulierend, dass schon irgendwas passieren würde?«

»Nein« jetzt lächelte sie sogar etwas über Haukes Naivität. »Das mit dem ersten Drohbrief haben wir gefaked. Wir mussten es nur so aussehen lassen, als sei das Schreiben in Berlin entweder verloren gegangen, oder so geheim gehalten worden, dass kaum jemand davon wusste. Deshalb haben wir es auch auf Papier gemacht. Digitales lässt sich leichter zurückverfolgen.«

»Verstehe. Und wer hat dann den LKW geklaut?«

»Keine Ahnung. Irgendein Irrer. Wir haben nur die Gunst der Stunde genutzt. Ich habe ja erst nur mitbekommen, dass die Karre bei uns an der Tanke geklaut wurde. Es kam mir schon komisch vor, dass der Fahrer nicht die Bullen gerufen hat. Und etwas später sah ich den Wagen bei *Spiegel Online* auf der Titelseite. Als es dann hieß, der Attentäter sei tot, haben wie den Plan mit den Erpresserbriefen ausgeheckt.«

»Wer ist wir?«

Schweigen.

»Und wo sind die Diamanten?«

Eisiges Schweigen.

»Wie wolltet ihr die eigentlich loswerden? Die kauft euch doch in Hamburg keiner ab.«

»Einer meiner Kollegen hat Kontakte in Istanbul.«

»Und da fliegt er gerade hin? Sitzt er schon im Flugzeug? Erzählst du mir das deshalb? Wenn ich die Kollegen anrufe, dann wird der auch noch in Istanbul gestoppt. Die Türken lieben deutsche Häftlinge.«

Es polterte im Flur. Johanna drängte sich mit zwei uniformierten Kollegen in die Wohnung. Im Treppenhaus hatten sich ein paar Hausbewohner versammelt und spähten neugierig in die Wohnung.

In der Küche sah Johanna Anita lächelnd an und fragte an Hauke gerichtet: »Und warum soll ich die junge Dame jetzt verhaften?«

»Sagen wir mal: Vortäuschung einer Straftat und Erpressung. Außerdem Unterschlagung von Diebesgut, wenn es sowas gibt.«

»Hä?«, quäkte Anita.

»Na, wo sind denn die Diamanten?«

»Wenn du die umgehend rausrückst, würde das den Staatsanwalt sicher deutlich gnädiger stimmen. Sind schließlich Steuergelder.«

Die Beamten legten Anita Handschellen an und wollten sie gerade aus der Küche führen, da stoppte Hauke sie.

»Moment, Kollegen. – Anita, los, wo sind die Klunker. Raus damit.«

Die junge Frau hatte jede Spannung verloren. Schlaff und mutlos sah sie Hauke an. So alleine, ohne große Bühne und Komplizen, kamen ihr nun offenbar Zweifel an der Heldenhaftigkeit ihres

Handelns. Sie ging zu dem Stuhl, auf dem sie gesessen hatte, griff in ihre Jackentaschen und zog den kleinen schwarzen Beutel heraus. Johanna wollte schon danach greifen, aber Hauke kam ihr zuvor.

»Ist hier irgendwo ein Hammer?«

Anita, Johanna und die Beamten sahen Hauke verwundert an.

»Da hinten steht irgendwo eine Werkzeugkiste«, sagte Anita und deutete mit dem Kinn in eine Ecke des Raumes. Hauke fand einen mittelgroßen Hammer, dann griff er ein Holzbrett von der Ablage und legte es auf den Küchentisch. Er öffnete den Beutel und schüttelte ein paar Steine auf das Holzbrett. Sie funkelten im spärlichen Sonnenlicht, das durch das Küchenfenster fiel. Wunderschön. Alle Umstehenden kamen näher. Hauke machte es spannend. Endlich holte er weit aus und ließ den Hammer auf die Diamanten niederkrachen. Vier oder fünf der Steine flogen zur Seite durch die Küche, drei weitere blieben auf dem Holzbrett liegen. Zerbröselt wie Kandiszucker. Triumphierend sah Hauke in die Runde.

»So ganz verstanden habe ich das alles noch nicht«, sagte Johanna im Rausgehen.

»Ich erkläre es dir auf der Rückfahrt. Wenn du mit mir in der Limousine des Senators fahren möchtest.«

Die Beamten schoben Anita Krausser in den Streifenwagen um den sich ein Pulk schwarzgekleideter junger Männer und Frauen gebildet hatte. Die Gruppe buhte lautstark, blieb aber friedlich. Hauke meinte zu erkennen, dass Anita weinte.

31. Kapitel

Nachdem Hauke Johanna die ganze Geschichte der Erpressung und der Geldübergabe erzählt hatte, rief er Thomas Kleinholz an. Johanna hörte über die Freisprechanlage des Smart mit.

»Hey, du darfst mich feiern. Ich habe die Diamanten wieder.«

»Ja, schon gehört, dass du da aktiv geworden bist. Waren wir uns nicht einig, dass wir vom BKA uns um die Erpresser kümmern werden?«

»Ja. Aber dann haben sie ja euren GPS-Tracker entdeckt und ihr wart blind und taub. Da habe ich gedacht, ich helfe doch gerne, wo ich kann. Und die Verdächtige ist auch eine alte Freundin von mir. Ich mag ihren Akzent.«

Johanna grinste.

»Reife Leistung, dann muss ich mich wohl bedanken.« Kleinholz hörte sich zerknirscht an. »Kannst du mir die Diamanten gleich bringen? Wäre ja schade, wenn die wegkämen.«

»Kann ich gerne machen, aber ein paar sind leider kaputt gegangen. Da ist mir irgendwie ein Hammer drauf gefallen. Sind auch nicht mehr das, was sie früher mal waren, die Brillis.«

Schweigen am anderen Ende der Leitung.

»Mal im Ernst, Thomas: Was wäre, wenn es sich hier nicht um ein paar durchgeknallte Studenten, sondern um echte Kriminelle gehandelt hätte? Um Typen, die tatsächlich zu allem fähig gewesen wären?

Was passiert, wenn sie eure Glasperlen entdeckt hätten?«

»Ach Hauke, das hat bei uns wirklich keiner geglaubt.«

»Wow, gehört Glauben jetzt zu den Grundtugenden des BKA? Dann gute Nacht.«

»Es sprach nichts dafür, dass diese Leute den Isemarkt-Anschlag verübt haben. Und es war auch nicht mit einem weiteren Anschlag von denen zu rechnen. Angst hatten wir, also eher die Regierung, vor der Presse. Wenn unsere Drohnenflieger ihre Version der Geschichte an die Medien gegeben hätten, wäre das in dieser aufgeheizten Stimmung ziemlich übel geworden. Wir mussten sie hinhalten. Danke, Hauke, dass du uns unterstützt hast. – Aber ich habe noch was für euch. In der Nähe des Anschlagortes hat ein Rentner, der mit seinem Hund spazieren ging, gestern im Gebüsch eine Gummimaske gefunden. Ein schwarz-rotes Teufelsgesicht.«

»Und?«, fragte Johanna. »Ist es unser Teufelsgesicht?«

»Sieht der Zeichnung von diesem Joe jedenfalls verdammt ähnlich. Allerdings kann man diese Dinger jetzt kurz vor Halloween überall kaufen.«

»Habt Ihr DNA?«, fragte Hauke.

»Ja. Die führt uns aber nirgendwohin. Wir halten es gleichwohl für sehr wahrscheinlich, dass der Fahrer genau diese Maske bei dem Anschlag getragen hat.«

Hauke setzte Johanna an der Wache ab und wollte in seine Senatoren-Villa. Es war sechzehn Uhr durch, fast zu spät für einen Mittagsschlaf, aber Hauke war hundemüde. Jetzt ein Bier und dann schlafen, war sein Wunsch, aber mindestens das Bier würde er sich verkneifen müssen.

Doch auch der Schlaf musste warten, denn als Hauke in die Garage fuhr, klingelte sein Handy. Anrufnummer unterdrückt.

»Ja?«

»Ey, Hauke, hier ist Fiete.«

Hauke musste einen Moment nachdenken, doch dann fiel ihm ein, dass er dem Ganoven seine Handynummer selbst gegeben hatte.

»Was willst du? Ich habe keine Zeit zum Plaudern.«

»Ich will auch nicht plaudern. Wir müssen uns treffen. Ich habe wichtige Informationen für dich.«

»Was kannst du denn schon Wichtiges für mich haben, Fiete?«

»Informationen über Casanova. Über seine letzten Geschäfte. Geht auch um viel Kohle.«

Der macht sich nur wichtig, dachte Hauke.

»Dann geh doch zur Polizei. Ich bin Rentner, ich kann da nichts machen.«

»Ach, Hauke, mit der Polizei kann ich nicht so gut. Und vielleicht willst du auch erst mal hören, was ich weiß. Dann kannst du selbst entscheiden, was du deinen Kollegen, Ex-Kollegen, erzählst. Vielleicht kannst du das, was ich weiß, ja auch irgendwie anders verwenden.«

»Klingt ja wahnsinnig aufregend. Wo treffe ich dich?«

»Im *Anker*. Hein-Hoyer-Straße. Schaffst du es in zwanzig Minuten?«

»Ja, schaffe ich. Und ich warne dich, wenn du nichts Interessantes für mich hast, gibt´s Ärger.«

Hauke startete den Motor des Smart wieder und fuhr aus der Garage.

An diesem herbstlichen Samstagnachmittag war der Kiez einer der traurigsten Orte der Welt. Wenige Touristen zogen planlos durch die Straßen. Die Ruhe vor der großen Sause der Samstagnacht. Vereinzelt standen Nutten im Nieselregen herum und quatschten lustlos die wenigen Männer an. Wie man eine solche Gegend Vergnügungsviertel nennen konnte, war Hauke immer schon ein Rätsel gewesen.

Vor ein paar Jahren war er selbst hier noch fast jede Nacht unterwegs gewesen, um zu zocken und zu saufen. Aber mit Vergnügen hatte das damals nicht viel zu tun. Das war erst harte Arbeit und später eine verfluchte Sucht.

Die Kneipe *Zum Anker* kannte er nicht. Aber sie war schon von außen als eine der alten Kiezkaschemmen auszumachen, von denen es noch einige auf St. Pauli gab. Seit Jahrzehnten nicht renoviert. Und das galt bei diesen Kneipen häufig nicht nur für die Einrichtung, sondern auch für Personal und Gäste. Die Zeiten, als Werbeleute und andere Hippster solche Kneipen als besonders authentisch gefeiert haben, waren inzwischen auch wieder vorbei.

Im *Anker* war es dunkel. Nur ein paar Lampen über dem Tresen brannten. An der Bar hingen drei alte Männer und glotzten in ihre Biergläser.

Als Hauke eintrat, kam aus irgendeiner Ecke Fiete auf ihn zu.

»Hey, gut, dass du so schnell kommen konntest. Komm mit, hier sind ein paar Leute, die mit dir sprechen wollen.«

Fiete führte Hauke in ein Hinterzimmer, in dem ein abgenutzter Billardtisch stand.

»Wie, wer will mich sprechen? Davon hast du nichts gesagt.«

Hauke sah, wie sich aus einer dunklen Ecke des Billardraumes zwei Kerle ins Licht bewegten. In dem einen erkannte er Erkan, der andere war Stulle. Beides Hanseatic Rebel-Member. In ihren schlecht sitzenden schwarzen Anzügen sahen sie aus wie Zuhälter in einem Vorabendkrimi.

Hauke drehte sich um und wollte abhauen. Auf diese Typen hatte er nun wirklich keine Lust. Doch da stand ein dritter Mann in der Tür, den er nicht kannte und der aussah, als könnte er sehr brutal werden.

»Fiete, was soll das? Du blödes Arschloch«, brüllte Hauke. Doch Fiete konnte ihn nicht mehr hören, er hatte den *Anker* schon verlassen. Sicher nicht, ohne ein paar Scheine einzustecken.

Der Typ, den Hauke nicht kannte, schubste ihn in den Billardraum. Erkan saß nun auf der Kante des Tisches und grinste Hauke an.

»Hallo Hauke, schön, dich wiederzusehen nach all den Jahren. Wie geht es dir?«

»So lange ich mit dir in einem Raum sein muss, geht es mir nicht so gut. Was soll das hier?«

»Wir wollten uns nur ein wenig mit dir unterhalten. Willst du ein Bier?«

»Nein. Sag, was du zu sagen hast und lass mich dann gehen. Ich bin nicht mehr im Dienst. Es bezahlt mir keiner die Zeit, die ich mit Abschaum wie euch verbinge.«

Die anderen beiden Typen setzten sich auf zwei Stühle in die Ecke und behielten Hauke im Auge. Jeder Fluchtversuch war zwecklos, sie würden ihn sofort packen.

»Also zunächst sollen wir dich vom Panther grüßen.«

»Ich denke, der heißt jetzt Walter und macht Yoga.«

Ohne Vorwarnung schlug Erkan Hauke mit dem Handrücken ins Gesicht. Hauke spürte, wie seine Lippe aufplatzte. Er schmeckte Blut.

»Du sparst dir jetzt mal die klugen Sprüche. Was wir mit dir zu besprechen haben, ist nämlich verdammt ernst.«

Hauke spürte ein Gefühl, dass er schon fast vergessen hatte: Angst. Früher, in seinem Job, hatte er sich Angst vor brutalen Leuten wie diesen hier regelrecht abtrainiert. Auch die Angst davor, dass sein Leben komplett den Bach runter gehen könnte, hatte er immer erfolgreich verdrängt. Gegen Angst hatte immer der Alkohol geholfen. Und später das Gefühl, sowieso nichts mehr zu verlieren zu haben. Aber jetzt hatte er höllische Angst. Nicht vor dem Tod, mehr vor den Schmerzen, die ihm diese empathiefreien Visagen zufügen konnten.

»Der Panther will sein Geld. Das hat er dir ja bei deinem Besuch schon gesagt. Und er will es sofort.«

»Der Panther weiß doch: Ich hab nichts. Gar nichts. Kein Geld, keine Wohnung. Meine Pension wird gepfändet. Ihr versucht, einem nackten Mann in die Tasche zu greifen.«

Nun packte ihn Erkan blitzschnell am Hinterkopf und knallte ihn mit voller Wucht mit der Stirn auf den Billardtisch. Das ging so schnell, dass Hauke keine

Körperspannung aufbauen konnte, um sich gegen den Angriff zu wehren.

Benommen sackte er zusammen und blieb auf dem Boden sitzen. In seinem Schädel hämmerte ein wahnsinniger Schmerz.

»Das war die falsche Antwort, Bulle«, sagte Erkan ganz ruhig. Er half ihm auf. Hauke musste sich am Tisch abstützen.

»Du musst das so sehen, Hauke: es gab eine Zeit, da war es für uns ganz komfortabel, dass ein Bulle wie du Schulden bei uns hatte. Eigentlich die coolste Form der Bestechung, weil man nur einmal zahlen muss und immer bekommt, was man will.«

»Ihr habt nie irgendwas von mir bekommen, Erkan. Nur der Panther, der hat von mir bekommen, was er verdient: fünfzehn Jahre.«

Hauke erwartete, dass diese Unbotmäßigkeit nicht ohne brutale Folgen blieb, doch er irrte. Erkan griff in die Jacke und holte, nicht wie Hauke befürchtete, einen Schlagring raus, sondern eine Zigarettenpackung. Er entnahm eine, steckte sie langsam in den Mund und zündete sie an. Dabei ließ er Hauke nicht aus den Augen. Vermutlich veränderte sich Haukes Gesicht gerade auf interessante Art. Die Stirn schwoll an, an den Augenbrauen bildeten sich blutige Risse, zwischen den Lippen rann dünnes Blut heraus.

»Du warst nützlich. Da kannst du ganz sicher sein. Aber nun bis du es nicht mehr. Du bist Alteisen. Unbrauchbar. Weder bei den Bullen noch bei uns hat irgendeiner Verwendung für dich. Deine Frau braucht dich auch nicht mehr, habe ich gehört. Und was ist mit deiner schönen Tochter? So wie die Kids heute drauf sind, interessieren die sich nicht für einen Daddy ohne Kohle. Schöne Scheisse.«

Hauke hätte ihm für diese vielleicht zutreffende, auf jeden Fall aber sehr verletzende Analyse seiner Situation zu gerne in die Eier getreten. Aber das würde er nicht überleben.

»Und deshalb, Hauke, ist jetzt Zahltag. Ultimo. Payday. Du wirst in genau... «, er sah auf seine goldene Rolex, »achtundzwanzig Stunden, also um acht Uhr morgen Abend, hier mit fünfundzwanzigtausend Euro auflaufen. In bar.«

»Es sind zwanzigtausend. Müsste der Panther dir eigentlich gesagt haben.«

»Ja. Der Rest ist meine Bearbeitungsgebühr. Nichts ist umsonst.«

Und wenn nicht? Hätte Hauke gerne gefragt, denn was hatten sie schon in der Hand? Er hatte nichts zu verlieren, das hatte Erkan selbst gerade sehr eindrucksvoll dargestellt. Aber Erkan lieferte schon die Antwort auf die nicht gestellte Frage.

»Und wenn nicht, hat Vitali mit deiner hübschen Tochter übermorgen ein Date – nicht wahr Vitali?«

Der Kerl, der immer noch in der Tür stand und bisher kein Wort gesagt hatte, fasste sich grinsend in den Schritt.

»Ihr elenden Hurensöhne, lasst meine Familie da raus.« Hauke war zum Heulen zumute.

»Machen wir. Wenn bis morgen die Kohle da ist.«

»Und wie soll ich das machen? Zur Bank gehen und einen Kredit aufnehmen? Gebt mir mehr Zeit, bitte.«

»Nein. Du warst doch mal ein ehrbarer Bürger, hast doch bestimmt noch gute Kontakte. Irgendeiner wird dir schon helfen. Zum Beispiel der Typ, in dessen Villa du gerade wohnst.«

Verdammt, dachte Hauke, die wussten viel über ihn. Dann würden sie auch Annika schnell aufspüren. Das musste er um jeden Preis verhindern.

»Gut, es ist alles gesagt. Wir sehen uns hier morgen um Punkt zwanzig Uhr. Ich freue mich auf dich.«

»Sorry, aber das geht echt nicht. Morgen ist Sonntag. Selbst, wenn ich das Geld irgendwie auftreibe, dann hat es keiner herumliegen. Der muss dann zur Bank. Und das geht erst am Montag. Verstehst du?«

Erkan dachte nach. »Okay. Montag 12 Uhr. Hier. Keine Minute später.«

Dann packte dieser Vitali Hauke am Kragen und zerrte ihn aus der Kneipe auf die Straße. Die Männer am Tresen sahen nicht mal auf.

Natürlich war Haukes erster Impuls, in die nächste Kneipe zu gehen und sich einen großen Whiskey zu bestellen. Aber diesem Impuls hatte er in den letzten Jahren schon häufiger widerstanden. Er würde es auch diesmal schaffen. Er musste jetzt handeln. Er durfte nicht vollgekotzt in der Gosse liegen.

Sein Handy brummte. Eine SMS von Johanna:

„Roter Clio im Oberhafen gefunden. Spuren von Joe. Wir suchen da jetzt alles ab. Ich melde mich morgen. Schönen Abend."

Hauke hätte sich gerne an der Suche beteiligt oder wenigstens Charly informiert. Aber er war im Eimer, total fertig. Außerdem musste er sich nun um seine eigenen Angelegenheiten kümmern. Er musste sein Kind retten vor diesem Kotzbrocken Vitali. Er musste Geld ranschaffen.

32. Kapitel

Charly saß auf einem großen, schwarzen Motorrad.
Er hatte schwarze Ledersachen an und fuhr langsam
auf den Hof. Das Motorrad brummelte tief. Hinter
Charly fuhren noch mehr Motorräder auf den Hof.
Mindestens fünf. Wenn nicht mehr. Auch sie hielten
an. Die Motoren liefen weiter.

Der Teufel stand neben seinem kleinen roten Auto
und sah Charly ängstlich an. Er wäre sicher gerne
abgehauen, aber Charly und seine Freunde
versperrten ihm den Weg.

»Hey, wo ist Joe?«, rief Charly mit dröhnender
Stimme. »Lass ihn frei, sofort. Sonst bekommst du es
mit uns zu tun.«

Der Teufel zitterte. »Den wirst du nie finden. Nie.
Da kannst du lange suchen«, rief er.

Charly fuhr langsam mit seinem Motorrad los. Seine
Freunde folgten. Sie fuhren auf den Teufel zu. Der
rannte, kam aber nicht weit, weil der Hof dort zu
Ende war. Charly ließ den Motor aufheulen, gab Gas
und fuhr den Teufel mit voller Wucht um. Der flog
durch die Luft und knallte auf den harten, nassen
Boden. Er krümmte sich vor Schmerz, versuchte
aufzustehen. Dann kamen die anderen Motorräder.
Einer nach dem anderen überfuhr den Teufel, bis nur
noch ein blutiger Schleimhaufen auf dem Hof lag.
War gar nicht mehr zu erkennen, dass das mal ein
Teufel gewesen war.

»Joe!«, rief Charly nun. »Joe, bist du hier irgendwo?«

In diesem Moment erwachte Joe. Nur ein Traum. Der Teufel war nicht tot. Aber Joe fror nicht mehr, er hatte auch keine Schmerzen mehr und keinen Hunger. Und auch nur noch etwas Durst. Er genoss die Stille und freute sich, dass er sich nicht bewegen musste.

»Joe! Bist du hier irgendwo?« War das noch der Traum? Nun hörte Joe ein Auto. Und dann wieder: Eine merkwürdige Stimme rief ihn. Es klang wie aus einem kaputten Radio. »Joe, bist du hier irgendwo? Mach dich bemerkbar!«, rief die Stimme.

»Hier bin ich!«, rief Joe, doch er hörte es selbst nicht. Vielleicht dachte er es auch nur, weil er nicht mehr rufen konnte. Dann sollten sie doch zu ihm kommen, dachte er. Er musste ja einfach nur warten. Dann würden sie schon kommen. Er hörte, wie das Auto wieder wegfuhr.

33. Kapitel

Samstag 28. Oktober 2017, 20:00 Uhr / Hauke

»Hey, Claudia, ich bin´s, kann ich mal reinkommen?« Hauke war dicht an der Sprechanlage und sprach leise.

»Hatten wir uns nicht darauf geeinigt, dass du nicht hierher kommst, Hauke?«

»Es ist dringend. Bitte. Lass mich rein.«

Es war nun acht Uhr und Hauke war froh, dass Claudia an einem Samstagabend zu Hause war. Vielleicht ging sie ja inzwischen wieder aus. Mit einem neuen Mann. Würde ihn nicht wundern. Sie war immer noch eine begehrenswerte Frau.

Nach der Begegnung mit Erkan und seinen Schlägern war Hauke erst in die Villa gefahren und hatte sich, soweit dies möglich war, etwas frisch gemacht. Aber er sah immer noch fürchterlich aus.

Hauke war alle Optionen durchgegangen, wo er innerhalb kurzer Zeit so viel Geld herbekommen konnte. Ein Überfall war ebenso dabei, wie ein Anruf beim Senator. Aber am Ende war nur Claudia übriggeblieben. Die mit seinem Schicksal so eng verwobene Claudia. Was hatte sie gelitten unter dem Spieler, Säufer und Ehebrecher, der er mal war. Er hatte sie nie geschlagen, aber sonst hatte sie alles unter ihm erleiden müssen, was eine Ehe für eine Frau unerträglich macht. Lügen, Ausraster, tagelanges Verschwinden – und dann wieder Heulkrämpfe, Entschuldigungen, Beteuerungen, dass alles besser würde. Nichts war besser geworden. Und so war er damals nicht verwundert, als sie die Scheidung verlangte.

Nach dem Trennungsjahr war er schon allmählich auf dem Weg, ein besserer Mensch zu werden. Er war krankgeschrieben, in Therapie, trank nicht, spielte nicht. Aber für Claudia hatte das alles keine Bedeutung mehr. Ihr Langmut war aufgebraucht.

Und nun kam er wieder an und sie konnte sich sicher denken, dass er wieder etwas von ihr wollte.

»Fünfundzwanzigtausend Euro? Bist du völlig verrückt geworden?«

Er saß auf dem Ledersofa im Wohnzimmer der schönen Altbauwohnung, die sie sich vor Jahren zusammen gekauft hatten. Sie kniete in einem dunkelgrauen Hausanzug vor ihm und tupfte an seinen Verletzungen herum. Er bat sie, das zu lassen, aber die Krankenschwester in ihr konnte nicht anders.

Claudia hatte sich ein Glas Weißwein eingeschenkt. Hauke trank Wasser.

»Ich dachte immer, mit deiner Insolvenz sei alles erledigt. Wo hast du denn noch so viele Schulden? Und warum weiß ich davon nichts? Mensch, Hauke, hört das denn nie auf?«

Hauke saß verkrampft auf dem Sofa. Claudia setzte sich in einen Sessel und ließ die blutigen Wattebäusche einfach auf dem Teppich liegen.

Hauke kam sich vor wie ein kleiner Junge, der seiner Mutter eine Übeltat gestehen musste. Und so etwas Ähnliches war es ja auch.

»Die Schulden habe ich beim Panther, einem der Bosse dieser Rockerbande.«

»Hast du den nicht hinter Gitter gebracht? War das nicht der letzte große Erfolg des Kommissars Hauke Siebold?«

»Ja. Aber er lebt ja noch und hat noch reichlich Kontakte in der Hamburger Unterwelt. Sein Vize Erkan treibt jetzt offenbar für ihn die Außenstände ein. Ich soll das Geld Montag um zwölf Uhr im *Anker*, das ist so eine Kiez-Kaschemme, übergeben.«

»Wieso hat dieser Panther dir fünfundzwanzigtausend Euro geliehen? Was wolltest du damit?«

»Er hat sie mir nicht geliehen. Ich habe sie verloren. In einer einzigen Nacht. War meine schlimmste Zeit.«

»Wann war das?«

»Anfang 2012. Da war unsere Welt noch einigermaßen in Ordnung, Claudia. Und die der Hansetic Rebels auch. Ein halbes Jahr später haben wir dann Casanova geschnappt, als er gerade ein paar Minderjährige von einem Puff in den anderen fuhr. Der hat umfassend ausgesagt und seine Freunde hochgehen lassen. Daraufhin ist er verschwunden.«

»Haben sie ihn umgebracht?«

»Nein, der hat es sich im Zeugenschutzprogramm gut gehen lassen. Und nun kommt er nach Hamburg und stirbt beim Isemarkt-Attentat, ist das nicht verrückt?«

Claudia sah Hauke fassungslos an. Das waren zu viele Informationen. Zu viele Dinge, die nicht zusammen gehörten und doch miteinander verknüpft waren.

»Und warum will dieser Panther ausgerechnet jetzt sein Geld wieder?«

»Sie brauchen mich nicht mehr. Ich bin nur ein dummer, kleiner Rentner. Ein Druckmittel, wie ein offener Kredit, ist überflüssig. Und der Panther braucht im Knast sicher viel Geld. Bodyguards, Drogen, das kostet in Santa Fu ein Vermögen.«

Claudia lehnte sich zurück, schaute ins Leere und schwieg eine ganze Weile. Es war diese Stille, auf die ein Knall folgen musste. Unweigerlich. Und der kam dann auch.

»Hauke, mir wird erst jetzt so richtig klar, dass du ein korrupter Polizist warst. Habe ich das immer nur verdrängt? Aber jetzt sehe ich das: Wer mit Gangstern spielt, wer Schulden bei denen hat, kann die doch nicht gleichzeitig bekämpfen. Du bist ein schäbiger Mensch, Hauke.« Sie unterdrückte die Tränen.

»Ja, nenn mich schäbig. Du hast sicher Recht. Aber akzeptiere bitte auch, dass ich mich geändert habe. Ich mache vieles besser. Und: Ich war nie korrupt. Ich habe diesen Panther in den Knast gebracht, obwohl es diese Schulden gab.«

»Oder, weil es sie gab. Damit warst du ihn los.«

»Was ja nicht stimmt, wie wir gerade sehen. Solche Typen wird man nicht los.«

Claudia stand auf und ging im Raum auf und ab. Er war in einer Mischung aus IKEA und Erbstücken eingerichtet, sehr geschmackvoll kombiniert. Die vielen Bücher, die in den hohen Regalen standen, hatte Claudia alle gelesen. Und einige von den Bildern an den Wänden hatte sie selbst gemalt. Sie war eine talentierte, feinsinnige und warmherzige Frau. Eigentlich perfekt. Warum hatte Hauke das alles verspielt?

»Was machen sie mit dir, wenn du ihnen das Geld nicht bringst?«

Hauke hatte längst beschlossen, Claudia nichts von der Bedrohung Annikas zu erzählen. Das würde ihr den Verstand rauben. Sollte sie sich um ihr Geld sorgen machen, aber doch nicht um ihre Tochter.

»Ich denke mal, sie werden mich umbringen. Vielleicht nicht gleich. Erst werden sie mich foltern und quälen, mir noch eine letzte Chance geben, aber am Ende werden sie mich töten. Dann haben sie das Geld zwar immer noch nicht, aber wenigstens etwas Genugtuung. Und allen, die davon Wind bekommen, wird es eine Lehre sein. So läuft das in dieser Welt.«

»Ja, vielleicht ist das ja wirklich besser so.«

Sarkasmus war Claudia eigentlich fremd, aber diesen Spruch konnte sie sich offenbar nicht verkneifen. Sie schwieg wieder einige lange Sekunden. Dann sah sie ihn eindringlich an.

»Hauke, ich habe Geld in Fonds angelegt. Müssten knapp dreißigtausend sein. Sollte meine Rente irgendwann etwas aufbessern. Schade drum. Die kann ich Montagfrüh verkaufen. Sollte das nicht so schnell funktionieren, gibt mit die Sparkasse bestimmt einen entsprechenden Kredit. Du kannst das Geld am Montag um elf Uhr hier abholen. Ich nehme mir frei.«

Hauke fiel ein Stein vom Herzen, klar. Aber er hatte es auch nicht anders erwartet. So war Claudia.

»Claudia, du weißt gar nicht, wie dankbar ich dir dafür bin. Ich werde dir jeden Cent zurückzahlen. Das verspreche ich. Ich komme wieder auf die Beine und dann ...«

Sie unterbrach ihn.

»Hauke, versprich mir bitte nie wieder etwas.« Ihre Gesichtszüge verhärteten sich. Das war eine Claudia, die Hauke schon lange nicht mehr gesehen hatte. Dieses Gesicht kannte er nur aus ihren finstersten Zeiten.

»Und verschwinde aus meinem Leben. Ruf mich danach nie wieder an, komm nicht vorbei. Und: Halte dich von Annika fern. Du bringst uns Unglück, Hauke.«

Hauke sackte auf dem Sofa zusammen und begann zu heulen. Zu spät, völlig überflüssig, eigentlich sogar peinlich gegenüber dieser starken Frau, aber er konnte nicht anders.

»Und weißt du, warum ich das tue, Hauke? Weißt du, warum ich dich nicht einfach diesen Gangstern überlasse?«

»Nein.«

»Bei mir im Krankenhaus liegt ein Mann, dessen Schicksal auf merkwürdige Weise mit dem deines Gangsters, dieses Casanova, verbunden ist.«

»Verstehe.«

»Glaube ich nicht. Dein Casanova ist vermutlich direkt neben der Familie dieses armen Mannes, der immer noch im Koma liegt, gestorben. Vermutlich verdient, weil er ein übler Verbrecher war. Der Mann von der Currywurstbude, er heißt Andrej, ist das genaue Gegenteil von diesem Casanova – und auch von dir. Er war ein Kerl, der sich um seine Familie gekümmert hat, der fleißig und ehrlich sein Geschäft betrieben hat und der mit dem zufrieden war, was er hatte und nicht voller Gier immer mehr wollte. Der hat bestimmt nicht gezockt. Der hat sein Geld zusammengehalten, damit die Kinder irgendwann studieren können.«

»Und was hat das mit mir zu tun?« Hauke hatte sich wieder etwas gefangen und fand diese Moralpredigt nun etwas übertrieben.

»Sag ich doch. Das Gegenteil von dir. Und Andrej wird bestraft, indem er seine ganze Familie verliert. Wofür?«

»Ich weiß es nicht. Ich glaube nicht an göttliche Vorsehung ...«

»Ich auch nicht. Aber ich glaube an die Familie. Ich glaube daran, dass man froh sein kann, wenn alle leben und gesund sind und nicht von einem Irren in einem Lastwagen getötet werden. Und ich glaube daran, dass wir, alleine schon durch Annika, miteinander verbunden sind und für einander einstehen müssen. Und wenn ich dich noch so verachte und dich nie wiedersehen will: Ich kann auch nicht zulassen, dass ein paar miese Zuhälter dich umbringen.«

»Claudia ...«

»Geh jetzt bitte. Wir sehen uns am Montag um elf Uhr hier.«

34. Kapitel

Okay, dachte Johanna, Hauke war Rentner und durfte ein entspanntes Leben führen. Er hatte keinen Dienst. Er spielte nur so aus, nun ja, Spaß bei dem Fall, oder den Fällen mit, die sie gerade beschäftigten. Er musste am Sonntagmorgen nicht an sein Handy gehen. Aber es war schon neun Uhr und sie brauchte ihn. Zum vierten Mal ließ sie es klingeln und rechnete schon wieder mit der Mailbox, da nahm er endlich ab.

»Ja?«

Er klang wie früher, wenn er die Nächte durchgesoffen und durchgezockt hatte.

»Hauke, ich bin´s, Johanna. Alles klar bei dir?«

»Ja, alles super. Was gibt´s.«

Wenn Hauke *alles super* sagte, war Aufmerksamkeit geboten. Das war nicht seine Wortwahl und schon gar nicht seine Grundstimmung. Aber sie musste sich jetzt um ihre Fälle kümmern und nicht um den Problemfall Hauke. Sie brauchte seine Intuition.

»Wir haben den Clio gefunden.«

»Ich weiß.«

»Aber diesen Joe haben wir noch nicht.«

»Das ist schlecht. Der wird nicht mehr lange durchhalten, je nachdem wo er steckt. Wenn er nicht schon tot ist.«

»In der Gegend sind fast hundert Beamte auf den Beinen und kämmen alles durch. Die finden den, wenn er da irgendwo ist. Hast du noch eine Idee, wo wir suchen können?«

»Ihr müsst den Attentäter vom Isemarkt finden. Dann habt ihr auch den Entführer von Joe. Oder glauben Kleinholz und seine Ninja-Turtles immer noch, dass da Islamisten am Werk waren?«

»Die sind verunsichert und ermitteln in alle Richtungen, aber von den Islamisten können sie auch nicht lassen. Da sind inzwischen bundesweit vierzig Leute verhaftet worden. Die meisten mussten sie natürlich wieder freilassen. – Können wir uns treffen, Hauke?«

Nach der Abreibung, die er am Vorabend von Claudia bekommen hatte, war ihm die kleinste Form der Wertschätzung schon ein gutes Pflaster.

»Kannst zu mir kommen. Ich serviere dir ein Frühstück im Wintergarten.«

»Lieber nicht. Ich hole dich ab und dann fahren wir ins Präsidium.«

Keine halbe Stunde später saßen sie in Johannas Büro im Hamburger Polizeipräsidium und schauten auf Bilder und Berichte. Seine Verletzung hatte Hauke damit erklärt, dass er im Park seiner Villa im Dunkeln gestürzt sei. Johanna glaubte ihm sicher nicht, fragte aber auch nicht weiter nach.

»Noch mal ganz von vorne«, sagte Hauke. »Dieser Schuaa packt sich Drogen in den Tank um sie irgendwo hin zu fahren. Blöderweise wird ihm die Karre an der Tankstelle geklaut. Als Drogenkurier flüchtet er lieber in die nahe gelegene Moschee, anstatt die Polizei zu rufen.«

»Gut, aber wer klaut den LKW? Und wieso genau diesen? Das kann doch kein Zufall sein, dass der einem Syrer gehört, dem man, mit etwas bösem

Willen, Verbindungen zu Islamisten nachweisen kann?«

Da war es wieder, dieses alte Pingpongspiel, mit dem Johanna und er einige Zeit sehr erfolgreich ermittelt hatten.

»Zufall, oder Berechnung, man weiß es nicht. Auf jeden Fall brettert der Kerl auf den Isemarkt. Er beginnt seine Tour an einer problematischen Stelle.«

Hauke klickte sich auf Johannas Bildschirm durch Fotos der Isestraße und der darüberliegenden U-Bahn-Trasse.

»Schau, hier. Dort, wo er mit dem LKW auf den Markt gefahren ist, ist es besonders eng. Poller, die Betonstützen der U-Bahn, ein Aufzug zur U-Bahnstation. An jeder anderen Zufahrt des Marktes, wäre er besser durchgekommen.«

»Das lag für ihn, aus der Richtung, aus der er kam, am nächsten.«

»Kann sein. Aber wenn er vorher zweimal abgebogen wäre, hätte er hier, an der Innocentiastraße auf den Markt fahren können und hätte Richtung Norden eine viel verheerendere Schneise gezogen.«

»Hauke, ehrlich mal, plant man eine solche Amokfahrt so?«

»Ich denke schon. Das Ziel ist doch, so viele Leute wie möglich umzubringen. Da sucht man sich doch schon die beste Stelle.«

»Okay, was denkst du, Hauke?«

»Die meisten Opfer hat es hier am Eingang an dieser Currywurstbude gegeben. Da starb die Familie, da hat auch dieser Casanova gestanden.«

»Den Casanova hatte aber niemand im Visier, wie du ja inzwischen weißt. Und andere Schwerverbrecher haben ihre Mittagspause nicht dort verbracht.«

Johanna klickte durch die Bilder der Opfer. Irgendwelche Menschen. So beliebig.

»Wen wollte der Kerl töten?« Hauke betrachtete nun auch Bilder der Verletzten.

»Niemand bestimmtes. Er wollte töten, Hauke. Sieh das ein. Grausam, aber wahr.«

»Die Kinder.« Hauke zoomte auf die Fotos von Adam und Maria.

»Wer sollte ein paar Schulkinder töten wollen?«

»Wenn du einen Mann wirklich verletzten willst, vergreifst du dich an seinen Kindern.«

Johanna sah Hauke überrascht an. Verschwieg er ihr etwas?

»Und das heißt, was, Hauke?«

»Dieser Currywurstmann, wie heißt der?«

Johanna rief die Liste mit den Namen der Verletzten auf: »Andrej Gajewski, fünfunddreißig Jahre, stammt aus Polen.«

»Haben wir den schon mal überprüft?«

»Nein, wieso sollten wir? Er ist immer auf dem Markt. Immer an der selben Stelle. Völlig unverdächtig der Mann.«

Hauke sah Johanna mit einem Blick an, den sie kannte und der besagte: Wir haben da was. Schau gefälligst nach.

35. Kapitel

Claudia hatte schlecht geschlafen. Der Abend mit Hauke hatte sie aufgewühlt. Wie so viele Abende mit Hauke zuvor. Eigentlich hatte sie gedacht, diese Zeiten lägen hinter ihr.

Sie hatte keinen Dienst, aber sie wollte nicht zu Hause sein und grübeln. Sie beschloss, mal nach Andrej zu sehen. Sie musste wieder an ihn denken, als sie mit Hauke sprach. Das Schicksal dieses Mannes ging ihr fast näher als Haukes verkorkstes Leben.

In der Klinik war es ruhig. Sonntagmittagstimmung. Ein paar Besucher. Ein paar Notfälle.

Andrej lag in seinem Bett und gestattete den Apparaten, ihn am Leben zu halten. Wollte er das überhaupt? Vielleicht lag irgendwo in seiner Wohnung in einem abschließbaren Kästchen ein Bogen, auf dem stand, dass er nicht am Leben erhalten werden wollte. Besonders dann nicht, wenn er seinen Lebensinhalt verloren hatte.

Das war eine komische Sache, mit diesen Patientenverfügungen. Wenn keiner da war, der die Verfügung vorzeigen konnte, war sie wertlos.

Claudia hatte sicher eine Stunde an Andrejs Bett gesessen und seine reglose, warme Hand gehalten. Sie hing ihren Gedanken nach, war fast eingedöst.

Da. Plötzlich spürte sie etwas. Erst ganz schwach, dann stärker. Die Hand zuckte, versuchte, ihre Hand zu drücken. Das war so schwach, dass man es nicht sah, aber spüren konnte sie die Spannung deutlich.

Sie unterdrückte den Impuls, gleich alle zusammenzutrommeln. Sie wollte diesem kleinen Lebenszeichen erst eine Chance geben.

Eine Schwester, die sie nur flüchtig kannte, kam herein und ließ den Blick über die Instrumente streichen. Doch ihr viel nichts auf. Sie bot Claudia an, ihr einen Kaffee zu bringen, doch sie lehnte ab. Sie wollte niemanden hier haben. Dieser Moment, in dem Andrej sich auf den Weg in die Wirklichkeit machte, sollte ihr gehören. Und seinem Cousin. Ihm hatte sie versprochen, sich sofort zu melden, wenn sich bei Andrej etwas veränderte. Aber er hatte eine weite Anfahrt aus Köln und deshalb schickte sie ihm eine Nachricht: »*Es bewegt sich etwas bei Andrej. Kommen Sie. Es gibt Hoffnung.*«

Es würde sicher vier bis fünf Stunden dauern, bis Dariusz Jablonski eintraf. Aber sie würde da sein. Claudia würde hier nicht wieder weggehen, bis Andrej das erste Wort gesprochen hatte.

36. Kapitel

Es dauerte einige Zeit, bis Johanna im Polizei-Computer etwas zu Andrej Gajewski gefunden hatte. Erst sah es aus, als sei er ein unbeschriebenes Blatt. Doch dann fanden sie im Melderegister einen Hinweis, dass Gajewski der Name seiner Frau war, den er angenommen hatte. Vor der Hochzeit im Jahre 2010 hatte er Gronkiewicz geheißen. Und unter diesem Namen gab es eine Akte.

Andrej Gronkiewicz, geboren 1982 in Lodz, war vorbestraft. 2008 verurteilt von einem Gericht in Nürnberg wegen fahrlässiger Tötung.

Er arbeitete damals als LKW-Fahrer für eine Berliner Spedition. In der Nacht vom 22. auf den 23. April 2008 hatte er auf der Autobahn bei Nürnberg mit seinem Vierzigtonner einen schweren Unfall verursacht. Bei Regen, im Dunkeln war er von der Fahrbahn abgekommen und ungebremst in einen PKW gerast, der auf dem Standstreifen stand, weil er eine Panne hatte. Die Frau und die zwei Kinder, die in dem Wagen saßen, waren sofort tot. Der Familienvater kam gerade von der Notrufsäule zurück und sah das Unglück aus gut dreihundert Metern Entfernung.

Gronkiewicz wurde nur leicht verletzt. Es wurde ein Blutalkoholspiegel von zwei Komma eins Promille festgestellt. Er war also volltrunken. Das Gericht erkannte auf fahrlässige Tötung in einem besonders schweren Fall, weil ermittelt wurde, dass er den letzten Alkohol erst eine halbe Stunde zuvor an einer Raststätte zu sich genommen hatte. Er war also mit voller Absicht betrunken gefahren. Seine Einlassung, er habe pünktlich am Bestimmungsort seiner Ware sein müssen, sonst hätte er seinen Job verloren, erkannte das Gericht nicht als mildernd an. Er wurde zu einem Jahr Gefängnis verurteilt. Nach der Hälfte der Haftzeit wurde er auf Bewährung entlassen und zog in seine polnische Heimat. Danach war er nicht mehr aufgefallen.

»Denkst du, was ich denke, Johanna?«

»Unser Currywurst-Mann ist Opfer eines Racheaktes geworden. Der Mann, der ihm die Familie genommen hat, hat nun ihm die Familie genommen. So irre, so einfach.«

»Und Joe?«

»Der hat ihn erkannt. Den muss er zum Schweigen bringen.«

»Er hat aber doch eine Maske aufgehabt. Joe hat doch nur die Maske gezeichnet und nicht den Kerl.«

»Hast du die Zeichnung irgendwo?« Hauke war jetzt wie elektrisiert. Da war es wieder, dieses Fieber, das ihn und Johanna immer gleichermaßen erfasst hatte, wenn sie der einzig möglichen, der super heißen Spur folgten.

Johanna rief Joes Zeichnung auf den Bildschirm.

»Hier!« Hauke zeigte mit dem Finger auf die kleine Zeichnung neben der großen Teufelszeichnung. »Dieser kleine Teufel ist nicht etwa eine zweite Version der Maske. Es ist eine Tätowierung. Und hier, das was aussieht, wie ein Bildrand, ist ein Kragen. Der Kragen einer Jacke. Der Kerl hat dieses Teufelstattoo im Nacken. Das hat unser Joe gesehen und gezeichnet. Das wir das nicht vorher gesehen haben.«

»Aber jetzt haben wir zu Person auch einen Namen«, sagte Johanna und zeigte auf den Bildschirm. »Peter Bergmeister aus Augsburg. Geboren 1968. Versicherungskaufmann. Ist im Verfahren gegen den Fahrer als Nebenkläger aufgetreten. Mehr gibt´s nicht. Ein Niemand aus polizeilicher Sicht. – Und so ein Niemand wird zum Amokfahrer? Einfach so?«

»Der Kerl hat ihm alles genommen, hat sein Leben zerstört. Das verändert einen Menschen nicht nur ein wenig. Das kann ihn total umkrempeln. Ich bin sicher, wenn wir das nachprüfen, dass Bergmeister nach dem Unfall keine Traumatherapie oder ähnliches gemacht hat. Der ist einfach in seinem Schmerz geblieben und hat seine eigene Therapie aufgebaut. Und die hieß Rache. – Wo ist er denn jetzt, unser Herr Bergmeister?«

»Gemeldet in Nürnberg. Arbeitslos. Seit Jahren. Ich schicke mal ein paar Kollegen zu ihm.«

Johanna war zufrieden mit den Recherchen. Hauke hatte sie nicht enttäuscht. Aber irgendetwas war komisch mit ihm. Klar, Hauke war immer komisch. Früher, als er noch ein Säufer und Spieler gewesen war und auch heute, wo er sich in der Rolle des obdachlosen Lebenskünstlers gefiel. Hauke war anders. Aber gerade das machte ihn anziehend. Immer noch. Nach all den Jahren.

37. Kapitel

Johanna hatte Hauke gerade an seiner Villa abgesetzt, da klingelte ihr Handy. Jonas. Was wollte er? Bestimmt nichts Dienstliches, schließlich war Sonntag.

Ja, sie mochte ihn. Ja, sie hatten ein paar Mal miteinander geschlafen. Aber sie hatte sich eigentlich geschworen, nichts mehr mit einem Kollegen anzufangen. Polizisten waren völlig ungeeignet für eine glückliche Beziehung.

»Hey, Johanna, wo steckst du?«

»Ist das eine private oder eine dienstliche Frage?«

»Vielleicht beides?«

»Gut. Privat geht dich das nichts an und dienstlich bin ich in Bereitschaft, was gibt´s?«

»Ist ja schon gut. Also wir haben eine Spur zu diesem Joe. Eine Streife hat einen Penner gefunden, der ein paar Angaben machen konnte. Willst du dabei sein? Wir krempeln da jetzt alles um.«

»Klar. Wo soll ich hinkommen?«

»Oberhafen-Kantine, das ist ...«

»Ich weiß wo das ist. Ich bin in einer Viertelstunde da.«

Johanna setzte das magnetische Blaulicht aufs Dach und raste durch die Innenstadt zum Oberhafen. Dort waren schon eine Menge Streifenwagen versammelt. Auch ein großer Bus der Bereitschaftspolizei war gerade angekommen. Zwei Dutzend Beamte standen herum und warteten auf Anweisungen. Ein paar

Fahrzeuge der Hundestaffel waren ebenfalls vor Ort. Die Hunde saßen ruhig neben ihren Führern.

Jonas stand mit zwei Streifenpolizisten bei einem alten Mann. Johanna ging zu der Gruppe.

Die Kleidung des Mannes war zerfetzt und dreckig. Er stütze sich auf einen Einkaufswagen, der prall gefüllt war mit Plastiktüten und undefinierbaren Stofffetzen. Ein paar Flaschen steckten auch dazwischen. Offensichtlich die gesamten Habseligkeiten des Alten.

»So, Herr Blaschke, dann erzählen Sie der Kollegin auch noch mal genau, was Sie gesehen haben«, sagte Jonas. Natürlich hätte Jonas selbst die Beobachtungen des Zeugen schneller und präziser wiedergeben können. Aber so musste der Obdachlose seine Geschichte noch mal wiederholen und Jonas konnte ihren Wahrheitsgehalt besser beurteilen. Zu oft hatten sie sich schon von verwirrten Zeugen auf Phantome ansetzen lassen. Zu sehr vermischten sich bei solchen Menschen Fantasie und Wirklichkeit.

»Jo, da war dieser kleine rote Wagen. Der, der da in der Mopo aufm Foto war«, er wedelte mit einem zerlesenen Exemplar der Hamburger Morgenpost vom Vortag, in dem das gesuchte Clio-Model abgebildet war.

»Und da habe ich mich erinnert, dass ich den Wagen gesehen hab.«

»Wann?«, fragte Johanna.

»Ja, gestern«, der Alte grübelte, »nee, vorgestern, oder noch ein Tach früher?«

»Wo waren Sie denn?«

»Ich habe da vorne Platte gemacht. Bin wach geworden, als der vorbeifuhr.« Er zeigte mit seinen schmutzigen Fingern zur Laderampe eines leerstehenden Lagergebäudes.

»Es war also am Morgen?«

»Ja, glaub schon.«

»Und dann?«

»Der is hier vorbeigefaahn. Da saßen zwei Männer drin. Große Kerle in den kleinen Auto. Der andere, also der der nich gefahren ist, hatte so ne rote Kappe auf. Wie der Kerl hier auf dem Foto. Dieser Joe.«

»Und wo sind die hingefahren.«

»Da hinten längs.« Der Mann zeigte in Richtung Großmarkt. Wenn der Wagen tatsächlich in diese Richtung gefahren war, dann gab es noch viele Möglichkeiten, wohin er abgebogen sein konnte. Dennoch: Das Suchgebiet war jetzt schon mal stärker eingegrenzt als zuvor.

»Und ist der Wagen dann irgendwann wiedergekommen?«

»Ja. Nach ner Stunde oder so. Da saß da aber nur noch einer drin. Der mit der roten Kappe war wech.«

»Dahinten sind wir gestern schon rumgefahren!«, sagte einer der Beamten. »Haben mit Lautsprecher diesen Joe ausgerufen. Hat sich nichts gerührt.«

»Dann müssen wir jetzt eben noch viel gründlicher suchen«, sagte Johanna und gab dem Chef der Bereitschaftspolizei ein Zeichen, dass er seine Leute losschicken solle.

In Gruppen von drei Leuten, die meisten mit einem Hund, bewegten sich die Männer und Frauen in grünen Overalls in die Richtung, die der Alte gezeigt hatte. Sie hatten Pläne der Umgebung auf ihren Smartphones und gingen jeder zu vorher abgestimmten Quadranten. Jede Tür sollte geöffnet, jedes Kellerloch durchsucht werden.

Johanna schloss sich einem Trupp an, Jonas einem anderen. Per SMS informierte Johanna Hauke, dass sie nahe dran waren, Joe zu finden.

Die Polizisten, mit denen Johanna unterwegs war, gingen langsam und leise an den Lagergebäuden entlang. Sie hatten keinen Hund dabei.

In diesem Teil des Hafens war kein regulärer Betrieb mehr. Manchmal gab es Kunstausstellungen oder Happenings in oder um die baufälligen Gebäude. Auch der alte Verladebahnhof wurde schon lange nicht mehr benutzt. Zwischen den Gleisen wuchsen schon kleine Bäume.

Türen wurden aufgebrochen, in Kellerschächten herumgestochert. Das ging alles sehr ruhig und planvoll vonstatten. Die Hunde bellten kaum. Lärm musste um jeden Preis vermieden werden. Man wollte schließlich hören, wenn der Gesuchte sich bemerkbar machte.

Johanna hatte wenig Hoffnung, dass sie Joe lebend finden würden. Zu lange war er schon verschwunden. Außerdem: Was nützte es dem Attentäter vom Isemarkt, wenn er es dann tatsächlich war, der Joe entführt hatte, wenn Joe am Leben blieb. Joe war ein Zeuge. Kein besonders zuverlässiger, aber ein Zeuge. Und der musste zum Schweigen gebracht werden.

Die meisten Treppenhäuser in den verfallenen Gebäuden waren kaum zugänglich. Gerümpel lag herum, hier und da waren Decken eingestürzt. Manche Gebäude waren so verbaut, dass man sich kaum zurechtfand. Denkbar, dass man so manchen

Gebäudetrakt in diesem Durcheinander gar nicht wahrnahm.

Johanna ging mit etwas Abstand zu ihrer Gruppe an einem Backsteingebäude entlang. Sie lauschte. Außer den entfernten Schritten der Kollegen war nichts zu hören.

Dann roch sie etwas. Den typischen Geruch von Kot und Urin. Das war nicht ungewöhnlich in einer solchen Gegend. Hier erleichterten sich viele Leute an der nächsten Ecke. Trucker, Obdachlose, Kids, die sich hier zum Kiffen verkrochen. Aber dieser Geruch war frisch. Und er hatte diesen beißenden Ammoniakgestank, der dann auftritt, wenn der Mensch lange keine Flüssigkeit mehr bekommen hat, wenn der Körper nur noch Giftstoffe ausscheidet und kaum noch Wasser.

Der Geruch kam aus einem Kellerfenster direkt zu Johannas Füßen. Sie hockte sich zu dem niedrigen Fenster hinunter und versuchte, hindurchzusehen. Aber es war vergittert und total verdreckt. Sie klopfte dagegen, versuchte, es von außen zu öffnen. Erfolglos.

»Hey, hallo, ist da jemand?«, rief sie. Keine Reaktion.

Ein Polizist, der in der Nähe stand, kam langsam auf Johanna zu. Sie winkte ihn heran und bedeutete ihm, still zu sein. Beide lauschten.

Gut zwanzig Meter von dem Fenster entfernt war eine schmale Stahltür. Sie lag in einer Nische und war verbeult und verrostet. Man sah sie erst auf den zweiten Blick. Johanna und der Beamte liefen hin. Die Tür war nur angelehnt und ließ sich mit etwas Kraft öffnen. Sie führte in ein Treppenhaus. Die beiden Polizisten gingen die Treppe hinunter in den Keller. Ein langer, dunkler Gang, Türen nach beiden Seiten. Auf dem Boden Papier, Bretter, Glas, leere Getränkedosen, Stofffetzen. Müll.

Langsam ging Johanna an den Türen vorbei. Wie ein Hund nahm sie Witterung auf. An einer Tür blieb sie stehen. Sie war fast sicher, dass sie zu dem Raum gehörte, auf dessen Fenster sie aufmerksam geworden war. Die Tür war mit einem recht neuen Riegel verschlossen, der Riegel mit einem neuen Vorhängeschloss gesichert.

Johanna gab dem Polizisten ein Zeichen. Der zog seine Pistole und hielt sie dicht an das Schloss. Johanna ging einen Schritt zurück, hielt sich die Ohren zu, dann dröhnte ein Schuss durch die Gänge, Metall und Steinbrocken folgen durch die Luft. In der Ferne schlugen die Hunde an. Der Beamte trat zurück und ließ Johanna den Vortritt. Eine unmittelbare Bedrohung war hinter der Tür nicht zu erwarten.

Johanna betrat den Raum. Da lag er. Auf verdreckten, feuchten Pappkartons, zusammengekrümmt, gefesselt, in seinem Kot und Urin: Joe. Seine rote Kappe lag neben seinem Kopf.

Der Polizist forderte über sein Funkgerät Verstärkung und Notarzt an. Aber Johanna war sicher, dass sie zu spät waren.

38. Kapitel

Sonntag 29. Oktober 2017, 14:00 Uhr / Claudia

Als Claudia gegen ein Uhr wieder nach Andrej sah, war sein Cousin Dariusz schon da. In zwei Stunden von Köln nach Hamburg?

»Hallo? Sind Sie geflogen?«, fragte sie und begrüßte den Mann freundlich.

»Nein. Ich war sowieso in Hamburg, hatte hier zu tun.«

Er saß neben Andrejs Bett und hielt seine Hand. Er trug wieder den dunkelgrauen Anzug und einen schwarzen Rollkragenpullover. Im Nacken, das sah Claudia jetzt erst, hatte er eine größere Tätowierung. Das Motiv war unter dem Kragen nicht zu erkennen. Ungewöhnlich für einen so gepflegten und eher bürgerlichen Mann, dachte Claudia.

Andrej war wach, hatte die Augen geöffnet und sah seinen Cousin und Claudia abwechselnd an. Keine Regung in seinem Gesicht.

Der diensthabende Arzt überprüfte an den Geräten die Körperfunktionen. Er nickte zufrieden.

Dann bat er Dariusz Jablonski aus dem Zimmer und entfernte mit Claudia zusammen den Tubus und die Vorrichtung für die künstliche Ernährung. Der Patient kam zügig ins Leben zurück. Er konnte selbständig atmen und schlucken. Und etwas lächeln konnte er auch.

Aber er konnte nicht sprechen. Er versuchte es, doch es kam nur ein Krächzen aus seinem von der Intubation geschundenen Hals.

Der Arzt ließ Dariusz wieder zum Patienten. »Nicht zu lange und bleiben Sie dabei. Wenn was ist, rufen Sie mich«, sagte der Arzt zu Claudia, die nickte.

Nun waren Claudia und Dariusz allein mit dem Mann, der nun irgendwie erfahren musste, dass er seine Familie verloren hatte.

Claudia machte Dariusz platz, damit er sich ans Bett neben Andrej setzen konnte. Der rückte sich den Stuhl zurecht, nahm Andrejs Hand und sah in an.

Claudia erwartete nun eigentlich, so etwas wie Wiedersehensfreude in Andrejs Gesicht. Doch der sah verwundert aus. So kam es ihr jedenfalls vor. Sie hatte diesen Mann bisher nur im tiefsten Koma erlebt. Sie hatte keine Ahnung, was er überhaupt für ein Mensch war, wie er sprach, wie er sich verhielt. Fragend, skeptisch sah er Dariusz an. Der lächelte. Oder grinste er?

»Erkennst du mich Andrej?«

Klar, dachte Claudia, der Patient hat noch Gedächtnislücken. Vielleicht hat er sogar einen Hirnschaden, auch wenn die Ergebnisse des EEG und des MRT dies nicht vermuten ließen.

»Ich bin´s, Peter. Peter Bergmeister.«

Claudia sah Dariusz verwundert an.

»Peter? Wieso Peter? Ich denke, Sie heißen Dariusz.«

Dariusz, der nun Peter hieß, stand auf und schob Claudia zu dem Stuhl, auf dem er gerade noch gesessen hatte.

»Setzen Sie sich.« Sein Ton war jetzt fordernd, kommandierend. Claudia gehorchte und spürte, dass hier etwas nicht stimmte. Sie griff zu der Schaltereinheit neben dem Bett, von der aus sie den

Arzt herbeiklingen konnte. Aber Peter nahm ihr das Gerät grob aus der Hand und riss das Kabel aus der Buchse.

»So, Schwester Claudia, Sie sind jetzt bitte ganz still. Ich muss mich ein wenig mit meinem Freund Andrej unterhalten.«

Andrej hatte nun nackte Panik in den Augen. Er stöhnte, grunzte. Peter zog ein Stofftaschentuch aus der Hosentasche und steckte es dem Patienten in den Mund.

»Du bist jetzt mal still, Andrej, jetzt rede ich.«

Der Mann stützte sich mit den Unterarmen auf das Fußende des Krankenbettes. Er hatte nun nichts Freundliches mehr an sich.

»Was soll das? Wer sind Sie?«, zischte Claudia, eher wütend als ängstlich. »Er erstickt mit diesem Knebel im Mund.«

»Sie sollen doch still sein, Schwester Claudia. Ich bin Andrejs Albtraum. Endlich, nachdem er mein Albtraum gewesen ist, vor langer Zeit. – Andrej, weißt du noch, wer ich bin?«

Der Mann im Bett nickte zaghaft.

»Das ist gut. Ich habe nämlich lange darauf gewartet, mit dir sprechen zu können. Ich bringe dir eine wichtige Neuigkeit und es bereitet mir große Freude, dabei in dein Gesicht sehen zu können.«

Andrej bäumte sich auf, versuchte aufzustehen, aber er war zu schwach. Mit einer Handbewegung konnte Bergmeister ihn wieder ins Bett drücken.

»Hör gut zu, Andrej: Deine liebe Katharina, der kleine Adam und die kleine Anna sind tot.«

Andrej bäumte sich wieder auf, stöhnte in den Knebel hinein.

»Hören Sie auf damit« rief Claudia, »ich rufe jetzt die Polizei.«

Da griff Peter in seine Tasche und zog eine große, dunkelgraue Pistole hervor.

»Schnauze, Schwester Claudia. Ich sage es zum letzten Mal.« Er zielte in ihre Richtung.

Sie war lange mit einem Polizisten verheiratet gewesen und Hauke hatte oft genug in Lebensgefahr geschwebt, aber sie selbst sah zum ersten Mal in eine Mündung und es ließ sie vor Angst erstarren. Dieser Mann würde keine Sekunde zögern, auf sie zu schießen.

39. Kapitel

Als Hauke aus der Dusche kam, sah er auf seinem Handy, dass Johanna mehrfach versucht hatte ihn zu erreichen. Was war jetzt schon wieder? Sie hatte ihn doch vor gerade mal zwei Stunden abgesetzt. Er verzichtete darauf, die Mailbox abzuhören und rief sie direkt an.

»Und?«

»Wir haben ihn gefunden.«

»Wen?«

»Joe natürlich. Wen sonst suchen wir?«

»Diesen Peter Bergmeister vielleicht?«

»Nee, der kommt später dran.«

»Wie geht es Joe?«

»Er lebt. Mehr oder weniger. Wir haben ihn in einem Abbruchhaus am Hafen gefunden. Völlig dehydriert. Verstört. Er ist bei Bewusstsein, spricht aber nicht. Zittert, weint. Ein Bild des Jammers.«

»Wo ist er jetzt?«

»Im Krankenhaus St. Georg.«

»Bewacht ihr ihn?«

»Klar.«

»Warum hat er ihn nicht umgebracht? Er war ein wichtiger Zeuge.«

»Weiß nicht. Vielleicht hat er ihm Leid getan. Vielleicht dachte er, dass vom dummen Joe keine Gefahr ausgeht. Vielleicht ist er aber auch nicht dazu gekommen, hatte Wichtigeres zu tun.«

»Der ist doch inzwischen über alle Berge. Wäre ein Wunder, wenn er neun Tage nach dem Anschlag noch in der Stadt ist. – Ich muss jetzt Schluss machen, Johanna. Ich melde mich.«

Hauke hatte irgendwie die Nase voll. Sollte doch das BKA diesen Psychopathen jagen. Er hatte andere Sorgen. Er musste seine Schulden beim Panther begleichen, seine Tochter vor Vitali beschützen und irgendwie den Schuldenberg abtragen, den er bei seiner Ex-Frau Claudia aufgehäuft hatte. Das war wohl die schwierigste Aufgabe, weil es dabei nicht nur um Geld ging. Er hatte den letzten Rest Achtung bei ihr verloren. Damit konnte er nicht leben.

Peter Bergmeister wollte ihm trotzdem nicht aus dem Kopf gehen. Wenn er tatsächlich diesen Anschlag einzig aus Rache an Andrej verübt hatte, wieso war er dann nicht direkt danach verschwunden? Wieso hatte er sich noch mit Joe abgegeben? Oder war seine Rache noch nicht vollendet, weil Andrej noch lebte? War seine Rache erst vollzogen, wenn Andrej in der Lage war, zu leiden? Andrej war in Gefahr. Hauke musste sofort ins Krankenhaus. Schnell zog er sich an und sprang in den Smart.

Unterwegs versuchte er, Claudia zu erreichen. Wenn sie, wie so oft in den letzten Tagen, bei Andrej war, musste er sie warnen. Kurz überlegte er, Johanna oder Kleinholz zum Krankenhaus zu rufen. Doch ein großes Polizeiaufgebot würde Bergmeister in die Flucht schlagen.

40. Kapitel

Sonntag 29. Oktober 2017, 14:00 Uhr / Claudia

»Ja, Andrej, sie sind tot«, Bergmeister hatte einen Schrank vor die Tür geschoben, weil es keinen Schlüssel gab. Er drehte Claudia den Rücken zu und so sah sie nun, als der Rollkragen seines Pullovers sich verschob, eine Teufelsfratze in seinem Nacken. Ein hässliches, aggressives Tattoo, das ihr irgendwie bekannt vorkam.

Bergmeister saß nun auf dem leeren Bett neben Andrej.

»Sie wurden von einem Lastwagen platt gewalzt. Ungebremst. Ohne Gnade. Deine ganze Familie. Kommt dir das bekannt vor?«

Andrej war jetzt in sich zusammen gesunken. Er atmete heftig, starrte seinen Widersacher an, zeigte sonst aber keine Reaktionen.

Claudia saß auf ihrem Stuhl in der Ecke und traute sich kaum zu atmen. Sie sah nur die Pistole dieses bedrohlichen Mannes und konnte keinen klaren Gedanken fassen. Wie würde das hier jetzt weitergehen? Wollte dieser Mann Andrej erschießen? Und sie auch? Und warum überhaupt?

»Was wollen Sie?«, fragte Claudia und sie versuchte, dass Zittern in ihrer Stimme zu unterdrücken. Doch das gelang ihr nicht.

»Ich will Andrej leiden sehen. Ich will, dass er genauso leidet, wie ich gelitten habe, als er meine Frau und meine Kinder ermordet hat.«

»Ermordet?«, Claudia wollte nicht glauben, was sie da hörte.

Der Mann sah sie an und sprach langsam und leise: »Am 22. April 2008, also vor etwas mehr als neun Jahren, hatte ich auf der Autobahn bei Nürnberg mit meinem kleinen Fiat eine Panne. Es war Nacht, es regnete. Meine Frau Corinna saß auf dem Beifahrersitz, meine beiden Kinder, sieben und neun Jahre alt, schliefen auf dem Rücksitz. Ich konnte den Fehler nicht finden und das Auto nicht selbst reparieren. Mein Handy war leer. Also ging ich zur nächsten Notrufsäule und forderte Hilfe an. Es war viel Verkehr. Lastwagen donnerten an mir vorbei. Das Regenwasser spritze mir an die Beine. Als ich mich von der Notrufsäule auf den Rückweg zu meinem Auto machte ...«, nun stockte Bergmeister in seiner Erzählung. Andrej hatte die Augen inzwischen geschlossen.

»... als ich mich auf den Rückweg machte, sah ich, wie einer der riesigen Lastwagen ganz langsam aus der Fahrspur ausscherte und auf den Standstreifen geriet. Es dauerte eine gefühlte Ewigkeit, bis der LKW den Wagen erreichte. Ich rannte, ich schrie, doch der Fahrer bekam nichts mit. Mit voller Wucht knallte er hinten auf den Fiat. Es flog alles auseinander. Ich sah, wie meine Frau durch die Frontscheibe flog, auf der Fahrbahn aufprallte und dort von einem anderen LKW überrollt wurde. Andrejs LKW schob meinen Wagen noch dreißig Meter vor sich her, bevor er zum Stehen kam. In dem zusammengestauchten Blechhaufen konnte ich meine Kinder kaum erkennen.«

Nun weinte dieser furchteinflößende Mann fast. Dann verzog sich sein Gesicht wieder zu einer brutalen Fratze. Er funkelte Andrej an.

»In dieser Nacht habe ich mir geschworen, nicht eher Ruhe zu geben, bis ich mich an dem besoffenen Arschloch gerächt habe, das mir das angetan hat.«

»Es macht ihre Familie nicht mehr lebendig, wenn noch mehr Menschen sterben«, sagte Claudia zaghaft.

»Ich will gar nicht, dass Andrej stirbt. Er soll leben. Und leiden. Jahre habe ich gebraucht, um ihn zu finden. Er hatte nach der Heirat den Namen seiner Frau angenommen. Schlau von ihm. Doch dann«, nun wendete Bergmeister sich wieder an den eingeschüchterten Patienten, »habe ich dich gefunden. Ich habe mich als ein alter Freund ausgegeben und bei deinem früheren Arbeitgeber nach dir gefragt. Die kannten deinen neuen Namen und waren auch sonst sehr auskunftsfreudig. Das war vor einem Jahr. Seitdem habe ich dich beobachtet. Alle paar Tage war ich dir auf den Fersen. Ich weiß alles über dich. Wo du wohnst, wo du wann mit deiner Bude stehst, wo deine Kinder zur Schule und in den Kindergarten gehen. Ich habe deine Frau beim Friseur gesehen und kenne alle eure Gewohnheiten. Darum wusste ich, dass ihr euch jeden Freitag auf dem Markt trefft. So rührend. Du bist ein guter Familienvater, Andrej, genau wie ich einer war. Irgendwann kam mir die geniale Idee: Wenn ich deine Familie genau vor deiner Wurstbude umfahre, plötzlich, aus heiterem Himmel, erlebst du das Gleiche wie ich damals. Aus nächster Nähe.«

Claudia und Andrej atmeten gleichzeitig tief durch. Vor der Tür waren nun Geräusche. Offenbar hatte jemand vergeblich versucht, die Tür zu öffnen.

Claudia hätte fast geschrien, um Hilfe gerufen, doch Peter hob nur kurz die Pistole und sie schwieg.

»Dann habe ich mir einen geeigneten Fahrer gesucht, der als Schuldiger herhalten konnte. Ich bin kein Märtyrer. Ich wollte nicht sterben und schon gar nicht deinetwegen in den Knast. Das Leben in den letzten Jahren war Knast genug.

Es war nicht schwer jemanden zu finden, dem man den islamistischen Gotteskrieger abnahm. Es gibt so viele Türken, Nordafrikaner und Araber, die mit Lastwagen in der Stadt herumfahren. Schnell hatte ich einen, der freitags sogar oft zu einer Moschee ging. Den würde man schnell für einen Terroristen halten, hatte ich mir gedacht. Ihm klaute ich den LKW. Verrückt, dass die Bullen den dann sofort erschossen haben, bevor er sagen konnte, dass er es nicht war. Zufälle gibt´s.«

Während er sprach, sah er nun immer wieder nervös zur Tür.

»Leider ist es nicht ganz so gelaufen, wie ich es mir vorgestellt hatte. Eigentlich solltest du in deiner Bude unverletzt bleiben, Andrej, damit du siehst, wie vor deiner Nase deine Familie stirbt. Aber du hast irgendwas an den Kopf gekriegt und bist bewusstlos geworden. Schade.«

Das Rumoren auf dem Flur wurde stärker. Jemand versuchte, die Tür mit Gewalt zu öffnen.

Dann hörte Claudia Haukes Stimme.

»Claudia, bist du da drin? Claudia.«

Sie wollte rufen, doch da war wieder die Waffe. Ein kleiner Wink mit dem stumpf glänzenden Metall ließ sie verstummen.

Dann kippte der Schrank um und krachte auf den Rand von Andrejs Bett. Bergmeister sprang flink zur Seite und schoss auf den Mann, der durch die Tür in den Raum schlüpfte. Hauke. War er getroffen? Claudia konnte es nicht sehen. Hauke stürzte sich auf Bergmeister und schleuderte ihn mit dem ganzen Gewicht seines Körpers gegen die Wand. Bergmeister fuchtelte mit den Armen in der Luft, schoss in die Decke. Dann konnte Hauke ihm die Pistole entreißen und feuerte. Zwei Mal. Der Angreifer sackte zusammen. Wo er mit dem Rücken an der Wand entlang rutschte, bildeten sich dunkelrote Schlieren. Er bewegte sich nicht mehr, atmete aber noch.

Erst jetzt sah Claudia, dass Haukes linke Gesichtshälfte voller Blut war. Nun sackte auch er zusammen und fiel neben Bergmeister auf den Boden zwischen Bett und Wand.

»Hauke!«, schrie Claudia und stürzte sich auf ihren am Boden liegenden Ex-Mann. Und nun, nachdem einige Menschen in weißen Kitteln von draußen zunächst vorsichtig durch den Türspalt gespäht hatten, füllte sich der Raum mit medizinischem Personal. Ärzte beugten sich über Hauke, der Angreifer blieb noch unbeachtet.

Wie konnte das passieren? Wieso war Hauke getroffen? Der Mann hatte doch gar nicht auf ihn gezielt? Die Kugel muss von der Zimmerdecke abgeprallt und in Haukes Kopf eingeschlagen sein, dachte Claudia. Trotzdem hatte er es noch geschafft, den Kerl außer Gefecht zu setzen. Vor lauter Angst um Hauke hatte sie ihre eigene Todesangst vergessen.

Nun sah sie zu Andrej. Der lag im Bett wie eine Wachsfigur. Die Augen halb geöffnet, flach atmend, fixierte er den blutigen Körper seines Widersachers. Claudia konnte nicht einmal ahnen, was in diesem Mann gerade vorging. Vermutlich war die Nachricht über den Tod seiner Familie noch gar nicht richtig bei ihm angekommen.

Wie durch einen halbtransparenten Vorhang sah Claudia auf die Menschen um sich herum. Alle Geräusche klangen dumpf. Sie sah, dass viele Leute im Raum waren und redeten. Sie verstand aber nicht, was sie sagten. Dann sah sie, wie Hauke von Pflegern auf eine Liege gehoben und langsam aus dem Raum gerollt wurde. War er tot? Auf jeden Fall bewusstlos. Einer der Pfleger hielt einen Tropf, der durch einen Schlauch mit Haukes Arm verbunden war. Langsam und wie ferngesteuert stand Claudia auf. Sie stieg über den immer noch unversorgt am Boden liegenden Bergmeister und ging wie ferngesteuert hinter den Männern und Hauke her. Dann wurde es dunkel.

41. Kapitel

Der Hammer traf ihn mit voller Wucht knapp über der linken Schläfe. Es war ein stumpfer, dicker Hammer mit kurzem Griff. So ein Ding, das die Handwerker Fäustling nennen. Der Schmerz war massiv, lokal auf die linke Kopfhälfte begrenzt. Er schwoll kurz an, um dann langsam wieder abzuklingen. Es blieb ein solider, durchdringender Kopfschmerz von der Art, gegen die es keine Tabletten gab.

Hauke öffnete die Augen. Es war niemand mit einem Hammer zu sehen. Stattdessen blickte er in das freundliche Gesicht einer älteren, ihm unbekannten Frau. Er lag in einem bequemen Bett in sauberer Wäsche. Ein Krankenzimmer.

»Guten Morgen, Herr Siebold. Schön, dass Sie wieder bei uns sind«, sagte die Frau.

Hauke verspürte einen höllischen Durst. Und als ob er das der Frau mitgeteilt hätte, reichte sie ihm einen Plastikbecher mit Strohhalm. Hauke sog das lauwarme Wasser gierig auf.

»Wer sind Sie?«, fragte Hauke. Die Frau lachte freundlich.

»Ich bin Schwester Sabine.«

»Was ist passiert?«

»Sie sind angeschossen worden. Gestern Nachmittag. Von diesem Terroristen.«

Hauke tastete mit den Händen seinen Kopf ab. Da war ein Verband rund um den Schädel.

»Ja, Sie mussten operiert werden. Der Schuss hat Ihre Schädeldecke gestreift. In den Schädelknochen wurde regelrecht ein kleiner Schlitz gefräst. Aber es gibt keine bleibenden Schäden. Das Gehirn ist noch komplett.« Sie kicherte mädchenhaft. »Aber das wird Ihnen der Herr Doktor gleich noch genauer erklären.«

Schwester Sabine räumte ein paar Sachen im Zimmer herum, schüttelte seine Decke auf. Hauke war der einzige Patient im Zimmer. Das zweite Bett war leer. Zweifellos das Privileg seiner Beihilfe-Versicherung, die ihm als pensioniertem Beamten zustand.

»Sie sind jetzt erst mal unser Gast«, sagte Schwester Sabine fröhlich. »Ruhen Sie sich aus. Drücken Sie hier auf den Knopf, wenn Sie etwas brauchen.«

Ausruhen. So langsam sortierte Hauke seine Gedanken wieder. Ausruhen war jetzt keine Option.

»Wie spät ist es?«, rief Hauke der Schwester nach, die gerade das Zimmer verließ.

»Viertel vor Zwölf«, antwortete die Schwester, während sie die Tür schloss.

Nein. Eine Panikattacke verdrängte kurz Haukes Kopfschmerz. In fünfzehn Minuten musste er im *Anker* fünfundzwanzigtausend Euro abgeben, die er vor einer Dreiviertelstunde bei Claudia hätte abholen müssen. Was würde jetzt passieren? Setzte Erkan ihn nun auf seine Todesliste? Oder, schlimmer noch, setzte Vitali seine Tochter Annika auf seine ... er wollte nicht daran denken.

Auf dem Nachttisch lag sein Handy. Er rief Claudia an. Mailbox. Er versuchte es bei ihr zu Hause. Sie ging nicht dran. Wo konnte sie sein?

Egal. Für die geplante Geldübergabe war es sowieso zu spät. Er wählte Johannas Nummer.

»Hauke? Bist du wach? Geht´s dir gut?« Sie flüsterte, schien hochkonzentriert und nicht zum Plaudern aufgelegt.

»Ja. Alles gut. Ich brauche deine Hilfe.«

»Ich weiß. Ich bin dran. Kann jetzt nicht sprechen.«

»Hä?«

»Bin mit einer Truppe kurz davor, den *Anker* zu stürmen. Wir nehmen Erkan und seine Freunde hoch.«

»Was? Seid Ihr irre?« Hauke brüllte so laut ins Handy, dass sein Kopf zu platzen drohte.

»Nein, bleib cool. Claudia hat mir alles erzählt. Vorgestern schon. Wir haben das im Griff. Mach dir keine Sorgen. Die Jungs sind sowieso fällig.«

»Johanna, das geht nicht. Da ist noch etwas, was Claudia nicht weiß. Meine Tochter ...«, aber Johanna hatte das Gespräch schon beendet.

Nun würde das Undenkbare passieren. Erkan würde von Johanna und ihrem Kommando hochgenommen. Das würde Vitali, der sicher irgendwo in Annikas Nähe herumlungerte, erfahren und wie geplant Rache nehmen. Auf seine widerliche Art.

Hauke versuchte es noch mal bei Claudia, doch die war immer noch nicht zu erreichen.

Er musste also selber handeln.

Hauke stemmte sich mühsam aus dem Bett hoch und setzte die nackten Füße auf den kalten PVC-Boden. Dann stand er langsam auf. Es kostete ihn viel Mühe. Sein Kreislauf kam nur langsam auf

Touren. Der Kopf schmerzte wieder stärker. Doch plötzlich stand er. Wackelig zwar, aber es wurde besser.

Er musste dieses lächerliche OP-Hemd loswerden. Im Schrank fand er seine Sachen. Auch sein Hemd und seine Jacke waren da. Reichlich mit Blut besudelt. Aber es war Kleidung und er konnte jetzt nicht wählerisch sein.

Es dauerte eine Zeit, bis er sich angezogen hatte. Dann schlich er sich vorsichtig aus dem Zimmer. Es war ruhig auf dem Flur. Schwester Sabine beglückte gerade sicher einen anderen Patienten. Und so tippelte Hauke zu den Aufzügen und fuhr ins Parterre.

Draußen musste er sich zunächst orientieren. Er war mit dem Smart zur Notaufnahme gefahren. Jetzt war er ganz woanders in der weitläufigen Anlage des Universitätsklinikum Eppendorf. Nach einigem Suchen fand er das Hauptgebäude und in der Nähe auf einem Belegschaftsparkplatz den Smart. Ein Wunder, dass er nicht abgeschleppt worden war.

Der Polizist in ihm sagte, dass er in seinem Zustand, nach Vollnarkose und randvoll mit Schmerzmitteln, nicht fahren durfte. Aber der Vater in Hauke wischte diese Bedenken beiseite.

Er raste Richtung Karolinenviertel, wo Annika ihre kleine Wohnung hatte. Es dauerte vielleicht zehn Minuten und während der Fahrt versuchte er immer wieder, Johanna anzurufen. Doch die war mit ihrer Schwachsinnsaktion offensichtlich so beschäftigt, dass sie nicht ans Telefon gehen konnte. Kurz überlegte er, Annika anzurufen. Aber die würde Panik bekommen und vielleicht genau das Falsche tun.

Er bog gerade in die Marktstraße ein, als Johanna anrief.

»Alles klar, Hauke. Wir haben Erkan. Hat sich sofort ergeben. Die anderen Kerle auch.« Und dann fügte sie eher ironisch hinzu: »Keine Verluste.«

»Und Vitali? Was ist mit Vitali? Habt ihr den Bastard auch?«

»Welchen Vitali? Nee, da war keiner, der so hieß.«

»Nein, natürlich nicht«, Hauke war außer sich. »Der ist ja auch gerade dabei, meine Tochter zu vergewaltigen und umzubringen. Das hatte er mir versprochen, wenn ich das Geld nicht bringe.«

»Echt jetzt? Von diesem Kerl hat Claudia gar nichts erzählt.«

»Weil sie nichts davon wusste. Diese Bedrohungslage für ihre Tochter habe ich ihr erspart.«

»Hauke, wo bist du? Noch im Krankenhaus?«

»Nein, ich bin in der Marktstraße. Und ich suche nun Vitali und werde die Scheiße aus ihm herausprügeln.«

»Hauke! Mach jetzt keinen Blödsinn. Wir kommen. Bleib wo du bist.«

Hauke fuhr langsam die Marktstraße hinunter. Die Straße machte einen Bogen nach links Richtung Feldstraße und führte vorbei an dem Eckhaus, in dem Annika wohnte. Von hier konnte man den Eingang zum Hamburger Dom, dem Volksfest der Hansestadt, sehen. Und dort an der Ampel stand Vitali. Er rauchte, glotzte auf sein Handy und wartete. Worauf? Auf seinen Einsatzbefehl? Auf Annika?

Hauke parkte den Smart und wollte gerade aussteigen, da klingelte sein Telefon. Claudia.

»Claudia? Wo bist du? Ich versuche schon ewig, dich zu erreichen.«

»Sag du mir mal, wo du bist. Ich stehe hier in deinem Krankenzimmer vor einem leeren Bett. Bist du irre? Du bist schwer verletzt.«

»Du bist irre. Warum hast du Johanna in den *Anker* geschickt? Jetzt ist Annika in Gefahr.«

»Annika? Annika ist mit zwei Freundinnen in Prag. Hab eben noch mit ihr telefoniert. Müsstest du aber wissen. Wieso in Gefahr? Was redest du da?«

»Ach nichts. Vergiss es. Hat sich erledigt.«

Hauke legte auf, lehnte sich in dem engen Auto so gut es ging zurück und fiel sofort in einen komatösen Schlaf. Während ihm die Augen zufielen, sah er noch, dass Vitali sein Handy einsteckte, die Zigarette austrat und über die Straße zur U-Bahn-Station Feldstraße ging.

42. Kapitel

Montag 30. Oktober 2017, 14:30 Uhr / Fiete

Am Tag zuvor wäre Fiete fast der Versuchung
erlegen, die Chicas einfach sich selbst zu überlassen.
Was ging es ihn an, was mit denen passierte, hatte er
gedacht. Er hatte auch ohne sie schon genug
Probleme. War eben alles blöd gelaufen. Casanova
hätte nicht sterben dürfen, dieser Idiot hätte nicht in
den Isemarkt brettern dürfen. Dann hätten Casanova
und er längst die Vierundzwanzigtausend kassiert und
Conchita, Maria, Dolores und Lupita würden
irgendwo in der Lüneburger Heide hocken und
lernen, wie man Austern isst und wie eine vornehme
Dame sitzt.

Als er gestern Erkan und seinen Jungs diesen
Hauke ans Messer geliefert hatte und auf dem Weg
zum Bahnhof in der U-Bahn saß, um die Ladies zu
treffen, war er fast so weit gewesen, sie einfach zu
vergessen. Irgendwo aus der Bahn steigen, ein Steak
essen, ein paar Bier trinken und fertig. Aber dann war
ihm eingefallen, dass die einzige Person, die die
Mexikanerinnen den Bullen in Hamburg nennen
konnten, seine Mutter war. Es würde nicht lange
dauern, bis die Schergen bei Erika Schilling vor der
Tür stehen um ihr wegen irgendwelcher
Einwanderungsverbrechen, oder sogar wegen
Menschenhandels, Feuer unterm Hintern zu machen.
Das konnte Fiete nicht egal sein.

Also hatte er brav in der U-Bahnstation
Hauptbahnhof gestanden und das fröhliche,

vermutlich dauerbekiffte mittelamerikanische Quartett in Empfang genommen.

In einem türkischen Imbiss in St. Georg hatte Fiete die Frauen dann mit Döner und Bier vollgestopft und ihnen erklärte, dass sie noch genau eine Nacht auf seine Kosten in einem Hotel schlafen würden, um am nächsten Tag wieder mit dem Bus nach Amsterdam zu reisen. Erkan hatte ihm fünfhundert Euro zugesteckt, die würden für diese Aktion reichen.

Die Mexikanerinnen hatten protestiert. Doch als Fiete ihnen klar machte, dass sie sonst mit Gefängnis und Abschiebung nach Mexiko zu rechnen hätten, gaben sie Ruhe.

Er hatte in einem nahegelegenen Ibis-Hotel zwei Zimmer gemietet. Für die Formalitäten hatte man sich an der Rezeption mit seinem Ausweis und Vorkasse begnügt.

Dort hatten die Chicas also die Nacht von Sonntag auf Montag verbracht. Nun, am Montagmittag, war Fiete wieder im Hotel, um sie abzuholen und zum Bus zu bringen.

Miesgelaunt und ungestylt standen die vier Mexikanerinnen in der Lobby und warteten. Er begrüßte sie fröhlich, da klingelte sein Handy.

»Hey, Fiete, Vitali hier. Alles gut?«

»Klar, was gibt´s?«

Warum rief der Typ ihn an? Er hatte doch geliefert? Was wollte der noch?

»Du, Fiete, schönen Gruß von Erkan. Dieser Ex-Bulle, wie heißt er noch ...«

»Hauke Siebold.«

»Ja, genau. Der hat das Geld gebracht. Alles gut gelaufen. Und Erkan meint, du sollst noch einen kleinen Bonus bekommen. Kannste dir im *Anker* abholen.«

Das war auf den ersten Blick eine gute Nachricht. Wenn Fiete etwas im Moment dringend brauchen konnte, dann war es Geld. Aber auf den zweiten Blick sah das verdammt merkwürdig aus. Erkan wollte freiwillig etwas rausrücken? Einen Bonus? Waren sie Investmentbanker, oder was? Da stimmte was nicht.

»Hey, Mann, ist ja cool. Ist Erkan da, kann ich ihn mal kurz sprechen?«

»Nee, geht gerade nicht. Hat keine Zeit. Komm vorbei, dann trinken wir einen.«

Deutlicher hätte Vitali nicht verraten können, dass es sich hier um eine Falle handelte. Nie im Leben würde dieser aufgeblasene Wichser mit ihm einen trinken wollen. Da war was schief gelaufen mit Hauke und er sollte dafür den Kopf hinhalten. Fiete wusste, dass er nicht der Hellste war, da war er ganz ehrlich zu sich selbst. Aber so blöd war er dann auch nicht. Vitali hatte ihn ins Visier genommen. Und wenn er ihm heute nicht in die Quere kommen würde, dann morgen oder übermorgen.

»Ja, gute Idee.«, sagte Fiete betont fröhlich. »Bin gleich da. Stunde oder so.«

Dann ging er zu seinen Damen und begleitete sie zum Busbahnhof. Der giftgrüne Bus nach Amsterdam stand schon an der Haltestelle. Die Ladies stiegen ein. Und Fiete nach kurzem Nachdenken ebenfalls. Amsterdam. Warum nicht? Da war er noch nie gewesen. Vielleicht würde er auch

Paco wiedersehen. Dem Mistkerl wollte er gerne noch eine reinhauen.

43. Kapitel

Hauke erinnerte sich dunkel, dass er im Karoviertel im Smart des Senators eingeschlafen war. Nun erwachte er in einem Krankenbett. Der Schädel brummte schlimmer als zuvor. Er öffnete die Augen. Eine Frau lächelte ihn an. Seine Frau. Claudia. Seine Ex-Frau.

»Na, Super-Hauke, wie geht´s?«

»Beschissen. Und nenn mich nicht Super-Hauke. Ich bin ein schäbiger Mensch. Hast Du selbst gesagt.«

Claudia saß auf einem Stuhl neben seinem Bett.

»Es tut mir leid. Ich war wütend. Ich hab´s nicht so gemeint. Ich war so geschockt. Immer noch verfolgen uns deine Spielschulden. Das war zu viel für mich.«

»Ich weiß. Aber du hast das ja dann auf deine Art geregelt. War Johanna nicht verwundert, als du ihr den Tipp mit dem *Anker* gegeben hast?«

»Klar. Wir hatten seit Jahren nicht miteinander gesprochen und unser letztes Gespräch war alles andere als freundlich, aber sie wollte dir auch helfen. Und diesen Erkan hatten sie sowieso auf dem Kieker.«

Sie rückte näher an sein Bett und nahm vorsichtig seine Hand, in der ein Zugang für die Infusion steckte.

»Hauke, du hast mir das Leben gerettet. Du hast dich diesem Kerl entgegen geworfen, als wäre es nichts. Das war unglaublich.«

»Was ist mit ihm?«

»Mein letzter Stand ist, dass er gerade zum zweiten Mal operiert wird. Zwei Schüsse in der Lunge. Er wird es vermutlich nicht überleben.«

»Und der Currywurst-Mann?«

»Der erholt sich recht gut. Körperlich. Und so erfüllt sich dann doch noch der Wunsch dieses Killers: Andrej wird den Rest seines Lebens leiden.«

Als Claudia gegangen war, kam der nächste Besuch. Johanna. Mit Weintrauben aus dem Bioladen. Sie erzählte Hauke, wie die Suche nach Joe abgelaufen war und beschrieb seinen Zustand. Dann kamen sie auf Kleinholz zu sprechen.

»Der bricht gerade seine Zelte ab«, sagte Johanna. »Die Jagd nach den Dschihadisten geht zwar weiter, aber die kann er auch aus seinem Büro in Wiesbaden heraus steuern.«

»Aber der Isemarkt wurde nicht von einem Islamisten angegriffen. Das müsste doch auch Kleinholz inzwischen eingesehen haben.« Hauke musste lachen, auch wenn es weh tat.

»Klar. Aber der Generalbundesanwalt ist der Meinung, dass der Anschlag trotzdem eine Motivation für echte Terroristen sein könnte. Schließlich hat sich der IS großmäulig dazu bekannt.«

Hauke sah Johanna tief in die Augen und es verging viel Zeit, bis sie ihren Blick senkte.

»Was willst du machen, wenn du hier rauskommst?«

»Na, was schon? Ich werde mein geruhsames Rentnerleben fortsetzen. Ich wohne in einer Villa und habe den ganzen Tag frei.«

»Im Ernst, wie geht´s weiter?«

»Das ist mein Ernst. Ich will es so. Kein Geld, keine Verpflichtungen, kein Ballast. Ich habe vom Senator genug bekommen, um eine kleine Reise zu machen. Mallorca vielleicht. Da war ich lange nicht. Bestimmt ist mir ja auch Erkan bald auf den Fersen.«

»Da kann ich dich beruhigen. Der hat genug Belastendes aus allen Dezernaten. Das reicht für ein paar Jahre.«

»Hauptsache, sie bringen ihn weit weg von seinem Busenfreund Panther unter.«

»Was ich noch nicht ganz verstehe, Hauke: Dieser Yasser Schuaa war kein Terrorist, sondern ein Drogenkurier. Okay. Peter Bergmeister hat genau ihm den LKW geklaut, damit man das Ganze für einen islamistischen Anschlag hält. Auch ok. Schuaa hat den Diebstahl nicht gemeldet, wegen der Drogen. Klar. Aber wer hat ihn dann in der Moschee verpfiffen? Seine Glaubensbrüder?«

»Schwer vorstellbar. Vielleicht hat er ja, als der LKW geklaut war, seine Auftraggeber kontaktiert. Ihr habt kein Handy gefunden, oder?«

»Nein. Aber in dem Raum, in dem Schuaa sich versteckt hielt, war ein Telefon.« Johanna sprang auf und drückte Hauke die Hand. »Ich kümmere mich darum.«

Dann war sie weg und Hauke hatte endlich Ruhe. Nun konnte er versuchen, gegen den Kopfschmerz anzuschlafen.

***

Hauke wachte nach viel zu kurzem Schlaf vom Brummen seines Handys auf dem Nachttisch auf. Er hätte es ausschalten sollen. Es war Johanna.

»Volltreffer und doch daneben.«

»Äh, bitte?«, Hauke kam nur langsam zur Besinnung.

»Wir haben die Gespräche vom Moscheetelefon überprüft. Zur fraglichen Zeit wurde von da aus eine Handynummer angerufen. Sie gehört zu einem ausländischen Einweghandy. Nicht registriert. Wir haben versucht, es zu orten. Natürlich Fehlanzeige.«

»Dann hat also Schuaa seine Auftraggeber angerufen. Die haben von dem Anschlag erfahren und ihren LKW im Internet gesehen. Da haben sie kalte Füße bekommen und ihren Kurier als Terroristen verpfiffen. Und wir haben dann ihren Job gemacht. Ein perfekter Mord.«

»Erhol dich gut, Hauke. Ich melde mich. Irgendwann.«

Es klopfte. Die Tür ging auf und Annika trat ein. Sie ging ans Bett ihres Vaters und küsste ihn auf die Wange.

»Hallo, Papa. Hab direkt den nächsten Flug aus Prag genommen, als ich hörte, was passiert ist. Was machst du für Sachen? Ich denke, du bist Rentner?«

»Ja, Kind, ich weiß es auch nicht.«

I am a lonesome hobo
Without family or friends,
Where another man's life might begin,
That's exactly where mine ends.

Bob Dylan, *Lonesome Hobo*

Lesen Sie auch:

TOTENWALD von Klaas Kroon,
erschienen im Oktober 2017

Der erste Fall der Lüneburger Kommissare Marie Gläser und Stephan Weide.

In einem Wald bei Lüneburg entdecken Jugendliche die halb verwesten Leichen eines Ehepaares.
Während die Polizei ermittelt, geschieht der zweite Doppelmord. Wieder ein Ehepaar. An beinahe der gleichen Stelle. Die
Taten erinnern fatal an eine Mordserie in diesem Wald aus den achtziger Jahren. Ist es überhaupt eine Serie? Zufall? Ahmt jemand die Taten des legendären, 1993 verstorbenen Göhrde-Mörders nach? Hat das Organisierte Verbrechen seine Finger im Spiel?

Als Ebook bei amazon
Als Taschenbuch im Buchhandel, ISBN: 3839112834

BRANDOPFER von Klaas Kroon,
erschienen im Februar 2018

Der zweite Fall der Lüneburger Kommissare Marie Gläser und Stephan Weide.

Unter einer Eisenbahnbrücke an der Ilmenau in Lüneburg verbrennt ein Obdachloser. Für die schockierende Tat gibt es zunächst weder Motiv noch Verdächtige. Da verbrennt am Bahnhof der nächste Obdachlose. Ist es eine Serie? Kommissarin Marie

Gläser und ihr vergesslicher Chef Stephan Weide untersuchen in ihrem zweiten gemeinsamen Fall zwei Morde, die so gar nichts miteinander zu tun haben. Oder doch? Ihre Ermittlungen führen sie von obskuren Neo-Nazis bis in die feine Lüneburger Gesellschaft und werfen ständig neue Fragen auf.

Als Ebook bei amazon
Als Taschenbuch im Buchhandel, ISBN: 9783746048772

Eine Bitte des Autors:

Liebe Leserin, lieber Leser,

vielen Dank, dass Sie ›Der Isemarkt-Anschlag‹ gelesen haben.

Wenn es Ihnen gefallen hat, sagen Sie es weiter. Bei Amazon.de, bei Thalia.de, in Ihren sozialen Netzwerken. Für einen verlagsfreien Autoren, der keine nennenswerten Werbebudgets zur Verfügung hat, ist diese Form der Unterstützung ausgesprochen hilfreich.

Vielen Dank.

K.K.